慈禧全傳典藏版 9

瀛臺落日

【上】

高陽——著

〈代序〉神交高陽

二月河

《康熙大帝》四卷書出齊時，我已小有名氣。有一天，一位讀者問我：『先生讀沒讀過高陽的書？』我一下子笑起來，高陽的書豈但『讀過』，且是見一本買一本，買一本讀一本。我自家作品中頗多技巧性的做法，還是拜賜了老先生的作品啓發。他的前後慈禧傳、《玉座珠簾》，以及後來才讀到的《乾隆韻事》，其中對皇帝對后妃的心理及行爲的描摹，和我所讀史的印證，也有頗多的溝通。我算是高陽先生不錯的一位神交呢！次後的日子裏，台灣一家文學機構多次邀我赴台一訪。就我的心情，即使見一見高陽，去一趟也是值得的，卻因俗事冗繁未能成行。忽然有一天，台灣『二月河讀友會』的盧淦金先生來電話，說『高陽先生今天去世了……』一驚之下一陣悵然，轉思人世緣分無常，心中又復悲淒。從茲失一神交，無法彌補渴見情懷了……

辛亥革命清室鼎謝。當時的口號裡有『驅逐韃虜，光復中華』的話頭。其實這口號還可以按時序上溯，直至皇明甲申之變。滿洲人入關殺漢人，入主中央執天下太阿，漢人幾百年沒有服氣過，也沒有停止過這種民族反抗。盤踞台灣的鄭家政權，朱三太子，還有吳三桂興的『三藩之亂』以及次後難以數計的小大起義，義軍會口號都和這個話頭差不多。錯話說幾百年說一千遍，似乎成了對話。其實只要靜心一想就明白了。『韃虜』也好、『夷狄』也好，難道不是『中華』之一部分？這口號自相矛盾了。實際這只是漢人極狹隘的情緒弘揚——也不能說全然沒道理，畢竟滿人入關嘉定三屠、揚州十日殺戮慘烈，眞的仇深似海。但從歷史的角度，從整個文明的角度審視，這口號是大可挑剔的。由於後來的革命變遷、人事轉換，人們又去想更新的事了，所以這口號的毛病也不大有人提起了。

然而當下的文化徵候還在繼續流播。反滿的文化傳統並未受到傷損。這種傳統影響到史學界，雖無法迴避這二百多年的『正統』，但對其研究中帶了『排滿』便言語失卻公允。這還只是少數人的事，帶到文學界，帶進民間口傳文學，這個因喪權辱國給民族帶來奇恥大辱的清室統緒，簡直是『洪桐縣中無好人』了。

高陽的多部作品都是反映晚清風貌風情的，連同近來三聯書店推出的《大野龍蛇》，風格都是那麼一致，那麼『如實』，不事誇飾，那麼娓娓綿綿情懷寬博和平，讀來如同剪燭良宵對友長談，就我的經驗，如無絕寬的襟懷，無絕大的學問作底蘊，無論怎樣的才華橫溢都是決計做不來的。

文學當然是觀念形態的東西，是人本位的張揚，每一個作者自己的政治、理想形態肯定要在他的作品中自覺或不自覺地流露。我以爲：既然如此，何必故意做張做智？比如說極峰之作《紅樓夢》，裡頭如果串上一段黃世仁楊白勞的情節，況味若何？一些非常了不起的作家，因了力氣去圖解自家的意識形態立場，結果如何？我常笑讀，心中想『這寫的眞是聲嘶力竭，氣急敗壞』。

看遍高陽的書，沒有這樣的玩藝。即使寫很慘酷、很壯烈激切的情事，也沒有張牙舞爪、歇斯底里的『作家意識』。我很疑這先生是舊八旗子弟，那份聰穎從容學不來。後來盧淦金先生告訴我，居然這是眞的。他的書讀起來平中有奇，有的處則寓平於奇，有點像與作者牽手而行於山陰道，由他指點譬話，評說侃語——這不是寫作的本事，這是天分了。

淦金先生和高陽是朋友，和我也是朋友，他曾約我到台北和高陽『一道兒喝老燒刀子』，可惜了沒這緣分。但高陽的書還在，不是麼？還可以侃下去的。

二〇〇一年五月下浣

兩宮回鑾還不到一年的工夫，宦海升沉，幾人彈冠相慶，幾人不堪回首，已頗經歷過一番滄桑了。

京中比較穩定，各省調動得很厲害，總督遷轉了一半；巡撫則除江蘇的恩壽、陝西的升允、湖北的端方之外，更調了十二省。端方雖未調動，卻等於升了官，暫署湖廣總督；因為兩江總督劉坤一，在這年——光緒二十八年九月間在任病歿；這是頭等要缺，朝廷一時找不到合適的人選，仍援甲午年劉坤一北上督師的前例，以鄂督張之洞署理江督，所以『督撫同城』的端方，在武昌得以唯我獨尊。

前度劉郎的張之洞，卻不似端方那麼高興。前番署理，是因為劉坤一勤勞王事，未便開去他的底缺，猶有可說；這一次江督出缺，依資歷而論，由他調補，乃是天公地道之事，何以仍是署理？

尤其是一想到袁世凱，更不舒服。張之洞光緒十年就已當到兩廣總督，那時袁世凱還只是一個五品同知，在朝鮮吳長慶軍中『會辦營務處』。連個『學』都沒有『進』過的乳臭小兒，居然成了疆臣領袖！最可氣的是，直隸總督北洋大臣袁世凱是實授，而兩江總督南洋大臣張之洞反是暫局！這不是笑話？他心裡這樣在想，口頭上卻從未說過一句，因為以他的齒德俱尊，與後生小子爭功名，說出去會教人看不起。

當然，袁世凱非常了解，當今的重臣，只有兩個人，朝中一個榮祿，外面一個張之洞。至於王文韶、鹿傳霖之流，不必放在心上。如今榮祿老病侵尋，日衰一日，看來最多不過年把工夫好拖；榮祿一旦下世，軍機大臣中絕不能讓瞿鴻機爬上來。而論資望，他也還不夠『掌樞』的火候；那時張之洞也許會內召大拜，應該早日結此奧援。

因此，從保定回項城之前，他就作了決定，回程要紆道到南京小作勾留。

袁世凱是奉旨准假兩月，回籍葬母。九月裡南下，在項城匝月勾留，十月廿一啓程，取道信陽州坐火車到漢口；端方接到武昌看鐵廠、看槍炮廠，禮數周至。不過袁世凱卻不大看得起端方；只跟督署的文案，光緒八年壬午福建的解元鄭孝胥親近，極口稱讚張之洞在湖北的規劃，深遠閎大，說是『今日之下，只有我跟南皮兩個人，還能夠擔當大事。』

可想而知的，以鄭孝胥跟張之洞的關係，必然會將這話，飛函江寧。這使得張之洞心裡好過得多了；所以袁世凱的專輪駛抵南京下關，張之洞照規矩行事；盛陳儀衛，親自迎接，到得總督衙門，隨即開宴，其時是午後一點半鐘。

這個時間趕得很不巧！原來張之洞的日常生活，與眾不同；在湖北官場，人人皆知，有副送他的對聯：『號令不時，起居無節；語言無味，面目可憎』。下聯不免刻薄，上聯卻多少是紀實；而在張之洞自以爲是一天當兩天用。

他這一天當兩天，即以午未之交爲分界。大致每天黃昏是他的早晨，起床就看公事，見賓客，到午夜進餐；他的飲食習慣亦很怪，每餐必酒，酒備黃白，同時並進；肴饌、粥飯、水果、點心，亦復如此，擺滿一桌，隨意進用，沒有一定的次序。

食畢歸寢，往往只是和衣打盹，冬夏都用籐椅，不過冬天加個火爐。這樣睡到凌晨五六點鐘又醒了；辦事見客，直到日中歇手吃飯，飯罷復睡。

這開宴之時，正是該他去尋好夢的辰光；加以這天去了一趟下關，精神格外不濟，入席之後，想撐撐不住，雙眼澀重，只想闔攏；勉強睜得一睜，也只是半開而已。

在一堂肅然之中，只見袁世凱謙恭地說不到三五句話，就會悄悄中斷，因為張之洞眼閉嘴張，正將入夢；等他頭向旁一側，驚醒過來，袁世凱方再開口。

此情此景，使得滿座的陪客，皆為之侷促不安；最無奈的是，盛宴例用下繫桌圍，面對戲台的方桌，袁世凱上坐，張之洞打橫相陪，一桌中別無他客，可以跟貴賓接談，稍解尷尬，以至於眾目睽睽，只看著高坐堂皇的袁世凱發楞，替他想想，眞是人間的奇窘。

張之洞終於倒在椅背上，起了鼾聲。袁世凱看一看周圍，站起身來；於是奉陪作陪的藩臬二司，從左右趕到他身邊，未及開口，袁世凱已向他們搖手示意，不要驚擾了張之洞。

只是總督進出轅門，照例鳴炮，俗名『放銃』；炮聲卻將張之洞驚醒了，一看客座已空，知道袁世凱不辭而別。這是件不但失禮，而且失態的事；張之洞想要彌補，就只有急急傳轎，趕到下關去送行。

由總督衙門出城到江邊，很有一段路；八抬大轎，分兩班轎伕換肩疾走，仍舊能讓張之洞在轎子裡好好睡了一覺，所以趕到下關，精神十足，正是他一天當兩天用的另一天開始之時，但袁世凱的專輪，已將啓椗，他只在柁樓上拱拱手，向張之洞遙為致謝而已。

在上海逗留了三天，袁世凱乘海圻號兵艦，直航天津，到達的那天，正是四十天假滿的十一月初六。就在這一天，京中傳來消息，雲貴總督魏光燾調任兩江，張之洞回任。

江督會落在魏光燾頭上，是無人不感意外之事——此人字午莊，籍隸湖南邵陽，出身是個廚子，後來投身湘軍，曾隸服曾國荃部下；後來跟左宗棠西征，積功升到道員。甲午那年，官居湖南藩司；巡撫吳大澂請纓出關，魏光燾領兵駐牛莊。日軍未到，望風先遁，一日一夜走了三百里，幾次墜馬，跌傷了腳，也算『掛彩』。和議成後，吳大澂帶著他的『度遼將軍』玉印回任；魏光燾的官運更好，竟升了陝西巡撫。

庚子年義和團之亂，下詔勤王，舉兵響應的都交了運，鹿傳霖入軍機；岑春煊升巡撫；魏光燾升總督。在昆明政事都由雲南巡撫李經羲作主；魏光燾拱手相聽，一無作爲。不過他精力過人，一大早起身，接見屬員以後，總是到各處營伍去看操；『魏午帥』之勤，是很有名的。

這樣的一個庸材，能到兩江去當總督，袁世凱可以斷定，絕不會是因爲他勤於看操。果然，問起京中來人，道出一段內幕。

湘軍出身的大員中，有個衡山人叫王之春。他本來是彭玉麟的『文巡捕』，職司傳達；生得一貌堂堂，是頗爲厚重有福澤的樣子，彭玉麟便調他到營伍裡面，積功升到道員；光緒十年中法之戰，起用宿將，彭玉麟專廣東的軍務，用王之春當營務處；底缺是廣東督糧道。以後升湖北藩司；又調四川，看看要爬到巡撫，是很吃力的了。

王之春的花樣很多，知道著書立說，也是獵官的一條捷徑，曾請一個廣西人潘乃光，將從恭親王創建總理衙門以來，與各國交往的情形，按年條舉，編次成書，命名爲《通商始末記》，因而博得了一個『熟諳洋務』的名聲，居然在光緒二十一年，奉派爲弔唁俄皇亞歷山大的特使。俄國以『頭等欽差』的禮節相待，並有『腑肺語』，因而頗得帝師翁同龢的重視。及至俄國新君加冕，打算仍派王之春爲慶賀專使時，俄國卻又嫌他職位不稱，因而改派了李鴻章。而王之春則在戊戌政變後，走了榮祿的路子，終於得遂封疆之願，當上了巡撫，先放安徽，現在廣西。始終恃榮祿爲靠山，每月都有書信致候；自然還有伴函的重禮。

魏光燾即是由於王之春的關係，搭上了榮祿的這條線；不久之前由昆明入覲，恰好劉坤一出缺，便以榮祿嫁女致賀爲名，送了二十萬銀子的賀儀，另外又備了兩萬銀子的門包；這樣，他的希望調任兩江的意願，才能傳達給榮祿。

於是談到江督的人選，榮祿提出兩點意見：兩江自曾國藩以來，以用湘軍宿將爲宜；而且張之洞太會花錢，豈可以兩江膏腴之地供他揮霍？後面這個說法，最能打動慈禧太后的心，因而魏光燾的新命，很快地就下達了。

袁世凱心想，如果說南洋是湘軍的地盤；則北洋就該是淮軍的禁臠。魏光燾碌碌庸材，比張之洞好對付得多；自己的處境較之李鴻章當年先有沈葆禎，後有劉坤一的分庭抗禮，猶勝一籌。只要能壓住盛宣懷，不讓他爬上來；便可如李鴻章在北洋之日，將許多可生大利的事業抓在手裡，有一番大大的展佈。

這當然要靠榮祿——他的日子不多了，袁世凱默默在籌思，自己還不夠資格取而代之；但可扶助一個夠資格的人接他的位子，從中操縱，那也就等於取榮祿而代之了。

當然，眼前必須格外巴結榮祿。轉到這個念頭，想起榮祿嫁女的賀禮；縱不能如魏光燾那樣，一送二十萬兩銀子，至少也要讓榮祿高興才是。

『讓榮中堂高興，不如讓榮小姐高興。』袁世凱的表兄，爲他掌管私財的張鎮芳獻議：『所以賀禮之中，應多備珍貴新巧的首飾。』

袁世凱非常讚賞這個看法。因爲榮祿只有一子一女；一子在回鑾途中病歿，只剩下一個女兒親骨血，鍾愛異常。只要這位小姐說一聲『袁某人送的東西眞好』，榮祿也就很高興了。

『禮要兩份。』袁世凱又問：『送乾宅的呢？』

『那是有照例的規矩的，只能遞如意。』

原來乾宅是王府。漢大臣與親貴通慶弔，照旗人的規矩，喜慶之類只能遞如意以申敬意；但袁世凱覺得太菲薄了，決定另外以北洋公所的名義，送兩萬銀子的賀禮。

滿漢不通婚的禁令，已奉明詔解除，但選八旗秀女的制度，依舊保存。旗人家合於備選資格的及笄之女，在未經過挑選之前，不准擅自擇配；因此，多少豪門大族想跟榮祿結成親家，卻開不得口，即以榮祿的這個豔光照人、小名福妞的愛女，雖早就向戶部報過名，已至待選之年，而三年一舉的選秀女之制，由於國遭大難，尚未恢復，福妞的終身大事，做父母的一時亦就作不得主了。

但是，有個人可以作主：慈禧太后。太后或皇帝可以指定某一親貴宗室，娶某人家的女兒；名爲『指婚』，或稱『拴婚』。慈禧太后決定將福妞『指婚』給醇親王載灃。

拴成這樁婚姻，是慈禧太后回鑾以後，所做的最得意的一件事。誰都看得出來，讓福妞能成爲王府的嫡福晉，是慈禧太后對榮祿的酬庸與籠絡；但是，她自己心裡明白，另外還有一層遠比籠絡榮祿來得更要緊的作用在內。她確信唯有這樣做，才可以徹底消除後顧之憂。

當議和之時，慈禧太后時刻不能去懷的一件心事是，各國會干預中國的內政，逼她歸政。慶王奕劻與李鴻章所訂的辛丑和約，幾乎完全接受了各國的要求，似乎任何人都能辦這樣的交涉；可是在條約之外，有一項不見於文字的交涉，他們做到了，那就是不提結束訓政之事。李鴻章的恤典特厚；奕劻的大見寵信，都由於有這麼一場功勞。

但在訂約到撤兵的那段辰光中，慈禧太后發現隱患存在；各國對皇帝依然存著好感，這倒還是意料中事，無足深憂。到後來發覺各國對皇帝的胞弟亦有好感；而且隱隱然有支持之意，這就不但意料不到，而且也不能不加防備了！

醇賢親王奕譞的嫡福晉，也就是慈禧太后的胞妹，生過四男一女；卻只留下一個老二，就是當今的皇帝。

皇帝共有三個異母的弟弟，排行第五、第六、第七，都是爲醇賢親王側福晉劉佳氏所出。老五名叫載灃，生在光緒九年；八歲襲爵，都叫他『小醇王』。義和團之亂，德國因爲公使克林德被殺，算是受害最重，所以由瓦德西當聯軍統帥；瓦德西到京不久，就提出要求，應該派親王爲專使，到柏林向德皇謝罪；而且指名要求，以十八歲的小醇王載灃，充任專使。

於是光緒二十七年四月，明頒上諭：『醇親王載灃著授爲頭等專使大臣，前赴大德國，敬謹將命。』又派上書房師傅，爲載灃授讀的前內閣侍讀學士張翼，以及德國話說得跟柏林的土著一樣的副都統廕昌爲參贊，攜帶國書禮物，在五月底由上海坐德國船放洋。

到了柏林，載灃打回來一個電報，說德國外交部致送照會，要求專使以跪拜禮覲見德皇。軍機上奏，慈禧太后大驚失色——原來客使跪覲，以前一直是大清朝與列國交往的一大爭端。乾隆五十七年，英國所遣通商專使伯爵馬戛爾尼，雙膝著地見高宗，洋人引爲奇恥大辱；而中土則以爲『一到殿廷齊膝地，天威能使萬心降』，是件最得意之事。從此以後，嘉、道、咸三帝，都因爲洋人不肯行拜跪禮，拒見外使；直到同治年間，迫於情勢，才作了讓步，由總理衙門與各國公使，多次磋商，用五鞠躬禮覲見穆宗於西苑紫光閣；在各國已認爲格外尊禮，而朝廷還覺得過於委屈。如今以洋人所絕不願行的『野蠻』禮節，強加之於中國皇帝的胞弟，明明是故意折辱，倘不力爭，何以見祖宗於地下，更有何面目再見臣下。

爲此，函電交馳，極力磋商，結果總算免行跪禮。但覲見的情形，卻又大出慈禧太后意外，德皇不獨以隆重的禮節，接待載澧；而且降尊紆貴，親到行館答訪，情意殷殷地談了許久。又邀載澧至但澤閱兵；參觀曾來華遊歷，覲見過皇帝的亨利親王所統率的海軍。甚至還作了德國皇后茶會的主賓。

這前倨後恭的用意，他人茫然；而慈禧太后肚子裡雪亮。故意以跪禮來爲難謝罪的專使，是表示對她縱容義和團的不滿；而優禮載澧，純然因爲他是皇帝的胞弟！

及至載澧回國，兩宮已在回鑾途中；慈禧太后特地在開封行宮，召見載澧，細問使德的情形。載澧哪知老太后已有猜忌之心？少不更事；對在德國所受的禮遇，只有誇飾，絕不隱諱，說德皇如何對他期許；又勸他留意軍事，說是確保政權的唯一要訣，就是將兵權抓在皇室手中。

慈禧太后心想，載澧素無大志，才具亦平常得很，說話有些結巴，往往辭不達意；此刻眉飛色舞，無非覺得此行很有面子而已。究其實際，並未將德皇勸他的話，好好去想過一想。只是無用之人，易於受人擺佈；倘有人利用他的身分地位，暗蓄異志，所關不細。

往暗裡去想，皇帝無子，且有腎虧的跡象，將來也不會有兒子；然則皇位何屬？兄終弟及，已有前例；一班『新黨』如果看出各國有支持載灃之意，因勢利用，只怕從此就要多事了！

不過有一點是很清楚的，只要載灃自己不願，任何人都不能假借他的名義爲非作歹。這樣想下來，自然而然地有了法子；找一個人管住載灃，即是釜底抽薪之道。

誰能管得住載灃？大家巨族的老太太，要教兒子收心，有個不二的祕訣，替他娶一房標緻、能幹、賢慧的媳婦。因此，慈禧太后從召見海外歸來的載灃的第二天起，就開始在物色『醇王福晉』了。

替她參贊的只有兩個人，一個是榮壽公主，一個是李蓮英；但只有李蓮英所提的人選，正合慈禧太后的意，那就是榮祿的愛女福妞。

『大格格，你看呢？』慈禧太后問榮壽公主。

『模樣兒沒有甚麼可以挑剔的，能幹更無話說。就是，』榮壽公主笑笑說道：『小五將來必是落個怕媳婦的名聲。』

『小五』是指載灃。她是爲她的堂弟設想，不過這句話使得慈禧太后的主意，越發堅定不移；她不便表示，正要他『怕媳婦』才好，只能爲福妞解釋。

『這個孩子，是讓她父母慣的！膽子可眞大，連我都不怕……』

慈禧太后是欲揚故抑，話才說了一半；但榮壽公主卻抓住空隙很快地說了一句：『她連老佛爺都不怕，小五就更不在她眼裡了。』

『那也不盡然。少年夫妻，恩恩愛愛，彼此體貼，脾氣會改的。』

榮壽公主不答。慈禧太后也發覺到，自己這樣說法，等於已定了主意；『大格格』當然不能駁回，但她心裡不以爲然，是很明顯的。

多少年下來，慈禧太后如說還有忌憚的人，唯一的就是榮壽公主。她不肯隨便附和；但只要是她同意的事，不但心口如一，不會出爾反爾，而且一定盡全力支持。慈禧太后很敬重她這個脾氣；也因此希望能將她說服，好讓她做自己的幫手。

可是，榮壽公主對這件事的態度很堅決。總是說：『老佛爺若以爲合適，就降旨意好了！』心裡還有句話是：『我不敢駁回，可也別指望我點個頭。』因爲她的堂兄弟中，受妻子及岳家欺侮的很多；都出於慈禧太后的指婚。她不希望再有一個堂弟娶得悍妻。

爲此，指婚的懿旨，遲遲未發。而風聲已經隱隱傳出去了！大家都覺得非小醇王不能娶這麼嬌貴的小姐；這位小姐亦非嫁世襲罔替的親王，不足以盡其嬌貴。奇怪著這麼門當戶對的一頭婚事，慈禧太后何以至今還不把它『拴』起來？

李蓮英是對促成這頭親事最熱心的人，不斷地找機會催促，催得慈禧太后也有些發慌了，不辦成這件事，牽腸掛肚的，不能安心。

『提到福妞，你從沒有答過一句腔；我知道，你是覺得福妞脾氣剛強，將來小五會吃虧。照我說，你這個心擔得叫多餘！他們這一輩你居長，誰都怕你三分；將來福妞如果欺侮小五，你不會說她嗎？』

這話說得相當透徹。榮壽公主心想，事情反正已成定局了，自己默默地表示抗議，無濟於事，徒然惹得老太后心裡不痛快，又何苦來哉？倒不如趁她有這句話，爲載灃稍作彌補之計。

『小五太懦弱，有福妞這麼一個媳婦，倒正好補他的不足。女兒是怕福妞受不了王府的規矩，語言行爲稍微不檢點；或者小夫妻常常吵個嘴甚麼的，老佛爺不心煩嗎？』

『我知道，我知道！你說得一點不錯。』慈禧太后急忙接口：『說眞個的，榮祿夫婦也太寵他們這個姑娘了！找一天，我好好說他一頓。』

於是回鑾不久，便降了懿旨，將『榮祿之女瓜爾佳氏指婚醇親王』。喜信一傳，醇親王的『北府』賀客盈門；哪知老福晉劉佳氏，也就是小醇王載灃的生母，忽然得了急病；病狀是喃喃自語，雙眼發直，見了家人都認不出來，彷彿中了邪了。

見此光景，賀客大駭，但『北府』上下，卻還能保持鎭靜，因爲只是這位老福晉舊疾復發，而得此近乎瘋癲的痰疾，卻是出於慈禧太后所賜。

原來老醇王有四位側福晉，劉佳氏位居第二。嫡福晉及第一位側福晉相繼下世，便由劉佳氏當家。在老醇王病歿時，老七載濤只有三歲，是她自己一手帶大的，光緒二十三年，慈禧太后以懿旨命載濤出嗣爲貝子奕謨之子。劉佳氏的這個小兒子，簡直就是她的命根子，平空被奪，哭得死去活來，從此就有些恍恍惚惚，言語顚倒的樣子了。

但刺激猶不止此；尤其是這一年接二連三地來。首先是載濤的『父親』又變過了——這奕謨是咸豐、同治年間被尊稱爲『老五太爺』的惠親王綿愉的幼子，嚴正不阿，是親貴中的賢者，卻跟慈禧太后不大合得來。當初得載濤爲子時，看他肥頭大耳，十分高興；但不親自進宮謝恩，卻大宴親朋，就彷彿眞的得了老來子一樣。慈禧太后知道了，頗爲不滿，只是隱忍未發；以後鬧政變、鬧拳匪，沒工夫去擺佈他。這樣五年工夫過去，載濤已經十六歲；相貌厚重而俊秀，舉止穩健而瀟灑，是少年親貴中的美材。奕謨得意非凡。

哪知樂極生悲；壞在他不該發牢騷，而且形諸筆墨，以致賈禍——他畫了一幅怪圖，懸空一隻著了『花盆底』的腳，再無別物，卻有一首打油詩：『老生避腳實堪哀，竭力經營避腳台；避腳台高三百尺，高三百尺腳仍來！』

這隻腳，一望而知是屬於誰的。慈禧太后得知其事，勾起舊恨，勃然大怒；降了一道懿旨，將載濤改嗣爲老醇王的胞弟鍾郡王奕詥之後。奕譞夫婦所受的這一番刺激，猶甚於劉佳氏，竟而雙雙病倒。劉佳氏一方面覺得慈禧太后喜怒莫測，十分可怕；一方面又心疼愛子改嗣，日子不見得會比在奕譞膝下來得好，因而又添了幾分病證。

不久，劉佳氏又受了一個打擊。事起於載漪別有歸宿；他本來所得的罪名是：革爵，發往新疆永遠監禁。這年另有一道懿旨：『仍歸本宗。』亦就是仍舊算淳王奕誴的次子。他本來承繼爲瑞郡王奕誌之子，而且襲了爵；如今一歸本宗，變成奕誌無後。誰要是再過繼過去，現成有個降封的貝勒在等著他承襲；慈禧太后倒是好意，將載灃的胞弟老六載洵，作爲奕誌的嗣子，讓他由鎭國公一躍而爲貝勒。可是，劉佳氏又少了個兒子，自然大感刺激。

此時接到指婚的懿旨，是她這一年中所受到的第三次打擊。這一次的打擊，又比前兩次來得重，大有『不能做人』之感，所以病也發得格外重了！

這因爲載灃原是訂了親的；親家是蒙古人。嘉慶年間的三省教案，爲僅次於洪楊的一次大規模叛亂；仁宗在宮中求卦，占得『三人同心，乃奏膚功。』其後果然，所謂『三人』，是額勒登保、德楞泰、勒保；劉佳氏所定的兒媳，就是德楞泰之後。

德楞泰本人因功封一等繼勇侯，長孫倭什訥襲爵，做過杭州將軍；次孫叫花沙納，官居吏部尚書；倭什訥的襲爵的兒子叫希元，做過吉林將軍，死在光緒二十年。劉佳氏為載灃所定的親，就是希元的小姐，如今由於慈禧太后指婚瓜爾佳氏，對希元家就必得退婚了！

這件事從人情上講很難。因為希元家的小姐，是劉佳氏自己看中的，而且已放了『大定』。照滿洲的婚禮，男家主婦至女家相親問名，合意了致送如意或首飾，名為『放小定』；然後擇定吉期，男家聚宗族親友帶領新女婿到女家正式求親；女家亦聚宗族親友接待，彼此謙謝再三，方始定婚，新婿拜女家神位及父母，歡宴而散。這樣經過一兩個月，再挑吉日下聘，名為『過禮』，又叫『放大定』，婚姻到此為止，已成定局。『放小定』猶可變化；『放大定』則等於已經迎娶，所欠者不過洞房花燭有好合之實而已。

因此，『放大定』之後，如果新郎不幸而亡，則未過門的新娘子，殉節者有之，守『望門寡』者有之。是這樣嚴重的情況，則退婚便如休妻，女家必認為奇恥大辱！尤其是希元家的小姐，守禮謹嚴，剛烈過人；得知退婚的信息，甚麼後果都可以發生的。那就無怪乎劉佳氏要急得發瘋了。

這一夜，『北府』燈火通明，親友甚多；不過不是賀客，是劉佳氏特為請來議事的。無奈大家畏憚慈禧太后，誰也不敢亂出主意，有的勸她遵旨為妙；有的始終不發一言。最後是劉佳氏自己定的主意，進宮面求慈禧太后收回成命。

慈禧太后只當她來謝恩；哪知劉佳氏一開口便淌眼淚，『奴才的兒媳婦，已給奴才磕過頭，是奴才家的人了！一點過失都沒有，怎麼忍心退婚，』她哭著說：『這一來，教人家孩子，怎麼得了?』

慈禧太后臉色鐵青，連連冷笑；向左右的宮眷命婦說道：『你們看看，世上有這種不識好歹的人！』說完，站起身來就走。

姐，服毒自殺了。

於是，榮壽公主出面相勸；劉佳氏哭了一陣，噙淚回家，已有個極壞的消息在等她；希元家的小

于歸的吉期定在十一月廿一；自初十以後，王府井大街東廠胡同的榮府，送禮的就不絕於門了。頭一天發嫁妝，用了一千多名的挑伕。伴送嫁妝的全副儀仗之中，最煊赫的是四對『高腳牌』，八匹『頂馬』。

高腳牌是俗稱；官稱叫作『銜名牌』，朱漆金字，第一對是：『太子太保』、『文華殿大學士管理戶部事務』；第二對：『軍機大臣』、『世襲騎都尉兼雲騎尉』；第三對：『賞穿黃馬褂』、『賞戴雙眼花翎』；第四對：『賞穿帶膆貂褂』、『賜紫禁城內及西苑門內乘坐二人肩輿』。八匹『頂馬』，一色棗騮，不足爲奇；難得一見的是，八匹頂馬上騎的是八個紅頂花翎的武官——這是當榮祿總領武衛軍時，袁世凱獻媚的花樣，由他的武衛右軍中，派出兩名二品參將到中軍大營去當差；於是其他各軍，如法辦理，榮祿便有了八名紅頂子的材官。這是從年羹堯以來，所未有之事；而年羹堯當時還不敢在京城裡『擺譜』，又遜榮祿一籌了！

當大街小巷轟傳著『去看榮中堂小姐的嫁妝』時，福妞正由她的嫡母帶著，在宮裡給慈禧太后請安。

福妞自然是盛妝，但也不怎麼按規矩，穿一件白狐出鋒的紅緞旗袍，襯著碧綠的玉鐲，俗氣得有趣。臉上本來有紅有白，只爲害臊的緣故，不染胭脂之處，亦復色如明霞。慈禧太后這天特別高興，一見面不等她行禮便即笑道：『好俊的新娘子！』

『老佛爺別說了！』榮壽公主陪著笑說：『本就羞得抬不起頭；再拿她取笑，更讓她受不了。』

『你看，福妞，』榮祿夫人接口說道：『大格格都維護你！』

福妞是受了教來的，當時便向榮壽公主請安道謝；而慈禧太后卻收斂了笑容，要說正經話了。

『福妞，打明天起，大格格可就是你的大姑子了！在婆婆家，可不比在娘家，由得你任性。你那婆婆可憐巴巴的，而且有病，想來也不會說甚麼；可是，你別忘了，你還有一個大姑子在這裡！旗人家的規矩，你是知道的；倘或你大姑子要說你，連我也不能攔她。』

『是！』福妞很機警，『奴才不能不懂規矩。』

『懂規矩就好。在家做姑娘，跟在婆家做兒媳婦，是兩回事。再說，你是福晉的身分，好些禮數，也該學學。』

『是！有大格格教導，奴才不怕學不周全。』

在慈禧太后面前，不容有私人的酬酢；所以榮壽公主雖有好些慰勵中含著規勸的話要說，此時也只能淡淡地客氣幾句。

『我還得給你一點兒東西，』慈禧太后看著福妞說：『可實在想不出你還缺甚麼？索性你自己挑吧！』

福妞急忙跪下來說：『老佛爺賞得夠多的了。』

『明兒是你大喜的日子；再進宮來，就是我的姪兒媳婦了，照規矩得給見面禮兒。你今天自己挑好了，等過了明天進宮，我再給你，不就省事了嗎？』

這一說，福妞就不知道該怎麼回答才合適？只好直挺挺跪著候命。

『大格格，你把我那個盒子拿來！』

名爲『盒子』，其實是個箱子，得兩名宮女抬了來。這隻四角包金面上壓出暗花的小皮箱，是專爲盛貯首飾而特製的；裡面黃綾襯底，分做四槅，第一槅是珍珠；第二槅是五色寶石；第三槅是各色美玉；第四槅是雜件。

榮壽公主照慈禧太后的指示，命宮女端張長方紫檀矮几來，將四個槅子都取出來，順次排好；一眼望去，目迷五色，只覺得樣樣都好，卻說不出哪一樣最好。

『你自己挑吧！』慈禧太后說：『挑六樣好了。』

『只怕奴才一樣都挑不出來。』福妞笑道：『怪不得說是「如入寶山，空手而回」；敢情到那時候就不知道挑哪樣好了！』

『我教你一個法子吧！』慈禧太后說：『你先在雜件那一槅裡挑。』

福妞何嘗不會挑，只是那麼說著湊老太后的趣而已。此刻聽她教的這個法子，正中下懷；因爲雜件之中，貴賤懸殊，珊瑚瑪瑙不算珍貴，但外國來的金剛鑽，自從西風東漸以來，聲價日上，爲多珍之冠。福妞早就在晶光四射、耀眼生花的一堆金剛鑽首飾中，看中了一只戒指。

這粒金剛鑽大小約如銀杏；等她拿到手裡，只聽有人咳了一下。抬眼看時，站在慈禧太后身後的榮壽公主，她那『兩把兒頭』上的絲穗子，無風自動；頓時會意，不宜奪愛。

『奴才可還沒有那麼大福氣，使這麼大的金剛鑽。』說著，放下鑽戒，另取一只鑽鐲把玩。

『那只鐲子不錯！』慈禧太后說：『你戴上我看看！』

『是！』福妞將鑽鐲套在右腕上；連左腕一起平伸在慈禧太后面前。

『好！』她得意地說：『正配你那只翠鐲！大格格，你看，翠鐲戴一對就俗氣了；倒不如這麼搭配，反顯得別致！你說是不是？』

『老佛爺的眼光，誰也比不上。果然好看！』榮壽公主說：『乾脆就別取下來了！』

『對了！』慈禧太后向福妞說：『你就戴著吧！』

福妞喜不可言。因爲這隻鑽鐲戴在腕上，明天做新娘子的時候，會奪盡貴婦名媛的光彩；何況打聽起來，說是慈禧太后御賜，這個風頭就出得更足了。

等盈下拜謝過了恩；慈禧太后說道：『你還是挑六樣好了！』

吉數爲六，留著做見面禮；那隻鑽鐲算是額外賞賜，福妞更覺志得意滿。不過，她很機靈，並沒有忘了忌諱。

慈禧太后平生的恨事是第一次進宮，不由大清門而入；因此忌諱妾媵所用的綠色。但此刻福妞將成醇王的嫡室，如果不選綠色，反會觸動慈禧太后的心事；因此，她首先選了一個玻璃翠戒指，表示對紅綠並無成見。

果然，這一下做得很對；因爲榮壽公主已有嘉許的眼色。福妞心想，今天的一切都很順利，難得的機會，不可錯過；除了東珠不敢用以外，將慈禧太后頂尖兒的幾件首飾都挑走了。

其時已到了宮門下鑰之時，榮祿夫人帶著福妞叩辭出宮，由東華門一轉入王府井大街，便覺轎馬紛紛，熱鬧異於常時；及至一進東廠胡同，更是冠蓋相接。落日猶在，明燈已懸；由開直了的大門望進去，燈火璀璨，鑼鼓喧闐，爲男客預備的，四大徽班的名伶羅致殆盡的堂會，正當熱鬧的時候。

女客另有文靜的消遣，是『走票』的一班『子弟書』。早年有班『旗下大爺』，飽食天家俸祿，閒來無事，另創新聲；腔調略似大鼓，而講究詞雅聲和；有東城、西城兩派，『西城調』更爲縈紆低緩，一個長腔，千迴百折，似斷若續，久久不息，最宜於飽食終日的人品味。

這班『子弟書』特別名貴，因爲穿上公服，至不濟也是個紅頂子。此時當然是便衣；是特爲約齊了的穿戴，一律福色緞面皮袍；上套青緞琵琶襟坎肩；頭上紅結子瓜皮帽，帽簷上鑲一塊極大的玭霞。這是規定好了服色；此外憑各人喜愛，隨意修飾，坎肩上的套釦、手上的扳指、腰際的荷包，都是可以爭奇鬥勝之處。

當榮祿夫人母女到達時，正是『振貝子』——慶王奕劻的長子貝子載振在奏技。只爲這個票友的身分尊貴，賓主們都不便起身寒暄，擾了場面；只是遙遙目笑致意。載振也向福妞微笑著點點頭，依舊搖著繫了小金鈴的手鼓，唱他的書。

這套書叫『鴛鴦扣』，專門描寫旗人的婚嫁；從『相親』到『回門』，一共九大段。這時正唱到『開臉』；是『大奶奶親掩亮槅笑著囑咐：「猴兒你若還錯過，就誤了時辰。」』的第二天之事。適逢其會，福妞入座，載振便格外抖擻精神，使出他那條瀏亮的嗓子唱道：『通報說，梳頭的太太們將車下，大奶奶出去迎接，佳人又不得相隨；獨坐在房中，心裡不免悽慘。沒片刻娘家的女眷都進了朱扉，見面拉手兒佳人就落淚；太太們也覺傷感，打那喜內生悲！到底不比他的親娘十分親熱；也不過暫時悲慘，一霎時就展放了愁眉。大奶奶讓坐裝煙來敘話；僕婦們銅盆取水服侍香閨；洗淨了花容，三姓人先後九線；然後把寒毛絞淨又用雞子輕推，生成的四鬢只用鑷子兒打掃。開臉已畢可改換了蛾眉，未施脂粉，早已容光飛舞……』

載振唱到這裡，女客們不約而同地都轉臉去看福妞。羞得她坐不住了，低著頭起身，退了出來。

一進上房，便遇見她的堂兄而承繼過來變爲胞兄的良揆；愁容滿面，不由得讓福妞的心都跳得快了。

『怎麼啦？』

『阿瑪今兒個不大好。』良揆答說：『氣喘得很厲害。』

『請大夫了沒有？』

『去請了。』良揆答說：『刑部成三爺在前面聽戲，我先把他找了來看一看。』

於是福妞顧不得再說，繞迴廊直奔榮祿的臥室，老底下人與丫頭一大堆，卻都是發楞的居多。等進了臥室，只見榮祿由兩名聽差扶掖著坐在『安樂椅』上，滿頭大汗，喘得聲息如牛，喉間還有痰響；比平常所見的症狀重了好幾倍。尤其是上痰，更令人害怕；福妞想起見過一位長親臨終之時，一口痰堵在喉頭，立刻兩眼上翻斷了氣，不由得心膽俱裂。

『阿瑪！』她喊一聲，跪在父親面前；不斷地用手替他抹胸。

榮祿說不出話，眼珠只隨著她手腕上那只在晃動的鑽鐲轉。也許晶光四射，易於眩暈，他把眼睛閉上了。

就此時，榮祿夫人亦趕到；榮祿聽見聲音，睜開眼來，只是揮手。

榮祿夫人不明其意，福妞卻懂，『奶奶，阿瑪是說，你得到外頭去招呼客人。』

前面的賓客，得知主人病重的消息，意興大減。第二天正日的儀禮，雖然一切都照計畫舉行，表面看來，花團錦簇；但榮祿竟不能親自接待賀客。氣喘經延名醫會診，略見好轉；不過醫生私下透露，病成不治，即使能夠拖過年；春二三月，大限必至。

這話在別人不過聽聽而已；到得袁世凱耳中，就非常重視其事了。因爲榮祿是眞正的首輔，一旦病歿，何人繼任，對他的關係極重。這件事當然早就籌劃過，張之洞雖奉旨入覲，但細細打聽下來，他不會內用，也就不會入軍機；何況軍機大臣一滿三漢，就表面看，滿人已用得太少了，更不會再用一個漢人補榮祿的缺。

情勢是相當明白的，榮祿在軍機處的遺缺，不但必用旗人，而且必用資格勝過王文韶、鹿傳霖的旗人，才能『掌樞』——自慈禧太后聽政以來，軍機不用漢人『領班』，已成定例；王、鹿之流，是絕不可能掌樞的。

旗人中資深可與王、鹿相並的，只有一個東閣大學士、宗室崐岡，他是同治元年的翰林；但才具平常，亦非慈禧太后所寵信。算來算去，只有一個慶王奕劻，堪膺其選；而亦唯有奕劻大用，自己才有更上層樓的可能。否則覬覦直隸總督北洋大臣這個頭銜的，大有人在，而且如岑春煊、盛宣懷之流，都不是好相與。

因此，袁世凱以助奕劻繼榮祿，視爲必出死力以冀其成的第一大事。這幾個月之中，多方佈置，加以有四格格作內應，奕劻的簾眷，更勝於昔；可是袁世凱心中雪亮，此事成敗，決於一言九鼎之重的榮祿。如果榮祿自知不起，必會造膝密陳，何人以繼他的遺缺；即使他自己不說，慈禧太后亦一定會問他，萬一倉卒之中竟記不起慶王，而致別舉，那麼，即令舉非其人，以慈禧太后對榮祿的眷顧之深，亦會勉強依從。那一來便錯盡錯絕了。

是這樣的一種看法與打算，所以袁世凱聽得榮祿病重的消息，憂心忡忡；急於想進一趟京，在探病的同時，探問榮祿的口氣，相機爲奕劻活動。要榮祿肯有一言之薦，大事才能放心。

京津密邇，但直隸總督非奉旨不能進京；而自請入覲，又必須有非面奏不可的理由。幸好眼前有個機會；回鑾之時，曾有上諭，慈禧太后將親自謁陵，以補『山陵震駭，歲時祭謁，廢缺不修』的前衍。東陵已經展謁；西陵定在明年春天謁祭，以此爲由，當面請旨，一定可以奉准。

果然，有一天宮中談起明年春天的西陵之行，順便試一試蘆漢鐵路北段，高碑店至易州泰陵這一條支路，是否平穩？李蓮英便即建議：『不如找直隸總督來，當面問一問！』就這輕輕一句話，便讓袁世凱接到了立即來京『陛見』的口諭。

袁世凱進京，除了帶足了現銀以外，另外有一大箱藥；中西皆備，都是專治哮喘虛弱的。下了火車，宮門請安；回到錫拉胡同的北洋公所，卸下行裝，換上公服，隨即便帶著那一箱藥，去看榮祿的病。

這一天恰逢榮祿的精神還好，不需等候就見到了。榮祿本來是黃黃的臉色，如今更像一個蠟人；聲音微弱，但顯得很興奮，『慰庭，』他說：『你我見一面是一面了！』

『中堂別這麼說！』袁世凱裝出那種晚輩不忍聽此『斷頭話』的神情，『大清的氣運，否極復泰；中堂著實主持大計，著實還有幾年要辛苦呢！』

『哪裡還有甚麼幾年？不知道這個年還能過得去不！這也不去說它了。慰庭……』說到這裡，氣喘又作，無法再往下談了。

『中堂請節勞！』袁世凱向侍立在一旁的良揆問道：『世兄，最近請了哪幾位大夫來看？』

由此談起榮祿的病情，袁世凱問得很仔細——他生了一雙能騙死人的眼睛，炯炯清光中充滿了純摯的同情，與可信賴的力量；因而木訥的良揆，亦能侃侃而談。及至袁世凱將隨帶的一箱藥交代出去；這個榮祿的嗣子，竟感動得要哭了。

等良揆有事暫且退出以後，榮祿以略帶嘶啞的聲音說道：『慰庭，我這個過繼的兒子，將來要請你看我的面子，多多照應！』

『中堂言重了！』袁世凱趕緊站起來，誠惶誠恐地說：『世凱承中堂的栽培，感恩圖報之心，時時刻刻都在。世凱之事中堂，死生以之，不改初衷。』

這話看似他自己表白，忠心至死不改；但亦可解釋爲榮祿雖死，他的忠心不變，則照顧後人，自不在話下。

這就是試探，榮祿亦不以爲忌諱；點點頭說：『你能這樣，不枉我們相知一場！』

袁世凱聽出話風，並非絕對信任的態度；心中起了警惕，恨不得跪下來發誓給榮祿聽，想一想說道：『世凱不學，不過幼承家教，略知「士爲知己者死」而已！』

『言重，言重！』榮祿似乎有點感動；接著是濃重的感慨，『人生得一知己，談何容易？我一生遭人誤解。』他慢吞吞地，且想且說：『像沈經笙、寶佩蘅、醇王、皇上；甚至皇太后對我都有過誤會。我亦不辯，日久見人心，走著瞧好了！就如翁叔平，書生誤國，罪不容誅；李文忠生前提起他來，恨不得剝其皮，食其肉！恭王臨終之前，據說亦頗有不利於他的陳奏。所以皇太后對他深惡痛絕；常說皇上本性很厚，都是翁某人帶壞的。幾次問我，如何處置，我都不吭聲。後來下詔「定國是」，彷彿要革老太后的命；我看看鬧得太不成話，要有殺身之禍，念在換帖的分上，所以等太后再問到我，我勸太后放他回常熟養老。如果我要坑他，我就勸太后留他在京裡；那一來，不是後來跟張幼樵一樣，就是庚子年跟徐小雲弄成一路。你別以爲本朝從無殺師傅的前例，載漪那個混球，連弒君之事都敢做，何在乎你一個翁叔平？那時候你在山東，不知道京裡那個無法無天；載漪兄弟連在太后面前都是臉紅脖子粗地說橫話，你想翁叔平那條命還能保得住。就算太后想救他，也是心餘力絀；不然，立豫甫的下場，又何至於那麼慘！』

這段話太長，說得又氣喘了。袁世凱便站起身來說：『我可不能不走了。中堂話多傷氣，請歇著吧！』

『不，不！慰庭！』榮祿使勁往下壓手，示意他留下。袁世凱躊躇了一會，方不安地答一聲：『是！』重新坐下。

『我早就想請你到京裡來一趟，聽聽兩江的情形；可又怕沒有精神陪你。今天你來了最好，說說想說的話，心裡痛快些，精神反倒好了。』

『我亦常想來看中堂；有些事信裡總不能暢所欲言，非當面請示不可。』袁世凱略停一下說：『這一次到了南邊，頗有感觸；李文忠經營北洋，規模宏大，當然教人佩服不止。不過北洋的許多舉措，誠所謂「人存政存，人亡政亡」；今後還得從制度上去整頓，才是根本之道。』

『這話誠然。不過，何謂「人亡政亡」，請你舉個例我聽。』

『譬如，電報、輪船、開礦等等，都是北洋委員創辦；李文忠在日，威望足以籠罩一切，哪怕遠在上海，李文忠亦能如臂使指，遙控自如。及至李文忠一不在，情形就不同了；而不屬北洋，可又不屬於南洋，竟有自立爲王，假公濟私之勢，不能不說是內輕外重，朝廷的隱憂。』

舉這個例，完全是爲了打擊盛宣懷；但不能說他沒有道理，所以榮祿不斷頷首，表示同意。

『你看盛杏蓀的意思怎麼樣？』榮祿問說：『是不是還有把持的意思？』

這是指盛宣懷所管的電報局、招商局、鐵路局等等。袁世凱與榮祿早就商量過，應該逐一收回，由專設大臣督辦；而盛宣懷似乎只肯交出電報局，因而榮祿有此一問。

這一問，正中下懷；袁世凱隨即答說：『這很難說。他的說法是，電報因爲宣揚政令有關，宜歸官有；輪船純爲商業，不易督辦，不可歸官。至於鐵路，那就更不必說了。』

『鐵路先不必談，張香濤出盡氣力在撐他的腰，先讓一步。電報、輪船不妨先接收；你看應該怎麼辦？』

袁世凱成算在胸，徐徐答說：『電報不妨設一位電政大臣，專歸官辦。輪船比較費事；不是內行，會受船上的挾制。好在北洋水師學堂的人材很多；請中堂奏明，暫交北洋接管，將來是否另簡大臣、另設衙門，大可從長計議。』

『這個過渡的辦法很妥當。』榮祿指示：『明兒太后召見，提到這件事，你就照此回奏好了。』

『是！』袁世凱停了一下問：『請中堂的示，這一次電召，除了謁陵的差事以外，不知道太后還會問些甚麼？』

『地方情形是一定要問到的。商約也會提到，』榮祿想了一下說：『太后對各項新政之中，最關切的，還是不外乎練兵籌餉兩大端，你該有個預備。』

『請中堂指點，太后問起這些情形，該怎麼樣答奏？』

『你認爲怎麼才對，就怎麼答。』

這是很開明的態度，但袁世凱覺得有些事還是先徵得榮祿的同意爲妙。於是先談商約。

『照中國的規矩，士農工商，商爲國民之末；如今大非昔比了，西洋各國，皆是商而優則仕；日本的政治，亦幾乎全操縱在商人手裡，中國如想國富民強，與各國並駕齊驅，自非重視商人不可。』袁世凱緊接著說：『六部既有工部，則新官制中更應該有商部。』

『商部？』榮祿有些困惑，『工部其來有自，由唐朝的「將作大匠」演變來的；商部從無先例！再說，如今的商務，又不止於鹽鐵；花樣很多，眞不知道該怎麼辦了？』

『中堂剖析得極是！』袁世凱說：『設商部原是仿照西洋的辦法，他山之石，可以借鑒；是故籌設商部之先，必派專人先到各國考察商務，將來設部就不致茫無頭緒了。』

『這個法子可行！』榮祿問道：『考察商務之人，可就是將來商部的堂官呢？』

『照道理說，應該如此。』

『這就要好好看了！看誰合適？』榮祿問道：『你心目中可有人？』

袁世凱早就有了人；但不便明說，故意想了一下說：『我的意思，以少年親貴爲宜。』

榮祿搖搖頭，鄙夷地說：『那班大爺只懂吃喝玩兒樂，懂甚麼商務？』

聽這一說，袁世凱不敢將人選提出來，只說：『慢慢物色吧！』

『也只好如此。』榮祿又問：『你到慶王府去過沒有？』

『沒有！』袁世凱答說：『宮門請安之後，換了衣服就到中堂這裡。』

『那麼，你請吧！我不留你了。』

話中的意思很明顯，是替袁世凱設想；好早早去看慶王。而越是如此，袁世凱認爲越要表示他跟慶王的關係，不如外間所傳那麼密切。因而很快地答說：『我打算明天給慶王去請安；反正也沒有甚麼要緊事，早一天晚一天都不生關係。』

『既然如此，你就在我這裡便飯。』

『是！』袁世凱欣然說：『我就叨擾了。』

榮祿的服飾，在京裡與立山齊名，夏天扇子、冬天皮衣、常年的朝珠，講究每日一換，從無重複。日常飲饌，亦復精美無比；論品類之繁，也許不能與上方玉食相比，要說精緻，卻過於天廚。大致進貢的名產，都能見之於他家；其中固有出於慈禧太后所賜，而大部分是各省進貢之時，另有一份饋獻『相國』。這天就有松花江的白魚，是平常人家有錢難買的珍饈。

但對榮祿來說，食前方丈，舉箸躊躇，因爲胃口太壞；加以氣喘這個毛病，在食物上的禁忌最多，所以更無下箸處。相反的是袁世凱，他的食量驚人，但品質不甚講究；最喜歡吃雞蛋，一頓早飯能吃掉一籠蛋糕，二十個白煮雞蛋。

此時一面吃，一面談，沒有停過筷子；片刻之間，將一盤蜜炙火方、一盤銀絲捲，吃得光光。榮祿只就錦州醬菜，吃了半碗小米粥；看袁世凱如此健啖，羨慕極了！

『怪不得你的精力那樣子充沛！』榮祿感傷地說：『我是「食少事煩，其能久乎？」能有你十分之一的胃口，就已心滿意足。』

『我是粗人，跟中堂不能比。』

榮祿不知道該怎麼說，沉吟了一會，忽然嘆口氣說，『做一天和尙撞一天鐘。』

『這口鐘，有得撞下去。』袁世凱問道：『中堂要不要試試西醫？』

『外科是西醫好；內科還是中醫。尤其我是本源病，油盡燈乾，拖日子而已。』

袁世凱爲之停箸不食；微皺著眉說：『中堂在軍機上應該找個幫手。王、鹿兩公，年紀到底大了；瞿子玖一個人恐忙不過來。聽說從前軍機上，一直是三滿兩漢；如今一滿三漢，失於偏頗，中堂何不在旗下再物色一位？』

榮祿搖搖頭，『旗下哪裡有人材？』他說：『就有一兩個，也不是廟堂之器，而況資望很淺，入軍機還早得很！』

袁世凱不敢再多說，說下去要犯忌諱了！不過，就交談的時機來說，卻是個試探的好機會，畢竟不肯死心；想了一下，惴惴然地說：『從前曾文正有句話，「辦大事以找替手爲第一」；中堂爲國求賢，似乎也該留意到這上頭。』

『替手，我不是不想找，也要機緣相湊才好。像你，練兵、帶兵總算可以做我的替手了。至於朝中，我不知道賢者在哪裡。再說句老實話，我以爲賢，亦沒有多大用處；還要太后信任。反正上頭也知道，我忝居相位的日子也不多了；自然會有打算，不必我費心。』

『是！是！』袁世凱感激地說：『時承中堂栽培，練兵、帶兵的一切規模制度，絕不敢違背中堂手定的制度。』

『那倒也不必如此！軍事的變化很大；如今參用西法，過去的許多章程，都用不著了。你大可不必拘泥。』

『是的。』袁世凱答說：『我的意思是，儘管兵器、陣法，日新月異；精神是不變的！一個忠，一個勇；這忠勇二字是兵將萬古不變的大經大法。』

『對，對！』榮祿顯得很欣慰，『你能說出來這兩句話，我就很放心了。』

一席晤談，得此兩句嘉許的話，袁世凱覺得不虛此行。飯罷，又陪坐了好些時候；直待榮祿自己催客，方始告辭。

第二天一早上朝，遞了牌子，頭一起就召見；是肅王善耆帶的班。

『你哪一天到京的？』慈禧太后問說。

『昨天下午到的。』

『地方上怎麼樣？』

『託皇太后、皇上的洪福！今年已經下過兩場瑞雪了。』

『庚子年的那場亂子，直隸百姓受的禍最重，格外要體恤。你是地方長官，只要肯爲百姓打算，對朝廷沒有甚麼妨礙；若是有應興應革的事，我沒有不答應的。』

『慈恩深厚，百姓無不感戴。』袁世凱想到開辦印花稅來代替彩票這件事，正不妨乘機回奏：『前督臣李鴻章回任之初，正是拳匪剛鬧過事以後，地方殘破，稅收短絀，爲了籌措政費，興辦彩票；開辦一年多以來，銷數一期比一期少。彩票等於賭博，導民以賭而坐收其利，從來沒有這樣的政體；就算日收千萬，尚且不可；如今國家舉行新政，中外觀瞻殷切，似不必貪此區區，免得留下一個話柄。可否請旨停辦，以示恤民？』

慈禧太后略想一想答說：『這件事我還弄不太清楚。果然如你所說的，自以停辦爲宜。你跟部裡商量之後，具摺奏請好了。』

『是！』

『袁世凱，你向來會練兵；照你看如今練新軍，要多少時候才能練得像個樣子？』

這話很難回答。袁世凱想了一會答說：『用兵以教將為先。各省兵制不一，軍律不齊，糧餉有多有少，槍械有新有舊，士氣有好有壞，操練有勤有惰。平時聲息不相通，到打仗的時候，勝敗就各不相顧了。所以練兵之法，以統一兵制，劃一教練為扼要之圖。如今訓練新軍，只有北洋跟湖北，已具規模；臣的意思先由各省選派將弁頭目，到北洋、湖北學習操練，逐漸推廣；早則三年，遲則五年，可以像個樣子了。不過，』他突然一轉，聲音提高，『兵學精深，各國都把它當作身心性命之學，斷斷乎不是一兩年可以見效的；而且還要各樣湊手，有一處呼應不到，就會大受影響！』

『喔！』慈禧太后很注意地問：『你說要各樣湊手，是哪幾項事情呢？』

『首先是餉；足食則足兵。其次，像電報、輪船、鐵路等等，都跟兵事有關；如果調度不靈，一切都無從談起了。』

『這話倒也是。戎機貴乎迅速，電報是很要緊的；輪船、火車，運兵運械亦非聽調度不可。如今鐵路剛在開辦；張之洞力保盛宣懷，他也很能幹，就讓他仍舊辦下去。電報局原定了要收回官辦；招商局更是早就有了規模，亦不妨商量，看是官辦，還是官督商辦。』慈禧太后又問：『這趟你在上海跟盛宣懷見面談了些甚麼？』

『是談的電報局跟招商局。他說電報可以收回官辦；招商局是商股。言下之意，還不肯交出來。其實所謂商股，也就是幾個人的股子；自開辦至今，二十年的工夫，坐享其成，早都發了大財。如今國步艱難，他們也該知恩圖報才是。』

『是啊！我也聽說了。』慈禧太后沉吟了一會說：『你跟榮祿去商量，國家的利權，不能只肥了幾個人。』

『是！』

『再有件事，聽說在日本的留學生，風氣很壞；派到日本去學陸軍的將弁，會不會也跟他們在一起鬧事？』

『不會！』袁世凱答說：『這一次派到日本士官學校留學的，除了宗室良弼之外，其餘都是勳臣名將之後，世受國恩，忠誠可靠，不會不知輕重。』

慈禧太后點點頭問：『倒是哪些人啊？』

於是袁世凱就記憶所及，報了幾個名字：據說是岳武穆的後裔，雍正年間的名將岳鍾琪之後岳開先；嘉道間川陝湘鄂有名的提督羅思舉之後羅澤暐；當過貴州提督，在雍正年間入覲被派在軍機大臣上學習行走的哈元生之後哈漢章；十來年前當過河道總督的許振禕的孫子許崇智；長江水師提督程文炳的兒子程堯章；毅軍統領馬金敘的兒子馬毓寶等等。

報完了名字，袁世凱又說：『既承慈諭，臣自當格外留心，加意管束；倘有出軌的行爲，勒令休學，調回來察看。』

接下來便談兩宮明年初春謁西陵一事。慈禧太后對蹕路、行宮的情況，問得相當仔細；袁世凱有個很深刻的印象，原以爲專爲謁陵，順道遊觀的想法，完全錯了！其實，是借謁陵爲名，要好好去逛一逛。

回到北洋公所，已有好些訪客在等候；袁世凱按照官秩、關係，依次接見；最後留下兩個人，一個叫吳重熹；一個就是盛宣懷派在京裡，專爲侍候慈禧太后的陶蘭泉。他的正式職司是蘆漢鐵路駐京事務局的坐辦；但兼差卻更重要，頤和園的電燈歸他管理。

袁世凱先接見陶蘭泉，他的來意，當然知道——盛宣懷是蘆漢鐵路的督辦大臣；但由京城至蘆溝橋，以及由高碑店經易州到西陵所在地梁各莊的兩段支路，另委胡燏芬督辦，而由北洋另設鐵路局管理。所以這一次兩宮謁西陵，鐵路上辦差，與盛、袁二人都有關係；陶蘭泉來謁，必是談此公事。

『花車已經預備了。』陶蘭泉說道：『請示大帥，一輛花車到底，還是到了高碑店換車？』

袁世凱心想，如果一輛花車到底；風光都教盛宣懷佔盡，自己豈不落了下風。但身爲疆臣領袖，不能有公然獻媚慈禧太后的表示；所以這樣答說：『這一層，我還不甚了了，請你跟梁局長接頭。』梁局長名叫梁如浩；他是北洋所委的鐵路局長，專管那兩段支路。

『督辦有電報來，北洋是地主，一切要請示大帥；將來花車佈置妥當，要請大帥親臨檢視。』

『好！到時候我一定來看。』袁世凱說：『上次到上海，順便去弔了盛督辦老太爺的喪；盛督辦熱孝在身，雖未開缺，想來不會進京來辦大差吧？』

『雖未開缺』四字，已是諷刺；問到不能來京辦大差，更是有意堵路。陶蘭泉明白他的用意；也知道盛宣懷已作了決定，準備活動李蓮英特降懿旨，召盛宣懷北上，不能穿吉服，自不能入覲，但在途次如保定等地，不妨准用素服接駕。只是這話不便說破，陶蘭泉便推作不知，一句話『不曾聽說』，便敷衍過去了。

於是袁世凱將梁如浩找了來，囑咐他跟陶蘭泉細細商量，隨即端茶送客。接著接見最後一位訪客吳重熹。

這吳重熹是廣東海豐人，翰林出身，做過河南陳州知府。袁世凱考秀才雖然落榜，但在府試時卻是名列前茅；就是這位『吳太守』所識拔。這在未青一衿的袁世凱，亦不無知遇之感；因此，總想報答報答這位『老師』。

誼屬師弟，職位上卻大有高低；吳重熹是三品京堂，與總督還有一大段距離。而且府試的師生，不比鄉、會試的師生；所以吳重熹初次應邀，是穿了公服來的。袁世凱關照：『請吳老師換了便衣，內客廳見面。』

不在簽押房或花廳，而在內客廳以便衣相見，便表示不敘官階；不過，吳重熹聽說過他跟『張狀元』的故事，稱呼一改再改，愈改愈亢，所以儘管袁世凱口口聲聲叫『老師』，他仍舊稱他『宮保』。

『老師精力倒還健旺。』

『託福、託福！』吳重熹拱拱手說。

『老師在上海的熟人多不多？』

『這個……』吳重熹不知他的用意何在，老實答道：『只有廣東同鄉。』

『對了！在上海的廣東人很多。那就行了！』袁世凱問：『不知道老師願意不願意到上海去？』

這當然是有差使相委；吳重熹精神一振，『願意，願意！』他說：『宮保如有相委之處，理當效勞！』

『老師言重了！我是在想，老師辛苦一輩子，也應該有個比較舒服的差缺，調劑調劑。眼前有個機會，不知老師肯不肯屈就？』

吳重熹大喜，急急答說：『肯！肯！肯！』

於是袁世凱說明這個機會，電報局收回官辦，自然仍歸北洋；事先已經說好，派袁世凱爲電政督辦大臣，主持接收。這得找個副手，打算奏請以吳重熹爲會辦大臣，常駐上海去『當家』。這是求之不得的一件事；但吳重熹欣喜之餘，不免惴惴，怕自己跟盛宣懷打交道，不是對手。這一層袁世凱當然會想到；對『老師』另有『指示』。

『辦事我另外有人，老師無爲而治好了。不過，老師千萬要記住自己的身分，是翰苑前輩；如果盛杏蓀不安分，儘不妨拿他教訓一番。』

『好，好！我懂了。』

等送走吳重熹，已是午後兩點鐘；慶王府已三次派了人來催請，說是『王爺等袁大人去吃飯』。可是袁世凱還不能應約，因爲他心知此一去必得到晚方回；怕榮祿有事找他，所以先要去打個轉。

在病假中的榮祿，對於軍國大事及宮廷瑣屑，仍舊無不深知；因爲軍機章京及太監之中，他佈置著耳目，自會報來。這天一見袁世凱就說：『召見的工夫不小；太后好久沒有這樣子了。』

『是的，召見了三刻鐘。』袁世凱將奏對的經過，扼要地敘述了一遍。

『很好！』榮祿點點頭又問：『你是從慶王府來？』

『還沒有去過。』

『那，我就不留你了！你該去一趟。咱們明天再談。』

有此一句話，袁世凱才能從從容容地去見慶王奕劻。見面自然先道歉，然後與載振敘話；拉著手絮絮不斷地，問他最近看了些甚麼書？又勸他少跑馬；有機會到外洋走走。那種殷勤關切，就彷彿長兄對待鍾愛的幼弟。

慶王看在眼裡，忽然有了個主意；初想很好，再想亦沒有甚麼大關礙，便在入席之先，說了出來。

『慰庭！』他指著載振說：『他很不懂事，全靠你帶著他。彼此相知有素，我就老實說了；你得拿他當你的同胞手足看待！』

『這何用王爺囑咐，我一直拿貝子當自己人看待的。』

『不！這還不夠。』奕劻略停一下說，『慰庭，或者你還沒有懂我的意思。我跟令叔是一輩的人，你跟載振就是弟兄；你們換個帖吧！』

袁世凱頗有意外之喜，但口頭上不能不謙辭，『王爺，這不敢當！』他說：『貝子是天潢貴胄，何敢高攀？』

『說甚麼高攀不高攀！滿漢通婚，尚且不禁，何況約爲弟兄？若說高攀，載振有你這麼一個疆臣領袖的哥哥，倒眞是高攀了。』

『王爺這麼說，我如果再違命，就是不識抬舉了。不過，』袁世凱陪笑說道：『尊卑之禮，究竟不可全廢；不妨有手足之實，而不必居兄弟之名。稱呼不改吧？』

奕劻想了一下，點點頭說：『我們旗人，原有國禮、家禮之分；在外頭人面前，稱呼可以不改。私下就不同了！載振，你給你四哥倒杯酒！』

『是！』載振在銀杯中滿斟了酒，恭敬而親熱地捧過去：『四哥，你乾了這個。』

『多謝，多謝！』

就在這一杯酒中，袁世凱與載振訂了昆季之約。也因此，袁世凱便不肯居客位，奉奕劻上座；他自己與載振打橫相陪。

把杯暢敘，先從旅途談起；袁世凱談到張之洞前倨後恭的那段故事，毫不諱言他當時所感到的尷尬。奕劻一面聽，一面大搖其頭，似乎對張之洞非常不滿。

『疆臣跋扈的，前有一個左季高；後有一個張香濤！』奕劻喝一杯酒說：『對此輩唯有敬鬼神而遠之。』

但張之洞雖還不足慮；而有個倚張之洞爲靠山的人，卻頗難惹；那就是盛宣懷——他的奧援本是李鴻章；甲午以後，眼看冰山將倒，不能沒有打算，一方面多方設法，想促成李鴻章回任北洋；一方面盡力結納劉坤一、張之洞。由於手腕靈活，加以因緣時會，這兩方面都有相當成就，不但原來經管的事業未動，而且還獨攬了蘆漢鐵路的大權；就因爲有張之洞爲他撐腰的緣故。

盛宣懷與張之洞本無淵源，但湖廣總督衙門辦洋務的文案委員惲祖翼、祖祁兄弟，卻是同鄉熟人。其時張之洞所辦的漢陽鐵廠，經營不得法，頗有虧累；惲祖祁建議改歸商辦，介紹盛宣懷接手。鐵廠原爲築路而設；談接辦鐵廠，連帶論及蘆漢鐵路的興建計畫，是順理成章的事。張之洞好大喜功，而盛宣懷以『空心大老官』起家；這一席之談，賓主投契，理所當然。當時有意承辦蘆漢鐵路的，包括閩浙總督許應騤的胞弟許應鏘；別號老殘的候補知府劉鶚在內，一共有四個人，朝旨已准分段承辦；卻由於張之洞的力爭，王文韶的附和，居然推翻成議，改歸盛宣懷專責督辦。直到盛宣懷丁憂；張之洞依然奏請，蘆漢鐵路完工在即，不宜易手；可以想見盛與張是如何地水乳交融。

不過，盛宣懷始料所不及的是，原以胡燏芬爲爭權奪利的對手；不想袁世凱會成爲他的對頭。這個對頭比胡燏芬厲害得太多；所以上海之會，很知趣地將電報交了出來。但袁世凱又豈能就此歇手？

由江寧拜訪張之洞談到上海去弔盛家之喪；袁世凱說了與盛宣懷會面的情形，提到他自己的感想：『我久已未到南方，這趟一看，很爲朝廷擔心；將來恐成尾大不掉之局。如果不能像李文忠在日那樣，可由北洋遙制，只怕後患無窮。』

『嗯，嗯！』奕劻很率直地說：『慰庭，怎麼樣才制得住盛杏蓀？你想個法子，我找機會面奏；他管的那些事，都與洋務有關，我可說話。』

『原要王爺說話。』袁世凱想了一下答說：『好在他究竟還不是方面大員，不讓他獨當一面，也就不怕他跋扈攬權了！』

奕劻將他的話，細想了一遍，點點頭說：『我懂了！這容易；上諭的語氣上，稍微花點兒心思，就可以把他壓下去。』

『是！』袁世凱又說：『這一次在上海，還跟盛杏蓀談了與各國修訂商約的情形；他很想借此機會出頭，將來設立商部，他一定會走蓮英的路子，想一躍而爲商部尙書。這件事，要請王爺格外留意；將來商部尙書只設一位，我心目中已經有人了。』

『喔，』奕劻雙目大張，『誰啊？』

『喏！』袁世凱向對面一指：『在這裡！』

這一指，載振臉都紅了，以爲袁世凱在拿他開玩笑；奕劻亦覺得有點匪夷所思，懷疑地問：『他行嗎？』

『爲甚麼不行？』

『年紀太輕，亦沒有閱歷。』

『年紀輕怕甚麼？四歲還當皇上呢！』袁世凱緊接著說：『至於閱歷，去閱、去歷就是！明年春天，日本大阪開博覽會，貝子不妨去看看。』

聽得這一說，載振大爲興奮。他聽說日本女人，內無褻衣；又說男女共浴，裸裎相見，毫不在乎，老想去見識見識；但親貴出趟京都不容易，如今有此機會，豈可錯過？所以很起勁地說：『四哥，你可千萬保一保我，讓我去開開眼界。』

袁世凱點點頭，且不答話；只望著奕劻，聽他如何說法。

『日本開博覽會，有請柬來；奏派觀會大臣，倒亦無不可。只是雖說內舉不避親，我到底不便出奏。』

『由我那裡出奏好了。』

『是啊！』載振接口：『四哥是督辦商務大臣，奏派觀會大臣，名正言順。』

『得有個人陪他去吧？』奕劻問。

『是的！我已經想好了，讓那琴軒陪著貝子去。』

這是非常適當的人選——戶部右侍郎那桐字琴軒，曾充赴日謝罪專使；駕輕就熟，可得許多方便。而載振得此人相陪，尤其滿意；因爲那桐在當司官時，就是八大胡同的闊客，『清吟小班』的姑娘，背後都暱稱他『小那』。如今由於言語便給、儀表出眾、手腕靈活，兼以佔了姓葉赫那拉的便宜，得以戶部右侍郎兼總管內務府大臣，照料宮廷，儼然當年的立山。而起居豪奢，較之立山，亦復有過之無不及；家住八面槽東面的金魚胡同；橫築華美，號稱『那家花園』。載振有此遊伴，眞有『班生此行，無異登仙』之感！

最後談到榮祿的病勢，那就連載振都不能與聞其事了！奕劻與袁世凱促膝密談了半夜，誰也不知道他們說些甚麼？只知道北洋公所接到袁世凱的條諭：以後慶王府的一切開支，都由北洋出公帳。

大年初一，朝賀既罷，皇帝照常召見軍機，只頒了一道上諭：明年是慈禧太后七旬萬壽，本年癸卯舉行恩科鄉試；明年甲辰舉行恩科會試。子午卯酉鄉試之年；辰戌丑未公車北上，本有正科；果眞加恩士林，另開一科，照規矩應是明年鄉試，後年會試。如今只將正科改爲恩科，實際上是所謂『恩正併科』，並無增益。而所以有此上諭，不過是提醒大家，別忘了明年是慈禧太后七十整壽。

不想這道上諭，爲人帶來了『隱憂』。慈禧太后五十歲甲申，有中法之戰，六十歲甲午，有中日之戰，到七十歲甲辰，不知又會有甚麼彌天的戰火發生？

可是，有班人卻以爲這是庸人自擾的杞憂；那就是以那桐爲首的那班內務府的紅人。奔走相告，說是：『老佛爺五十歲、六十歲兩個整生日，都讓外國人給攪了局；明年七十大壽，「人生七十古來稀」，可得好好兒熱鬧熱鬧了！』

不過，修園、點景、慶壽之事，畢竟還早；眼前，就有一樁差使——兩宮謁西陵，得好好巴結一番，博得慈禧太后一個歡心，明年大事鋪張的差使就有份了。

誰知有力使不上，謁陵的差使，不由內務府，而由直隸總督衙門及蘆漢鐵路局承辦。盛宣懷早就在元宵節後，便到了天津，親自指揮花車的鋪陳。

鐵床、『如意桶』，一如回鑾那年的舊規；踵事增華，尤在車中的陳設。盛宣懷託人向李蓮英去打聽，此事以交哪家古玩舖承辦爲宜？所得到的回音是：後門劉麻子很內行。

劉麻子在地安門內開著毫不起眼的一家古玩舖，字號叫作『天寶齋』。拿出來的古玩、玉器、法書、名畫，都來自內府；名副其實的天家珍寶。開出一張單子來，一共是十四萬六千多銀子，外加三千兩銀子的『工資』。

『工資何用三千兩？』盛宣懷頗表不滿，『擺擺掛掛，不是甚麼麻煩的事！』

『大人，這裡頭大有講究。安得不牢靠，花瓶甚麼的摔破了一個，不止三千兩銀子。』

這話倒也不錯；加以是李蓮英所推薦，不能以常規而論。盛宣懷如數照付，只是格外叮囑，務必佈置妥當。

一切齊備，請了袁世凱來看花車；但覺富麗雅致，兼而有之，實在沒有甚麼毛病可挑。想了好久，到底想到了。

『點景很好，不過車行震動，掛屛之類掉了下來，就是大不敬的罪名！哪個敢當？』

『請慰帥來試一試最快的車。如果不妥當，再想別法。』盛宣懷笑嘻嘻地說。

袁世凱亦想了解個究竟，毫不遲疑地表示同意。而袁世凱或者任何一個有資格視察花車的人，有此一問；以及如何解疑破惑，最有立竿見影效果的手段，原都是早就設想周到的，因此，只待盛宣懷做個手勢，『洋站長』立即下了命令，汽笛長鳴，而輪動無聲，慢慢地出了站，漸行漸快，往返兩小時，走了兩百二十里，而滿車陳設，文風不動。

『很好，很好！』袁世凱甚爲滿意，轉臉向北洋鐵路局局長梁如浩說：『咱們的花車，一切都照這個樣子佈置。』

『是。』

『這些東西，』袁世凱指著一座康熙窯五彩花瓶，與花瓶旁邊的一具『蟹殼青』宣德爐問盛宣懷：

『你是哪裡弄來的？』

『託後門天寶齋古玩舖代辦的。』

『是劉麻子開的那個舖子嗎？』

『對了！』

『得瘕。』袁世凱讚了一句。

到得第二天，又請李蓮英來看花車。他穿的是便衣，狐嵌皮袍外加一件藍布罩袍；玄色直貢呢坎肩；沒有戴帽；手裡持一支短旱煙袋。到了車上，站定打量，左看右看，不斷點頭。

『一切都妥當；只有上車的法子不好。』

『請教李總管，』盛宣懷問道：『是怎麼樣不好？』

『踩踏步不方便。』

盛宣懷想了一下說道：『那容易，自有法子。請李總管明天再來看，包管妥當。』

『好！』李蓮英又說：『皇上的那一輛，跟老佛爺的這一輛，陳設要一樣，不能差一點兒。不然，怕皇上不高興；那倒也還沒有甚麼大關係，最要緊的是，老佛爺不願意讓人家誤會，以爲皇上的一切享用差了一等。』

『是了。我一定格外留意。』

等李蓮英一走，盛宣懷立刻吩咐陶蘭泉，造一座平台，寬與車門相等；長則三丈有餘，一頭低一頭高，但坡度極緩，渾然不覺；平台上鋪彩色地氈，兩旁加上很牢靠的欄杆。慈禧太后只要步上平台，便可以扶欄而過，如履平地。

造好試過，再請李蓮英來看，一見大爲稱讚；又說：『昨天回宮，我把車子裡的陳設，面奏老佛爺。老佛爺交代，這麼貴重的東西，要叫跟了去的人小心，別弄壞了，以至於讓盛某人賠累。上頭有這麼一番意思，我不能不告訴盛大人。』

『是，是！』盛宣懷拱拱手說：『承情之至。』

然而李蓮英說這話又是甚麼意思呢？盛宣懷細細參詳，悟出其中的道理；這是暗示，所有的陳設都可能損毀。毀了也是白毀；那何不放漂亮些？所以他說這番話的意思，等於明白相告，不如將所有的陳設都作爲貢品。

於是，立刻製一批黃綾籤，恭楷書寫：『臣盛宣懷恭進』。遍貼珍物之上。過了幾天，袁世凱又來看車；一見愕然，扭轉臉去看著他的隨從嘆息：『爲大臣者！爲大臣者！』尾音拉得極長，彷彿有許多議論要發，而終於不忍言似地。

那個文案跟陶蘭泉是熟人，覺得應該把這些情形告訴他，才合彼此照應的道理。誰知陶蘭泉聽罷一笑，『老兄，』他說：『剛才袁宮保已派梁局長來過了，細問一切。我是知無不言、言無不盡；無奈梁局長廣東人，聽不懂我的話，所以又託我的同鄉林志道來詳談。袁宮保已打算如法炮製了。』

果然，袁世凱亦命梁如浩去向天寶齋接頭，包辦花車陳設；取用的東西，比盛宣懷猶有過之，一張單子開出來，是十五萬五千銀子。

三月初八，天色微明的寅時，皇帝致祭先農壇。大典既畢，隨即轉到車站；不久慈禧太后駕到，皇帝跪接，以下是慶王領頭的一班王公大臣，唯獨榮祿未到，他病得很厲害，已經不能起床了。

慈禧太后仍然如回鑾那年乘車那樣，意興極佳；滿臉含笑地步上平台；崔玉貴獻殷勤，要上前攙扶，慈禧太后擺一擺手，示意不必，自己扶著欄杆，從從容容地上了車。

車中所設的寶座，是一張蒙著黃絲絨的『快樂椅』；等她落座，皇后、榮壽公主、四格格亦已登車，站在太后身後左顧右盼，看那些陳設。最後是榮壽開了口。

『這盛宣懷，可眞會辦差啊！』

『也難爲他。』慈禧太后喊道：『蓮英！』

李蓮英還未上來，是在照料慈禧太后的行李裝車。等把他找了來；隨即傳懿旨，召見盛宣懷。於是，皇后與所有宮眷，都退入另一節作爲慈禧太后『寢宮』的花車。盛宣懷由李蓮英帶著來謁見；他穿的是素服，頂戴是國家的名器，無法更易；不過那顆紅頂子是用極淡的珊瑚所製，微微的粉紅色，有那麼一點意思而已。

等他行了禮；慈禧太后首先指著珍玩上的黃籤說：『你太糜費了！怎麼可以這樣子？』

『回皇太后的話，』盛宣懷說：『車中陳設，都是臣家藏的微物，並非特意價購；求皇太后鑒臣愚忱，俯准賞收。』

『到底不好意思。』

『臣受恩深重；難得有機會孝敬皇太后。東西不好，只是一片至誠。』

『這可不能不賞收了！』李蓮英在一旁說：『不然，人家會以爲老佛爺嫌他欠至誠。』

『這話倒也是。我可是受之有愧了。』慈禧太后又問：『你是哪一天到京的？』

『臣正月廿二到天津，跟督臣袁世凱接頭了辦大差的一切細節，二月初八到京，督飭司員佈置花車，籌備供應。』盛宣懷說：『臣才具短絀，雖然盡心盡力，只怕還是有疏忽的地方，求皇太后包容。』

『你很能幹，沒有甚麼好褒貶的。』慈禧太后又問：『南邊革命黨鬧得兇不兇？』

『本來很兇，自從張之洞署任以來，好得多了。』

『喔，』慈禧太后身子往前俯一俯，『那是甚麼緣故呢？』

『張之洞輿情甚洽，善於化解疏導；地方士紳，都肯聽他的話，約束鄉黨子弟，所以能弭患於無形。』

『地方士紳是哪些人呢？』

這一問，多少出於盛宣懷的意外，覺得很難回答。因爲有些人非慈禧太后所知，說了也是白說；有些人爲慈禧太后所惡，說了不妥當。但急切之間，無暇細思，想到一個便說了出來：『像南通的張謇……』

他還在想第二個時，慈禧太后已經在問了：『是甲午的狀元張謇嗎？』

『是！』

『他不是翁同龢的得意門生嗎？』

盛宣懷心想糟了！但不能不硬著頭皮，再答一聲：『是！』

『他跟翁同龢可常有往來？』

聽慈禧太后的語氣相當緩和，盛宣懷比較放心了，『不大往來！』他說：『張謇在家鄉開墾；辦實業，很忙的。再者，翁同龢閉門思過，也不大會客。』

『翁同龢是你的同鄉不是？』

『是。』

『那，你跟他總常有往來？』

『臣家住上海；跟翁同龢逢年過節通通信。此外就沒有甚麼往來。』

『翁同龢安分不安分？』

『很安分。』

『他跟康有爲呢？』

『絕無往來！』盛宣懷的聲音，有如斬釘截鐵，『據臣所知，翁同龢對康梁師徒，深惡痛絕。』

『那還罷了！』慈禧太后冷冷地說：『你得便傳話給翁同龢，千萬安分！我可是格外保全他了！』

盛宣懷嚇出一身冷汗，跪安退出時，神色青黃不定；看到的人，無不詫異，都以爲他碰了個大釘子；卻猜不透是何緣故？

三月初十，謁陵事畢，回到保定。西陵在易州，而保定在易州之南，非謁陵蹕路所經，所以並無常設的行宮。這一次慈禧太后早就決定，順道臨幸保定；因而選定蓮池書院，作爲行宮。

蓮池書院建於雍正十一年，原爲元朝張柔蓮花池的故址，所以書院名爲蓮池；池上有臨漪亭，又有君子亭、柳塘、西溪、北潭等等名目，本爲保定的名勝，加以重興土木，踵事增華，比起那些定制正中帝居，東面住皇后，西面住太后，『山』字或三座大屋，呆板無比的行宮來，自然大足流連了。

袁世凱辦差，能勝得過盛宣懷的，就在這座行宮上頭。特地委了兩名能員，專門負責，一個是早在李鴻章生前，便跟袁世凱很接近的楊士驤，如今官居直隸按察使，一個是長蘆鹽運使汪瑞高。汪瑞高跟長蘆鹽商去要錢，楊士驤會花錢──他的祖父楊殿邦做過漕運總督；『三世為官，方知穿衣吃飯』，楊士驤精於飲饌，所以侍候御膳，能博得慈禧太后極大的歡心。

一住三天，到得三月十四黎明時分；袁世凱接到電報局派專差送來一封密電，譯出來一看，道是榮祿已在半夜裡溘然長逝了。

這是個等待已久的消息；袁世凱精神為之一振！但心裡很亂；因為一下子從心底湧出許多即時要辦的事。定一定神細想，找到了第一件該做的事，通知電報局，如有致軍機處的密電，壓到天色大亮以後再送；因為他要趁榮祿的噩耗尚未傳開來以前，有所佈置。

於是立即派人去請智囊楊士驤。而在此等待的一段時間中，他又已做了兩件事，一件是密電北洋公所，即刻派人到榮府去襄辦喪事；一件是向藩庫提銀二十萬兩，即刻就要，而且要銀票。

也就是剛辦了這兩件事，楊士驤已奉召而至；直到簽押房來見。袁世凱一面拿電報給他看，一面說道：『榮中堂過去了。』

楊士驤看完電報問說：『軍機上還不知道這個消息？』

『已經告訴電報局壓一壓。』袁世凱問：『你看會不會有變化？』

『不會！』楊士驤很有把握地說：『如今最要緊的是，大老自己先要沉得住氣；切忌浮躁。』

袁世凱點點頭又問：『上頭召見，你看我應該怎麼說？』

『不必說得太明顯。』楊士驤想了一下又說：『甚至根本不參一議。』

『如果一定要問，非說不可呢？』

『只說，如今大政，不外兩端，一是新政，一是外務。新政正在次第舉辦；外務如能益加開展，大局更有可爲。皇太后、皇上用人之道，懸揣必以此二者爲準。』

袁世凱深深點頭，『這話很得體。』他說：『這個消息，不便從我這裡傳出去，免得軍機上有人說閒話。不過，大老那裡，勞你駕，立刻去一趟；也不必提到這個消息。』

『那麼去幹甚麼呢？』

『請稍坐一坐，我再告訴你。』袁世凱喚來心腹家人，『你去催一催，藩庫怎麼還沒有人來？』

『是！袁慰帥派我來給王爺請安，有樣東西，面呈王爺。』說著，楊士驤取出一個紅封套，恭恭敬敬地雙手捧上。

『蓮府，』慶王奕劻問道：『這麼早來，一定有事。』

奕劻從封套中抽出一張銀票，一看是二十萬兩，不由得睜大了眼問：『這是幹甚麼？』

『是袁慰帥孝敬王爺的。』

『這……』奕劻喜心翻倒，嘴變得很笨了，『太多了一點兒吧？好像受之，不，似乎卻之不恭。』

『備王爺賞人用的。』楊士驤說：『王爺快有很大的開銷；尤其是宮裡。』

弦外有音，不妨自辨。奕劻便說：『既這麼說，我就愧受了。京裡如果有甚麼消息，務必早早給我一個信。』

『是！』楊士驤停了一下答道：『王爺一進行宮，怕就有消息。』

這一說奕劻猜到了七八分。送走了楊士驤，立即坐轎到行宮；他是督辦政務大臣，外務部總理大臣，專有一間『直廬』，而且與軍機處的直廬相接；一到，便有個極熟軍機章京悄悄溜了進來，請個『雙安』，輕聲說道：『該給王爺道喜了。』

『喜從何來？』

『司官馬上又要侍候王爺了。剛才接到的電報，榮中堂昨兒夜裡過去了；軍機不是王爺來領班，可又該誰呢？』

『你不要這麼說！』奕劻連連搖手，『恩出自上，沒有該誰不該誰這一說。承你來報喜，我很見情；不過，請你別張揚。』

『是，是！司官知道事情輕重。』說著，他又請了個安，仍是悄悄溜走。

消息證實了。奕劻想到袁世凱的二十萬銀子，與楊士驤所說的那幾句話；知道這筆鉅款該怎麼花。當時便派個親信護衛，找到李蓮英，邀他覓便見個面。

榮祿病故的電報，是先就用黃匣子送了上去的；因此，召見軍機時，慈禧太后臉上隱隱有淚痕。不過，言語很平靜，沒有一句帶感情的話。『榮祿的病，早就不行了！』她說：『談他的後事吧！』

談後事最主要的就是議恤。前列的王文韶，聽而不言；其次的鹿傳霖，聽而不聞；自然又是瞿鴻機回奏。

『臣三個的意思，故大學士榮祿，平生功業，尤其晚年的盡瘁國事，與故肅毅侯李鴻章差相彷彿；可否請旨照李鴻章的例賜恤。』

『李鴻章的恤典，我不全記得了。』

『一共七項。』瞿鴻禨按當時上諭所宣示的恤典次序答說：『賞陀羅經被；派恭親王溥偉帶領侍衛十員，前往奠醊；予諡文忠；追贈太傅；晉封一等侯爵；入祀賢良祠；加恩子孫。』

『嗯！』慈禧太后毫不考慮地答說：『完全照樣好了。』

『是！』瞿鴻禨略略提高了聲音說：『不過，李鴻章是由伯爵晉封侯爵；榮祿的情形不同。』

『他不是世襲的雲騎尉嗎？』慈禧太后問：『世襲是晉封男爵不是？』

『可以晉封一等男。』

『那就照規矩辦好了。』

『是。』瞿鴻禨又請旨：『賜奠是否派恭親王？』

『總不能派醇親王吧？』

醇親王載灃是榮祿的女婿；而奉旨賜奠，只灑酒，不跪拜，親族反倒要叩謝『欽差』，那不是開死人的玩笑？瞿鴻禨一時失檢，碰了個軟釘子；不過他覺得有不明白的事，還是要問。

『加恩子孫這一節，各人情形不同。榮祿嗣子良揆應如何加恩之處，請皇太后、皇上的旨。』

一聽這話，慈禧太后微有怒容，『我聽說良揆很不孝，胡亂揮霍，不務正業，讓他襲爵，已經便宜他了！』她略停一下說：『這一節先擱下；等榮祿的遺摺遞了來以後再說。』

當軍機入見時，李蓮英抽空到了奕劻那裡，臉有戚容，因爲他算是跟榮祿共過患難的。當已成庶人的『端郡王』載漪，仗著義和團幾乎要逼宮時，只有他跟榮祿兩人，內外相維，多方設法保護慈禧太后的地位與尊嚴。回想當時的焦憂苦況，自不免傷感。

『聽說李中堂出事的時候，老佛爺還哭了一場。這一次榮中堂去世，』奕劻很謹慎地說，『總不免也有點兒傷心吧？』

『那是一定的。』

『皇上呢？暗底下很痛快吧？』

李蓮英搖搖頭，『看不出來。其實，』他說：『這幾年皇上倒不怎麼恨榮中堂了。』

『是恨他？』奕劻用拇指與食指，圈起一個圓形。

『那大概是解不開的冤家了！』

奕劻多少有些心驚；不由得問：『我聽說皇上在西安，沒事畫一個王八，上面寫上袁某人的名字；再又把它撕得粉碎。有這話沒有？』

『怎麼沒有？』李蓮英詫異地問：『王爺爲甚麼問起這些陳芝麻、爛穀子的老話？』

『隨便聊聊。』奕劻從抽斗中取出來一個紅封袋，臉色不變地說：『最近有人送了我一筆款子，你分點兒去花。』

說著，將紅封袋往對方手中一塞。這不是頭一回；李蓮英亦就老實收下，而且還抽出銀票來看了一下。

一看動容了，竟是十萬兩！『王爺，』他將紅封袋放在桌上，『是誰送的？』

問誰所送，是問誰有事請託；或者升官，或者調缺，或者免禍。數目不小，所求必奢，李蓮英是怕辦不到，壞了『招牌』，所以不能不出語慎重。

奕劻當然懂他的意思；沉吟了一會說：『就算我送你的好了。』

一聽這話，李蓮英即時眉目舒展，抓起紅封袋往懷中一塞，笑嘻嘻地說：『謝王爺的賞！』

見此光景，奕劻大爲寬心，說了句：『有消息，你送個信給我。』

『那還用說嗎？』李蓮英眨著眼睛想了一下說：『西洋新出一種首飾，看起來是個戒指；掀開戒面，裡頭安著一個小錶。這玩意兒，王爺見過沒有？』

『連聽都沒有聽說過。』奕劻問道：『是你想要？我託人在上海買一個來送你就是。』

『不是，不是！』李蓮英說：『到上海去買可太緩了；最好在東交民巷找一找。找到了，直接送給四格格。』

這一說，奕劻完全明瞭。他這個孀居的小女兒，是他極得力的一個幫手；只要慈禧太后看見或者想起甚麼新樣的衣服或首飾，四格格就會派人通知『阿瑪』，趕緊覓了來，送進宮去，轉獻慈禧太后。這個『小』字訣，非常管用；奕劻不敢怠慢，即時派人到京，在東交民巷、王府井大街的洋行裡，找這麼一個『安著小錶的戒指』。

『快去快回，越快越好。找到了這玩意兒，不必講價，要多少給多少。』奕劻記著張蔭桓進貢祖母綠戒指，觸犯慈禧太后忌諱那件事，特別叮囑：『戒面是金剛鑽、紅、藍寶石，哪怕紫水晶，都不要緊；就不要綠顏色。千萬記住！』

派去的人很能幹，在台基廠的洋行裡，找到這麼一個戒指，戒面是紅寶石，更爲合適。可惜送到已經入夜；只有第二天進呈了。

其實，有無這個戒指，都已不發生關係，李蓮英已經想好如何爲奕劻進言了。他是以興修頤和園與西苑的儀鸞殿爲詞；說明年七十萬壽，這兩處大工，應該加緊才是。

這兩處大工，都由戶部侍郎兼內務府總管大臣那桐主辦；李蓮英說：『那大臣倒是挺能幹的，就是錢不措手，天大的本事亦無用。』

這一說，提醒了慈禧太后。『錢不措手』的原因是，榮祿有病，無人可以主持籌款之事；慈禧太后亦有點疑心，榮祿是不肯幹這件會挨罵的事，藉病拖延。

於是，她又想到了自榮祿出缺以後，便一直盤旋在她腦際的三個人。第一個是醇親王載灃；第二個是慶親王奕劻；第三個是肅親王善耆——太宗長子豪格封肅親王，是最早的八個『鐵帽子王』之一。善耆的祖父華豐，在辛酉政變中很出過一番力；所以慈禧太后對肅親王這一支是另眼看待的。不過善耆爲人也不壞；上年管理崇文門稅務，稅收由照例的十七萬兩激增至六十多萬，而稅率未變，亦未聞有擾民之說，足見是個肯實心任事的；因此，慈禧太后將他列爲軍機大臣的人選之一。

此刻，載灃與善耆似乎無法考慮了。載灃猶之乎禮王世鐸，擺擺樣子可以；但以前先有醇王奕譞、許庚身、孫毓汶；後有剛毅、榮祿，不妨讓世鐸掛個名。如今要自己拿得起來；尤其是這兩件大工如何籌款，在載灃必是一籌莫展，萬難勝任。

至於善耆，雖有才幹，也有稜角；而且聽說他頗結交漢人名士，有時以風骨自許，更不宜管此兩件大工。轉念到此，心目中就只有一個奕劻了。

三月十五明發上諭；以督辦政務大臣、外務部總理大臣慶親王奕劻爲軍機大臣。由於他的爵位，雖是初入軍機，自非『學習行走』的『打簾子軍機』，而是每日進見時，擁有全部發言權的『領班』。

於是盈門的賀客，從保定到京師，每天不斷；外國使節中首先來道賀的是俄國的署理公使普拉嵩，致了賀詞以後，隨即面交一件照會；只說是東三省二期撤兵有關事，未言細節。

原來中俄東三省交涉，自李鴻章一死，無形停頓；直待回鑾以後，由奕劻、王文韶受命繼續談判，方於光緒二十八年三月初一，訂立了『交收東三省條約四條』，規定俄國應分三期撤兵，每期六個月。第一期於上年九月期滿，俄國總算照約履行，將盛京西南段的佔領軍撤退，並交還了關外的鐵路。現在第二期將於十天以後的三月底期滿；奕劻以爲俄國會像半年之前那樣，將奉天、吉林境內的俄兵撤盡；照會中無非提出徵用騾馬伕子的要求而已，所以全未放在心上；只將原件交了給外務部右侍郎聯芳去處理。

到得第二天——三月二十二凌晨，正待上朝時，聯芳叩門來謁，『王爺，』他說：『麻煩大了！』

『甚麼麻煩？』

『俄國照會的譯件，請王爺過目。』

奕劻接過來一看，大驚失色。俄國的照會中表示，條約無法履行；而且提出七條新要求：『第一，中國不得將東三省土地，讓與或租與他國。第二，自營口至北京電線，中國宜許俄國別架一線。第三，無論欲辦何事，不得聘用他國人。第四，營口海關稅，宜歸華、俄道勝銀行收儲；稅務司必用俄人，並以稅關管理檢疫事務。第五，除營口以外，不得開爲通商口岸。第六，蒙古行政，悉當仍舊。第七，義和團事變以前，俄國所得利益，不得令有變更。』

『這不又是要併吞關外嗎？』

『是。』聯芳答說：『今天榮中堂開弔，各國公使都會來；倘或有人問起，該怎麼回答？』

『不會有人知道吧？』奕劻困惑地，『俄國豈能自己洩漏，招各國的干涉。』

『那麼，請示王爺，咱們自己可以不可以洩漏呢？』

這是以夷制夷的慣技。但如運用不當，便是治絲愈棼，奕劻頗有自知之明，不敢出此手段；卻又別無善策，只說一句：『回頭再商量。』

聯芳對世界大勢，比奕劻了解得多些，爲了俄國盤踞在東三省，日本所感受的威脅，恰如臥榻之旁，有人酣睡，因而在中俄重開交收東三省條約談判之初，就著手締結英日同盟，目的在對抗俄法同盟。如今俄國有此新要求，即令中國願意接受，日本亦必全力反對。既然如此，何不以日制俄？

辭出慶王府，聯芳驅車直到東廠胡同榮宅，此來既是一申祭奠的私情；亦是爲了公事。因爲外務部的堂官，一是總理大臣奕劻；而依照定制，親王與漢人不通婚喪喜慶的酬酢，可以送禮，不得親臨；再是尙書瞿鴻禨，身爲軍機大臣，無法在榮宅久坐，這樣，接待赴榮宅弔唁的外賓之責，便落在聯芳與另一侍郎，總署總辦章京出身的顧肇新肩上了。

各國公使是約齊了來的。公使團領袖，照例由資深公使擔任；從西班牙公使葛絡幹回國以後，便推美國公使康格駐華最久；所以由他領導行禮。少不得還有一番慰問；聯芳爲康格絆住了身子，無法與再度使華的日本公使內田康哉接觸，心裡不免著急。因爲除卻這個場合以外，別無機會可以交談；如果專訪內田，或者致送密函，未免擅專，所負的責任極大。同時也要防到俄國公使派人在暗中窺視刺探；不宜有驟然交往的痕跡。

正當一籌莫展之際，突然有了一個機會；原來喪家備著點心，替外賓預備的是咖啡、蛋糕之類；而內田因爲會用筷子，改食素麵。聯芳靈機一動，招待他到另一桌去吃麵，三言兩語，便透露了這個國際外交上的大祕密。

內田很深沉，當時聲色不動；入夜冒著大雨去訪奕劻。巧的是，那桐正好先一步到達；奕劻便說：『琴軒，你代見一見好了。』

『不！』那桐平靜地答道：『還是請王爺親自接見爲宜。』

『喔，』奕劻細看一看那桐的臉色，『你跟內田很熟，想來知道他的來意。是爲的甚麼？』

『入夜來見，又是冒雨；自然是不足爲外人道的機密大事。』

奕劻想了一下，站起身來，『好！』他說：『你可別走，等我見了他以後再談。』

由於有那桐事先的提醒，奕劻在他的書房中接見內田與他的翻譯清水書記官。略一寒暄，內田開門見山地問道：『俄國已有七項新要求，送達中國。我想請問閣下，中國準備採取如何的態度？』

原來爲此！奕劻反問一句：『依貴公使看，中國應該持何態度？』

『如果中國接受了俄國的要求，我敢斷言，東三省將不再爲中國所有了。』

『是的，我們也知道。不過，貴公使應該了解中國的處境；自八國聯軍以來，中國的元氣大傷，現在需要休養生息，其勢不能與強鄰交惡。』

『閣下所說的強鄰是指俄國？』

奕劻知道內田『掛味兒』了；微笑答道：『我想，應該還有貴國。』

『日本只想做中國的一個好鄰居，幫助中國對付惡鄰。』內田略停一下又說：『閣下應該記得李大臣與俄國「友好」的結果；如中國一句寶貴的成語，引爲「前車之鑒」。』

『是的，我很感激貴公使的忠告。』

『這樣說，』內田很興奮地，『閣下是打算拒絕俄國的要求？』

奕劻想了一下說：『我個人願意如此。但是，我一個人不能作主，要跟同僚商議之後，奏請上裁，才能決定。總之，我一個人不能左右大局。』

『閣下太謙虛了。』內田一半恭維，一半嘲弄地說：『閣下是首相，內政、外交都由閣下主持；而且深得慈禧太后的信任。中國的大計，掌握在閣下手中，相信閣下必能作出最有利於中國的決定。』

『我希望如此。』奕劻加重了語氣說：『可是得罪俄國，對中國來說，絕不是最有利的事。』

聽得這話，內田面現沮喪；與清水用日語略略交談了一會，便站起身來，雙手交叉著放在腹前，眼睛看著清水。

『王爺，』清水用很流利的中國話說：『內田公使要跟王爺告罪，暫時避開。』

『喔，』奕劻不知道他們葫蘆裡賣的藥，只好答應：『好，好，請便！』

到書房中單獨相對時，清水從口袋中掏出一個存摺，雙手奉上，『王爺當了軍機大臣，開銷很大，』他說：『一點小意思，請王爺留著賞人。』

清水不但是『中國通』，而且是『中國官場通』，也懂得向貴人進獻現款，有個『備賞』的冠冕說法。奕劻看他行事不外行，也就不必假客氣了；拿起日本正金銀行的那個存摺來看，戶名叫作『慶記』；內頁登載著第一筆存款，是日幣二十萬元；日本錢一圓值龍洋六毛多，算起來約莫十三萬元，說多不多，說少也不算少。

『好吧！這個摺子，姑且存在我這裡。我不必跟你們公使再見面了，請你轉告他，我總盡力就是。』

『是！這是彼此有益，公私兩利的事！』清水雙手按膝，折腰平背地鞠一大躬，轉身而去。

等他一走，奕劻才發覺事情不大對；光有存摺，沒有圖章，款子可怎麼提啊？莫非是清水疏忽，忘記把原印鑑留下了？想想不會，日本人辦事，一向注重小節，不該有此重大疏忽。再想一想，恍然大悟，只要拒絕俄國要求的照會送出，日本公使館自然會將取款的圖章送來。

『哼！』奕劻不由得冷笑，『鬼子，眞小氣！』

話雖如此，仍然是件値得高興的事。奕劻心想，拒絕俄國的要求，是天經地義，而居然還有人送錢來用，世上哪裡覓這樣好事去？這筆錢，絕不會像李家父子用俄國的盧布那樣，惹出極大的麻煩；看起來自己著實是交了一步老運。

『王爺！』門口有人在喊。

抬頭一看是那桐；後面還跟著他的長子載振，便點點頭說：『都進來。』

『內田怎麼說？』

『還不是俄國的那件事。』奕劻毫不避忌地指著存摺說：『留下這麼一個摺子，還沒有圖章，簡直是空心湯圓嘛！』

那桐收了內田三十萬，載振也有二十萬，自然都幫著日本人說話：『一定是忘記留下了。』那桐說：『內田表示過，這是第一筆；事成之後，另外還有孝敬。』

『喔！』奕劻想了一下說：『這件事，在這裡耳目眾多，行跡不宜過密。好在你們馬上要到日本去了；有事，我打密電給你們，你們跟小村接頭好了。』

那桐也是這樣想法。現任日本外相小村壽太郎，即是內田康哉的前任，相知有素，在日本跟他聯絡，比奕劻在這裡跟內田接頭，更爲方便。

『你們是後天上船不是？』奕劻問他兒子。

『是！』

『你雖是「正使」，閱歷甚麼的，都遠不如琴軒。這一趟出門，處處要請教琴軒，不可亂作主張。』奕劻格外又告誡：『更不可以荒唐！當心鬧出笑話來，丟人現眼！』

『不會的。』那桐爲載振維護，『王爺請放心好了。』

封疆大臣又有了一番大調動。

調動之起，由於閩浙總督許應騤，爲人參奏貪污；朝旨命署理兩江總督張之洞徹查。覆奏開脫了許應騤，但他手下文如臬司、武如督標中軍副將，都有或多或少的溺職情事；因而許應騤還是被開了缺，由曾任山西巡撫的錫良繼任。

錫良尚未到職，廣西卻又出了事。本是土匪打家劫舍，只爲巡撫王之春處置失當，漸有成爲叛亂之勢。王之春早在上年十月裡就打了個電報給軍機處，說廣西除梧州、桂林、平樂三府以外，幾於無處無匪。可是朝廷除了一紙電旨，責成王之春盡力剿治以外，別無善策。王之春計無所出，異想天開，竟打算借法國兵平亂。消息傳到上海，廣西同鄉大譁，集議反對，聯同各省電京力爭。朝廷亦覺得王之春此舉，無異引狼入室，過於荒唐，因而一面嚴飭不得輕舉妄動；一面考慮另簡大員到廣西剿匪。

仔細研究下來，以調四川總督岑春煊擔當此任，最爲適宜。

原來岑春煊經庚子勤王數千里的磨練，對兵事已大有閱歷；上年春天由山西調廣東，尚未到任，由於四川有拳匪餘孽蠢動，特命署理川督，負責剿匪。岑春煊日行二百里，在二十天內，由山西趕到成都；隨即出兵圍剿；擒獲匪首『活觀音』，請王命斬於鬧市。不過三數月工夫，奏報全境肅清。加以廣西爲岑春煊的老家，不憑威望，只講鄉誼，土匪亦當就撫。

原任的兩廣總督德壽，是內務府司員出身。這個督撫中的肥缺，一向是皇家的外府；所以內務府出身的人放此缺的特多。官聲不好不要緊，只要對『交辦之件』能如上意，將內務府的人敷衍好了，便無大礙。德壽的官聲不算太壞，雖少才具，卻能謹飭；但因此得罪了慈禧太后——兩宮西狩時，各省都是進貢不絕，有的豐腆，有的體貼，如張之洞進貢，連行在怕無書可看都想到了。獨有德壽的貢品，比較菲薄；李蓮英跟他『借』兩萬銀子，竟亦婉言謝絕。這一來，就是沒有廣西的土匪，亦難安於懷了。

不過，德壽畢竟沒有甚麼劣跡，不能無端解任，更不能降調，所以總督還是總督，只是調了去管幾已名存實亡的漕運。

漕督是榮祿所激賞，而聖眷亦頗優隆的陳夔龍，至少得要替他找一個巡撫的缺。而巡撫的調動，首先該考慮的是廣東。

廣東巡撫叫李興銳，湖南瀏陽人，底子是秀才，而以軍功起家。曾替曾國藩辦過多年的糧台，人品不壞，可想而知；這樣一個肯實心任事的巡撫，與好作威福的岑春煊『同城』，必成水火，結果毀了李興銳，亦未見得對岑春煊有好處，豈是保全之道。

因此，李興銳必須調開，另外給岑春煊一個老實無用脾氣好的巡撫。這個人挑中了河南巡撫張人駿；張是張佩綸的姪子，爲人與德壽差相彷彿，不過肚子裡的墨水比德壽多得多，是翰林出身。憑這一點，可以使得他少受岑春煊的欺侮。

這一來，陳夔龍有出路了。河南巡撫不是很肥的缺，但是很有名的一個缺；大致巡撫上面都有一個『婆婆』——總督管著；沒有『婆婆』的，只有山西、山東、河南的巡撫，但山西、山東猶不免要看直隸總督的顏色，唯獨河南巡撫，從田文鏡以來，就是不受任何總督牽制的。

至於李興銳的出處，卻又與錫良有關。他是蒙古人，兩榜出身；廉惠勤樸，在旗人中是上駟之才；本來是河道總督，此缺裁撤，調爲熱河都統；再繼許應騤爲閩浙總督，但此人長於軍事，而李興銳對整頓稅務有辦法，爲事擇人，以錫良調川，李興銳署理閩督，就各得其所了。

這番允當妥帖的細心安排，出於瞿鴻禨一手的策劃。但奏准之日，正當奕劻掌樞之後，因而無形中掠了美；都說薑畢竟是老的辣，慶王一入軍機，令人耳目一新。這個不虞之譽，在奕劻自然居之不疑；可惜，掃興的事，跟著就來了。

說起來是奕劻自討沒趣。

岑春煊有個癖好，喜歡參劾屬員。督撫新任，滿三個月需將全省在任及候補各官，作一次考績，奏請黜陟，名爲『到任甄別』。岑春煊在四川到任之初，預備參三百人；其後幕友苦勸，也還是參了四十員。

此時接得調任廣東的電旨，岑春煊想放個『起身炮』。別人放起身炮是下條子補缺派差，他則反其道而行之。參劾的名單中，有個候補知縣唐致遠，他的父親叫唐友耕，做過提督，與奕劻頗有淵源。唐致遠被派過許多好差使，而聲名不佳；得到消息，說岑春煊放起身炮，他亦是被轟的一員，少不得急電奕劻求救。

隔不數日，奕劻致岑春煊的密電到了，說是『唐致遠其才可用，望加青睞』。這個面子夠大了，岑春煊只好將已經抄好的參劾名單，勾去了唐致遠的名字，重新發繕。

只是岑春煊的氣量極小，心想唐致遠拿大帽子壓人，實在可惡！為此耿耿於懷，胸前始終橫亙著一股不平之氣，竟致寢食不安。到得要發炮拜摺之時，突然一拳搗在桌上，恨恨地說道：『我偏不買帳，看你如何？』

於是一面交代幕府，仍照原來的名單出奏；一面覆了一個電報給奕劻，指陳唐致遠的種種劣跡；末尾才說：『奉到鈞示，劾疏已發』，表示歉意。

奕劻碰了這麼一個釘子，才知道岑春煊眞箇不好惹。無奈他先是慈禧太后的寵臣；自四川剿匪以後，聲望漸隆，已成督撫中的重鎮，只好先容忍著再說。

除此以外，奕劻得意之事頗多；最令人豔羨的是，載振從日本參觀博覽會，並考察商務回來，密鑼緊鼓地籌設商部，載振竟當上了第一任的尚書。商部經管鐵路、礦務、工商，一切興利的實業，都歸掌握；誰都看得出來，是比戶部還闊的一個衙門。

這是袁世凱的策略，利用商部來收盛宣懷的權；同時亦是為自己練兵籌劃出一大餉源。『練兵要籌餉；籌來的餉，可不一定都用在練兵上頭。』袁世凱向奕劻說：『太后不是想修佛照樓嗎？』

聽到最後一句話，奕劻精神一振。他就領著管理奉宸苑、管理頤和園的差使；重修頤和園，有那桐在想法子，可以不管；重修西苑是前不久慈禧太后當面交代，責成辦理，而經費無著。正當巧婦無米爲炊之時，卻說鄰家有餘糧可以接濟，自然喜逐顏開了。

『不是你提起，我再也想不到。李少荃當年辦海軍，就是因爲上頭要修頤和園的緣故。如今要重修西苑，你的兵就練得成了。』

『是的。不過如今的北洋，不比當年的北洋；當年的北洋有「海軍衙門」……』

『這倒不要緊！』奕劻打斷他的話說：『如今一樣可以設練兵處。』

『王爺說得是。』袁世凱略停一下說：『我的意思，就設練兵處，也別管籌餉；庶幾遠避嫌疑，名正言順。』

奕劻想了一下，點點頭說：『你的意思我懂了。籌餉仍舊是戶部的事；這樣子，挪在西苑的經費，北洋可以不擔任何責任了。是這話不是？』

『甚麼事都瞞不過王爺。』袁世凱陪著笑恭維。

『你的想法不錯，不過不容易辦。』奕劻微皺著眉，『鹿滋軒越來越剛愎自用了，崇受之說不動他。』

『換個能說得動他的人就是了。』袁世凱很輕鬆地說：『不有個現成的那琴軒在那裡嗎？』

於是，不到三天，戶部尚書崇禮由協辦大學士升爲大學士；遺缺由侍郎那桐坐升。重修西苑的工程，亦就自此爲始，漸有眉目了。

『老佛爺的意思，儀鸞殿不必再修；就修好了，老佛爺也不能再住。爲甚麼呢？瓦德西住過；何況，』那桐放低了聲音說：『都說賽金花在儀鸞殿侍候過瓦德西。這麼個窩囊地方，能作太后的寢宮嗎？』

『那麼，』奕劻問說：『不修儀鸞殿，要幹甚麼呢？』

『老佛爺想修一座佛閣子，名字都有了，就叫佛照樓。圖樣也有了，是洋樓。』

『佛閣子修成洋樓？』

『不但修成洋樓，還要安上電燈。』

『愈出愈奇了！』奕劻笑道：『菩薩也時髦了！閒白兒收起，先看看圖樣，問問工價。』

『工價？』那桐答說：『最少也得五百萬。』

接下來就要談錢了。回鑾之後，百廢皆舉，又行新政，在在要錢，因此，籌劃財政是朝廷格外重視的第一大事；特派奕劻、瞿鴻機會同戶部辦理。一年多以來，清查屯田，整頓浮收，改鑄銀圓，開辦煙、酒、印花稅等等，可開之源幾乎都想到了，但成效不彰；奕劻不明其中的道理何在？

『這個道理還不容易明白？「人不爲己」……』那桐將那句粗魯俗語的下半句『男盜女娼』嚥了回去；略停一下說道：『各省還是積習不改，只顧自己，不顧朝廷。照我看，只有兩個辦法，一個是，照庚子年春天，派剛子良到各省去清查坐催的辦法；派人下去，一省一省調帳出來看。凡是截留的、虧空的、應收未收的，一概把它擠出來。』

『不好！不好！』奕劻大搖其頭，『那一來把各省的地方官都得罪完了，以後不好辦事。』

『那麼，用第二個辦法：攤派！』

奕劻想了一會兒，點點頭說：『這個辦法可以。反正朝廷要這麼多錢；缺分的好壞，也是大家都知道的，公平照派，誰也沒話說。這件事，你跟瞿子玖去談一談。』

瞿鴻機頗不以為然。他認為整頓財政，重在創行制度。而凡是制度初創，必然速效難期；行之既久，成效漸彰，才是一勞永逸之計。不然，何以謂之整頓？那桐聽他這麼振振有詞地說出道理來，無以相難，只得把攤派的辦法擱了下來。

一擱擱到秋天，袁世凱著急了。因為簡練新兵的計畫，自袁世凱的得力部下段祺瑞、馮國璋從日本參觀大操回來，加緊擬訂，業已粲然大備；決定在京師設立練兵處，由奕劻以管理大臣掛名；而袁世凱以會辦大臣負其全責。以下有幫辦大臣，提調襄助；下設軍政、軍學、軍令三司；司下設科，科設監督。第一期練兩鎮兵，左鎮保定，右鎮小站，每鎮一萬兩千人。另挑滿洲、蒙古、漢軍二十四旗的閒散兵員六千人，編練一支『京旗軍』。至於各省則設督練公所，以督撫為督辦；下設兵備、教練、參謀三處，練兵多寡，量力而為。

各省練兵，袁世凱可以不管；左右兩鎮新兵，則已委出舊部，著手在招募了。有兵無餉，譁然生變，是件非同小可的事。所以袁世凱特地派直隸藩司楊士驤進京公幹；其實是專為去見奕劻，催詢籌餉的切實辦法。

就在這時候，外務部與戶部的堂官有了變動。王文韶以大學士管理戶部，開去外務部會辦大臣的差使；調那桐為外務部會辦大臣兼尚書，這因為外務部四司，其中『榷算司』管理關稅及華洋借款，以及出使經費等等，無論開源節流，都與籌餉有重要關係。另一位會辦大臣兼尚書就是瞿鴻機，每天在軍機處，不常到部；所以那桐調外務部，是為了『當家』去的。

而那桐人在外務部，卻仍能管到戶部的事；這也是奕劻與那桐想出來的辦法，在戶部特設『財政處』，命『外務部尚書那桐，會同慶親王奕劻、瞿鴻機辦理戶部財政處事務』。這一來管理戶部的大學士王文韶，滿漢兩尚書榮慶、鹿傳霖的權力，便被大大地侵削了。

這繼那桐遺缺的榮慶，是蒙古正黃旗人，翰林出身，十來年工夫，爬到了內閣學士。翰林開坊，熬到這個職位，就快要出頭了，內轉當侍郎，外放做巡撫，入於庶境。但補缺有一定班次；蒙古學士卻不易遷轉。所以等了三年，內轉為『大九卿』末座的鴻臚寺正卿；再轉通政副使；外放山東學政；內調大理寺正卿，兜了一個大圈子，才做到倉場侍郎，還是署理。

倉場侍郎駐通州，專管天庾正供的京倉，是個肥缺；榮慶的操守不壞，而且頗能除弊興利，因此，以和議成後會辦善後事宜，及充任政務處提調的勞績，調升為刑部尚書兼充管學大臣。

興學育才為新政要目之一，而舉國普設新式學堂，籌措經費，猶在其次；第一大事是訂學制。張百熙自受命為管學大臣以後，傾全力於此，每採西法，多所更張；而守舊派不僅大為不滿，竟是大起恐慌。其中又夾雜著旗漢之爭；以致新式學制備受攻擊。榮慶的得以脫穎而出，為了他是旗人，又是進士，而賦性保守，正好用來抵制張百熙。

結果可想而知，必是彼此掣肘，一事無成。正好張之洞奉召入覲；他作過一篇洋洋灑灑的大文章，名為「勸學篇」，本意是戊戌政變之時，為了自辯其非新黨，寫這篇文章表明『中學為體』，不悖歷來聖賢的遺訓；而結果卻是獲致了不虞之譽，都道新式學堂以兩湖為最盛，全是張之洞的功勞，如今擬訂學制，自非借重此人不可。

因此，張之洞入覲之後，一直未回原省；奉旨『會商學務』，而實際上是由他一手主持。

張之洞有種很特別的脾氣，『凡所建設，必開風氣之先；而凡所主張，必與時尚稍殊，若有良友之諍諫，輿論之挽達，則持之益堅。』所以正當舉國競談時務之際，他對學制的擬訂，卻偏於保守，與張百熙不協，而與榮慶恰為同道。

這就意味著張百熙落了下風；榮慶是成功了。為了酬庸起見，調升榮慶為刑部尚書，再轉戶部，頂了那桐的缺。但他這個戶部堂官，只管例行公事；凡有更張，是奕劻、瞿鴻禨、那桐行使會辦戶部財政處的職掌，逕自議定上奏，並無榮慶置喙的餘地。

因為如此，楊士驤進京，催問餉源，不找榮慶，只找那桐幾經磋商，有了差強人意的結果。

『攤派是必不可免的了！』那桐斷然決然地說：『不管瞿子玖怎麼說，都不必理他。只要自信得過就行。』

於是，定了兩項攤派的辦法，奏請核定，頒發上諭。

一道是攤派煙酒稅，說是：『百廢之興，端資經費，現值帑藏大絀，理財籌款，尤為救時急務。前經戶部通行各省，整頓煙酒稅，以濟需要，乃報解之無多，實由稽徵之不力。據直隸總督袁世凱奏，直隸抽收煙酒兩稅，計歲入銀八十餘萬兩。以直隸凋敝之區，猶能集此鉅款，足見該督公忠體國，實心任事，殊堪嘉尚。即著鈔錄直隸現辦章程咨送各省，責成該將軍督撫一體仿行，並量其省份之繁簡，派定稅款之多寡，直隸一省，即照現收之數，每年仍派八十萬兩；奉天省每年應派八十萬兩；江蘇、廣東、四川各省，每年應派五十萬兩。山西省每年應派四十萬兩；江西、山東、湖北、浙江、福建各省，每年應派三十萬兩；河南、安徽、湖南、廣西、雲南各省，每年應派十萬兩；甘肅、新疆各省，每年應派六萬兩；通計以上二十一行省，每年派定稅額共六百四十萬兩。』

再有一道上諭，是整頓浮收及契稅，照例亦有一番冠冕堂皇的話開頭：『現在國步艱虞，百廢待舉，而庫儲一空如洗，無米何能為炊？如不設法經營，大局日危，上下交困，後患何堪涉想？查近年來銀價低落，各省不甚懸殊，其向以制錢折徵丁漕，各州縣浮收甚多，而應徵之房田稅契，報解者什不及一；各州縣身擁厚貲，坐視國家獨受其難，稍具天良，當必有愀然不安者，在各督撫每以保全優缺優差爲調劑地步；不肯實力清釐，而不知國勢阽危，大小臣工，豈能常享安樂？該督撫等受恩深重，又何忍因見好屬吏，至負朝廷？著自光緒三十年始，責成各督撫，將該屬優缺優差浮收款目，徹底確查，酌量歸公；並將房田稅契，切實整頓；歲增之款，各按省份派定額數，源源報解。除新疆、甘肅、貴州及東三省，地方瘠苦免其籌解外，江蘇、廣東兩省，每年應各派三十五萬兩；直隸、四川兩省，每年三十萬兩；山東省每年二十五萬兩；河南、江西、浙江、湖北、湖南各省，每年各二十萬兩；安徽省每年十五萬兩；山西、陝西、雲南、廣西、福建各省，每年各十萬兩；以上計十六省，通共每年派定三百二十萬兩。』

兩共九百六十萬兩銀子，即使不能收足，每年至少亦有七八百萬，以初步練兵的額數，及修理西苑的工費來說，勉可夠用。反正有了的款，就可以寅吃卯糧；袁世凱放心了。

於是奕劻以練兵處管理大臣的身分，奏請簡派該處的差使。會辦大臣袁世凱、幫辦大臣鐵良——滿洲鑲白旗籍，日本士官第一期的畢業生；是早就特旨派定的。如今應由奕劻請簡的差使，一共四個：提調、軍政司、軍令司、軍學司。

提調猶之乎坐辦，是常川駐在，綜括庶務的一個緊要人物，派的是徐世昌。此人與陳夔龍會試同年，點了翰林，從未放過考官；是個極黑的黑翰林；因而才會在袁世凱小站練兵時，去做他的幕僚。

及至袁世凱放了山東巡撫，徐世昌打算加捐一個道員，指省份發山東，一到自然就能補實缺。但袁世凱的想法卻又不同。

『以我們的交情，山東的道缺，讓你挑。不過，這一來你想要爬到監司，還得有幾年工夫；爬到監司，再想內轉侍郎，外升巡撫，更不知是哪年哪月的事？你今年剛過四十，來日方長，何不在翰林院養資格，一朝脫穎而出，必可大用。這是我的忠告，請你三思。』

原來袁世凱自從放了巡撫，擔當方面之任，知道自己的腳步已經站穩，可望繼左宗棠、李鴻章、丁寶楨、張之洞、沈葆楨、劉坤一諸人之後，而成爲舉足重輕，爲朝廷所倚重的名督撫。

但論出身，袁世凱了解自己差得太多；將來幕府中必得多找些進士、翰林，一則妝點門面；再則正途出身，凡事佔便宜。所以爲了自己，不願糟蹋徐世昌的前程。

想想也不錯，徐世昌仍舊回京去當翰林。袁世凱又多方設法爲他揄揚；甚至說動了張之洞，上奏保薦。他自己亦曾密保過，說徐世昌『識力清銳，志節清嚴』，奉旨交軍機處存記。辛丑回鑾那年，袁世凱迎駕之時，又特地面保；所以慈禧太后在保定召見，問起直隸山東防軍的情形，徐世昌的奏對，條理分明，大得賞識，調補爲國子監司業；另外由袁世凱奏請特許，派任爲新建陸軍的京畿營務處。

商部成立，尙書載振及左右侍郎之下，分設左右丞。右丞是慶王府的西席，也是翰林出身的唐文治；左丞便由袁世凱推薦徐世昌充任。這是個三品的缺，以六品的國子監司業調補，算是異乎尋常的超擢。

其實這也是個過渡；袁世凱早就打算好了，練兵處成立，奕劻掛名，徐世昌『管家』，以便從中操縱一切。而在徐世昌，開缺以內閣學士候補，充練兵處提調；閣學二品，雖爲候補，一樣也可以戴紅頂子了。

三司的長官，都稱爲『正使』。軍政司正使劉永慶，是袁世凱項城的小同鄉，相從入韓，淵源甚深，所以被派爲相當於營務處的這個差使。

軍令司正使段祺瑞、軍學司正使王士珍，都是李鴻章所辦的天津武備學堂出身。段祺瑞學的是炮科，曾往德國，在有名的克虜伯炮廠實習過；與王士珍皆頗得留德習軍事多年的蔭昌所賞識；當袁世凱在小站練兵時，段、王以蔭昌的推薦，分任炮兵、工兵的統帶。『新建陸軍』之能令榮祿刮目相看，段祺瑞、王士珍是很灌注了一番心血在上頭的；因而成爲袁世凱的心腹，積功升至道員。如今派任練兵處的差使，賞加正二品的『副都統』銜，頂子亦都紅了。

新命一下，彈冠相慶，徐世昌更覺得意。同鄉、同年紛紛設宴相賀，戴了簇新的紅頂子與補褂赴宴；只是補子不是文二品的錦雞，而是武二品的獅子——同座皆是文官，錦雞、孔雀、雁、白鷳之類的文禽補子之中，夾一頭張牙舞爪的獅子，眞是既不類、又不倫，顯得格外刺目，因而引起訕笑，幾乎搞得不歡而散。

就在簡派練兵處各項差使的上諭明發的第二天，日本公使內田康哉謁見奕劻，祕密告知，日俄爲了朝鮮與東三省的利害衝突，談判已將決裂，日本已開始備戰。內田表示，日本對俄國的擴張，極力阻遏，亦是爲了中國的安全；因此，一旦日俄開戰，日本希望中國中立。

接著，駐日公使楊樞亦有電報，說日本外相約見楊樞，所談內容與內田所告，完全相同。奕劻大爲焦急——倒不是怕日俄兩國在中國的領土上開火，百姓大受池魚之殃；而是怕他這兩年積聚起來的私財不保。

奕劻的貪名，早就傳佈在外；自從掌樞以後，越發無所忌憚。除了每個月由北洋公所送三萬兩銀子供家用以外，另外還有公然需索的門包，三種名目，每個門包總計要七十二兩銀子。王府的下人，從『門政大爺』到灶下婢，只管膳宿，不給工錢，全由門包中提出一半來均分，另外一半『歸公』。凡是外官進京，京官外放，都要謁見，每日其門如市。加上謁見官員當面呈遞的紅包，一共積成六十萬兩銀子，分存在日本正金銀行及華俄道勝銀行。日俄一開仗，軍費浩繁，自然是提銀行的存款來用；奕劻擔心的是存款會吃倒帳。

『不如提出來，改存別家外國銀行。』那桐向他獻議：『外國銀行以英國匯豐銀行的資格最老，存在匯豐，萬無一失。』

奕劻深以為然。派人去打聽，月息僅得二釐；但保本為上，還是分別由正金、道勝將六十萬兩銀子提了出來，掃數轉存匯豐。

這筆買賣是匯豐銀行的買辦王竹軒經的手。王竹軒是八大胡同的闊客，常時遇見『微服』看花的載振，『振貝子』、『振大爺』叫得非常親熱。而載振見了他，卻總有股酸溜溜的滋味；因為王竹軒不但多金，而且儀表俊偉，能言善道，所以八大胡同的紅姑娘，沒有一個不奉承『王四爺』的；哪怕是當朝一品，父子煊赫的『振貝子』，亦不能不相形見絀。

這天是在陝西巷的鳳雲小班，無意邂逅；王竹軒由於剛作了慶王府一筆買賣，格外巴結，迎上前去，陪笑招呼；寒暄地說一句：『衙門封印了！』

載振因為匯豐的存款，只得二釐，心裡認定是王竹軒搗的鬼，因而斜著眼看他，冷冷地問道：

『封印怎麼樣？』

王竹軒一聽口風不妙，趕緊又陪笑答說：『封印了，振貝子可以多玩兒、玩兒了！』

『你管得著嗎？哼！』載振冷笑著，重重將袖子一甩，往裡便走。

他招呼的姑娘，是鳳雲小班的第一紅人，花名萃芳，佔了班子裡最好的三間屋子，中間堂屋，東首是臥室，西首是客座；載振每次來都是進東屋。倘或放下門簾，便知有客，在西屋暫坐，等班子裡設法將客人移到別處，騰出空屋來再挪過去。這天東屋也放著門簾，載振氣惱之下，腳步又快，自己一揭門簾，就往裡闖，這在妓院裡是犯了大忌；裡面的客人勃然大怒，正待發作，認出是載振，強自克制，未出惡聲，但臉色是不會好看的。

載振自知鬧了笑話，掉身退了出來，到西屋落座。班子裡知道出了紕漏，鴇母、老媽子都擁了來獻殷勤，說好話；一面設法騰屋子。載振正在生氣，揚著臉不理；好半天只問得一聲：『人呢？』

這是指萃芳。她跟恩客剛膩過好一會，雲鬢不整，脂粉多殘，必得重新修飾一番，方能見人。而那面的恩客亦在生氣，少不得還要好言撫慰。這一來，耽擱的工夫就大了。

好不容易把她催了來，鴇母、老媽子才得鬆一口氣，使個眼色，相約而退；讓萃芳一個人在屋子裡敷衍。

『幹嘛呀？生這麼大氣！』萃芳一隻手搭在載振肩上，就在他大腿上坐了下去。

『東屋的那小子是誰？』

『管他是誰？不理他，不就完了。』

『奇怪！』載振問道：『你幹嘛護著他？』

『誰護著他了？我一個人的振大爺，你是吃的哪門子飛醋？』

『哼!』載振將她的臉扳過來細看,『剛梳的頭,胭脂也是新抹的。你幹甚麼來著了?』

萃芳臉一紅;故意虎起臉掩飾窘態,『是怎麼啦?哪兒惹了不痛快,到這裡來發作?』她擠一擠眼睛,抽出一條手絹兒擤鼻子。

載振不作聲,只是冷笑。萃芳有點心虛,不敢再做作;但局面僵著,不是回事,想一想,覺得應該有所解釋。

『是王四爺的一個朋友,不能不敷衍……』

一語未畢,載振打斷她的話問:『哪一個王四爺?』

『不就是匯豐銀行的買辦王四爺嗎?』

不說還好,一說讓載振每一個毛孔都冒火,出手就將萃芳推得倒在地上,跺著腳罵:『你這個死不要臉的臭娘們!是那個王八羔子的朋友,你就不能不敷衍;爲甚麼?好下賤的東西,白疼了你!』說完,一把將萃芳抓了起來,另一隻手便待刷她一個嘴巴;然而畢竟不忍,一鬆手又讓萃芳摔個跟斗。

出得屋去,餘怒未息;偏偏王竹軒在另一屋子裡張宴作樂,金樽檀板,翠繞珠圍,好不熱鬧,載振看得眼都紅了。

『這個喪盡天良,吃裡扒外的漢奸,王八蛋!』載振吼道:『給我揍!』

載振每次出來,都帶著王府的護衛,多則頭二十,少亦七八個,個個都是喜歡惹是生非的。聽得這一聲,立刻便有人大吼:『姓王的王八蛋,你滾出來!』

這個護衛能票黑頭,正宮調的嗓子;這一吼聲震房瓦,卻如青天一個霹靂。房子裡的賓主,相顧失色；姑娘們更有嚇得發抖的，紛紛奪門而逃。

王竹軒見此光景，只得挺身而出；踉蹌而前，傴僂著腰，陪笑說道：『振貝子……』

『你懂規矩不懂？』仍然是那個護衛暴喝：『跪下！』

王竹軒無奈，只得雙膝一屈，跪倒在地；另有一個戴花翎的護衛，立即大聲叱斥他的同事：『你們還等甚麼？要等大爺自己動手嗎？』

於是護衛一擁而上，拳足交加，將王竹軒狠揍了一頓；然後一陣風似地，擁著載振走了。

這時，才有人敢上來扶起王竹軒，但見眼青鼻腫，滿嘴是血；染得白狐皮袍上一片鮮紅。

『這也太無法無天了！』有個客人頓一頓足說：『到都察院去告他一狀。』

『沒有用！』王竹軒搖搖頭，倒在椅子上閉目不語，淚水卻不斷地往下流。

班子裡自然惶恐萬分。載振與王竹軒今後可能都不會再來了，一下子去了兩大闊客，何能不急？眼前唯有盡力撫慰王竹軒；卻又怕載振萬一去而復回，發現班子裡如此巴結王竹軒，一怒之下會砸窯子。因而上上下下，裡裡外外都有些心神不定，盡圍著王竹軒說些安慰解勸的話，卻沒有一個人說是應該讓他躺下來休息，請個傷科大夫來看一看。

就這亂糟糟的當兒，有人在外面喊：『坊裡的老爺來了，坊裡的老爺來了。』

原來京師地面，歸巡城御史管理；共分東、南、西、北、中五城，每年就監察御史中開單奏請簡派，滿漢各一，巡城御史之下，設兵馬司正副指揮及吏目各一人；每城二坊，由副指揮及吏目分管，等於地保頭兒，當地百姓都稱之爲『坊裡老爺』。

八大胡同在宣武門外，歸南城御史管轄；來的這個『坊裡老爺』，是個未入流的吏目，但南城繁華——五城各有特色，所謂『中城子女玉帛，東城布庥絲粟，南城商賈行旅，西城衣冠文物，北城姦盜邪淫』；南城的『商賈行旅』，都需仰仗『坊裡老爺』保護，少不得按月有所孝敬，所以南城的吏目是個肥缺，戴一頂皮暖帽，金光閃亮的一顆頂子，倒也神氣得很。

不過見了王竹軒，卻似矮了一截；那吏目哈著腰驚訝地問：『怎麼回事？王四爺！』

『教人給揍了。』

『是振貝子的人？』那吏目原是聽說載振手下在這裡鬧事，才趕了來的；不想挨揍的是王竹軒，只好安慰地說：『算了，算了！你老跟振貝子是好朋友，必是多喝了幾杯酒，開玩笑動了真氣。這算不得甚麼！』他回身大聲問道：『王四爺的車呢？趕快套車，我送王四爺回府。』

王竹軒家就住在東交民巷；送到了，少不得有個紅包作謝禮；王竹軒還有話：『煩你回去給蔣都老爺帶個信，幾時得閒，請他過來一趟。』

這『蔣都老爺』便是巡視南城的廣東道監察御史蔣式瑆。此人字性甫，直隸玉田人；光緒十八年壬辰的翰林，跟王竹軒是好朋友，接得信息，當夜便來探視傷勢。

『下手這麼重！』蔣式瑆很難過地說：『四哥，你在我的地段吃這麼一個虧，我心裡實在不好過。』

『性甫！』王竹軒直呼其字，『我一點都不怪你，你亦無需引咎。現任的商部尚書，又是貝子，又是軍機領班的大少爺，誰能碰得過他？』

『話雖如此……』

『不，不！』王竹軒搖著手說：『咱們別提這一段兒了。性甫，這個年過得去吧？』

一提到這話，蔣式瑆就上了心事，再想了想老實答說：『總得二百兩銀子，才能把要帳的敷衍過去。』

『這個數目好辦。』王竹軒說：『我們行裡存款多了，「呆帳」也水漲船高了；我再放筆款給你，不要你自己出面，將來也不必還。我打在「呆帳」裡好了。』

『那可是，四哥，』蔣式瑆喜逐顏開地搓搓手，『你眞算是救了我一命。』

『我知道你的情形。沒有上萬銀子，在嫂夫人面前抬不起頭來。』王竹軒說：『性甫，你最好求上天保佑，日本跟俄國快打起來！』

『這是怎麼說？』蔣式瑆問：『四哥，你這話可透著太玄了。』

『不錯！很玄的一檔子事，天機不可洩漏，你先擱在肚子裡，一個字也別吐露。千萬！千萬！』

看他說得如此鄭重，蔣式瑆自是謹誌不忘。只天天從宮門抄及新聞紙上去注意日俄的戰事——原來俄國對中國所提的七條要求，自從由聯芳透露給內田康哉，內田賄託奕劻堅拒以來，局勢的發展，對俄國非常不利，美國首先提出抗議，日英兩國亦採取了同樣的步驟。同時聯名照會中國，以『勿爲俄國所脅』相勸。奕劻認爲有三國撐腰，對俄不妨強硬。拒絕七條要求的照會送交俄國公使館；內田隨即派人將正金銀行『慶記』存戶的印鑑送了來了。

其時俄國的對華政策，有緩進急進兩派。主張緩進的一派包括微特、拉姆斯獨夫，以及陸軍大臣克魯巴特金等人，都曾公開表示意見，說明不宜急進的緣故，所以這一派稱爲公開派。

相對的一派即是主張急進的祕密派，由俄皇尼古拉二世親自領導；在七條要求被拒之後，突然頒發詔勅，任命遠東軍司令阿萊克塞夫爲『遠東大總督』，職權與『高加索大總督』相仿。這等於明白宣告，中國的東三省，已成俄國屬地。

這種狂妄蠻橫的態度，當然會激起各國公憤。日本則以利害關係重大，逕自向俄國提出所謂『滿洲事件』的交涉，希望『劃定兩國於遠東各自之特殊利益』。

日俄交涉自盛夏至初冬，幾度提出對案，彼此都未能為對方所接受。中國亦曾照會俄國撤兵，等於無形中給了日本助力；因此，日本政府的態度，更為強硬。十二月二十，日本外務大臣小村，電令駐俄公使，向俄國提出最後通牒；東鄉平八郎所率領的聯合艦隊，隨即開始行動，在韓國仁川、東三省的旅順對俄國軍艦有所攻擊。到了十二月廿五，兩國同日下詔宣戰。

消息傳佈，各國紛紛宣告中立；中國亦復如此。不過日俄打仗，而以中國領土為戰場，連頭腦比較清楚的瞿鴻機，都不知如何始能保持中立？至於奕劻，則是暗自慶幸，虧得見機得早，將存款轉入英國滙豐銀行；不管日俄孰勝孰敗，這筆財產是必可保全的了。

一過了年——光緒三十年正月初六，俄國任命陸軍大臣克魯巴特金為滿洲軍機總司令；這表示緩進派支持急進派，兩國要大打了；正月初九，日本在旅順口鑿沉了幾條船，作為封鎖旅順港的手段，眞所謂『破釜沉舟』，已非決一死戰不可！

傷勢痊癒，王竹軒在元宵那天第一次出門；第一家要到的，就是慶王府。向奕劻父子磕頭拜年，重賞下人。

過了兩天，專程發帖子，請載振吃春酒，快談豪飲，盡釋前嫌；反倒是載振，不無歉然之意。只是略一提到那個『誤會』，便為王竹軒亂以他語。看起來竟是眞的一小芥蒂。

王竹軒看看時機成熟了，將蔣式瑆請了來，置酒密談：『性甫，』他問：『你記得我去年說過的話？』

『當然記得！』蔣式瑆說：『昨兒我看報紙，俄國已經佔了奉天；日本在旅順口又沉了好幾條船，越打越熱鬧了。』

『是的！』王竹軒說：『「慶記」有筆款子，本來分存正金跟道勝，就爲日俄開戰，提出來轉存匯豐。那時候我不敢告訴你，爲的是第一，不知道慶記會不會變主意。照現在看，存在匯豐不會動了。』

蔣式瑆不知道他說這話是何用意，只點點頭問：『第二呢？』

『第二，那時候我跟載振剛有過過節，不便動他的手，現在，』王竹軒說：『可以了！』

『可以甚麼？』

『你想不想弄二、三十萬銀子花花？』

『四哥……』蔣式瑆只覺得心跳氣喘；一再在心裡對自己說：把心定下來，把心定下來！

『我知道你的情形，以前愛莫能助。如今可確定有把握，能讓尊閫對閣下另眼相看了。』

這話卻眞的說到了蔣式瑆心坎深處。原來他有一段難言之隱：續弦娶了王家的一位老小姐，陪嫁的首飾與現款，約莫有一萬兩銀子。這個數目，在豪富之家算不了甚麼；而在窮京官眼中，就很了不起了。蔣式瑆自覺是發了一筆財，散漫花錢，毫不在乎。曾幾何時，現款消竭，便變賣太太的首飾，不上三年工夫，搞得捉襟見肘，而已攤出來的場面，一下子又收不攏。爲此，夫婦反目，很大吵了幾場；當然，說起來是蔣式瑆的理屈，只好隨太太又哭又罵，悄沒聲地避之大吉。

現在聽王竹軒的話，絕非開玩笑；心裡在想，別說二、三十萬，只要有三、五萬銀子，哪怕把官丟了都值。因而站起身來，一躬到地；口中說道：『四哥，我知道你是財神爺，必能救我的窮！想來其中總還有個說法；若有所命，無不遵辦。』

『言重！言重！你請坐了，我們從長計議。』

『是！』蔣式瑆拉一拉椅子，坐近了王竹軒。

『性甫，我不知道你膽子夠不夠大；若是夠大，事情就好辦了。』

『當然！只要事情好辦，我的膽子就夠大。』

『膽子大得如何地步？敢不敢參慶記？』王竹軒逼視著他問。

『敢！』蔣式瑆毫不遲疑地回答；接著又問：『是誰想參他？』

『是你自己。你參了慶記，就有二三十萬銀子進帳。』

『有這樣的事？』蔣式瑆說：『果眞如此，莫說參慶記，就參老太后我也幹。』

『好了，好了！莫說題外之話。性甫，你過來，聽我說。』

兩人腦袋並在一起，王竹軒用低得僅僅只有對方聽得見的聲音，授以奇計；蔣式瑆心領神會，連連點頭，臉上的笑容，濃得化不開了。

聽完，蔣式瑆不作聲；收拾笑容，凝神細思，好一會才開口，『四哥，』他說：『這件事措辭要巧；不然，就會「淹」掉！那一來，白費心機。』

『也不能算白費心機。事情不成，你的名氣響了。所謂「直聲震天下」，以後怕不扶搖直上？』

『對！非利即名，兩樣總要佔一樣；我回去就辦。』

機會很巧，恰有一個極好的題目，可以做那篇參劾慶王奕劻的文章。

戶部在籌設銀行，官商合辦；資本定爲四百萬兩銀子，由戶部籌一半，另一半招商入股，月給利息六釐，已經奉旨核准。但商人的反應甚爲冷淡，因爲咸豐年間發行過鈔票，戊戌政變以前又辦過昭信股票，結果信用並不昭著。白花花、沉甸甸的現銀，換幾張花花綠綠的廢紙，未免太冤！所以『招商入股』，困難萬分；戶部尚書鹿傳霖，爲了號召起見，表示自己首先要入股，以爲倡導，而言者諄諄，聽者藐藐，至今還沒有人入股。

蔣式瑆就以此事發凡，道是『中國歷來情形，官商本相隔閡。自咸豐年間舉行鈔票，近年舉辦昭信股票，鮮克有終，未能取信於天下，商民愈涉疑懼，一聞官辦，動輒蹙額，視爲畏途。戶部堂官尚能悉心籌劃；尚書鹿傳霖向眾宣言：擬首先入股，以爲之倡。而外間票號議論，仍復徘徊觀望，不肯踴躍爭先。鹿傳霖平日於操守二字，尚知講求，即令將廉俸所入，悉以充公，爲數亦復有限。』

對鹿傳霖略捧數語，作爲轉折的張本；接下來，筆鋒立刻就掃到奕劻：『臣風聞上年十一月二十二日，俄、日宣戰消息已通，慶親王奕劻知華俄銀行與日本正金銀行之不足恃，乃將私產一百二十萬金，送往東交民巷英商匯豐銀行存放。該銀行明其來意，多方刁難；數回往返，始允收存，月息僅給二釐。鬼鬼祟祟，情殊可憫。』

第三段便是對奕劻的大張撻伐：『該親王自簡授軍機大臣以來，細大不捐，門庭如市。上年九月間經臣具摺奏參在案；無如該親王曾不自返，但囑外官來謁，一律免見，聊以掩一時之耳目，而仍不改其故常。是以伊父子起居飮食、車馬衣服，異常揮霍不計外，尚能儲此鉅款。萬一我皇上赫然震怒，嚴詰其何所自來？臣固知該親王必浹背汗流，莫能置對。準諸聖天子刑賞之大權，責以報效贖罪，或沒入贓罰庫，以懲貪墨，亦不爲過。』

果然是如此要求，就要讓慈禧太后爲難了！不是徹查嚴辦，就是留中不發，即所謂『淹』掉。而以目前奕劻的簾眷來說，慈禧太后多半會將奕劻召來罵一頓了事。因此，蔣式瑆必須爲奕劻作一開脫，亦即是自我轉圜，這篇文章做出來才有用。

這就見得機會巧，措辭才能妙了；他說：『聖朝寬仁厚澤，誼篤懿親，若必爲此已甚之舉，亦非臣子所願聞也。應請於召見該親王時，命將此款由滙豐銀行提出，撥交官立銀行入股，俾成本易集，可迅速開辦。而月息二釐之款，遽增爲六釐，於該親王私產，亦大有利益；將使天下商民聞之，必眾口一辭曰：慶親王尙肯入此鉅款，吾儕小人，何所疑懼？行見爭先恐後，踴躍從事，可以不日觀其成矣！』

御史上摺，名爲『封奏』，直達御前；皇帝看過，不作任何表示，原件用黃匣子裝了，送呈慈禧太后。

由於蔣式瑆聽了王竹軒的教導，有意將存款數字加了一倍；慈禧太后不覺動容，特意將皇帝找來，問他的意見。

『這蔣式瑆說的話，好像很在情理上頭。不過，要不要辦，還是得請皇額娘作主。』

『當然要辦！不辦，豈不是認定了奕劻貪污，而我是在包庇他了。』慈禧太后又說：『奕劻如果眞的有那麼多現款，存在洋人的銀行裡，那可太不對了！』

於是召見軍機時，當面將摺子交了下去；慶王一看，臉都嚇黃了，趴下來碰了兩個響頭，只說：『請皇太后、皇上徹查。』

『奕劻！』慈禧太后問道：『你到底有款子存在匯豐沒有？』

『沒有！』奕劻斬釘截鐵地說。

『沒有最好！』慈禧太后欣慰地，『清者自清，濁者自濁。我要派人查。』

『是！』奕劻又碰個頭，『奴才請旨，暫且迴避。』

『也好！』

等奕劻退出殿去；君臣商議派誰徹查。瞿鴻禨回奏：『向例查核此類案子，應請旨特簡親貴辦理。不過，匯豐銀行是洋商所辦；以天潢貴冑，跟洋商去打交道，倘或禮數不周，語言不和，有傷國體，臣以爲此案應屬例外，請旨派大臣徹查好了。』

『說得是！』慈禧太后略想一想，『清銳是少不了的；再要一個，我想，就是鹿傳霖去吧！』

『是！』鹿傳霖答應著。

於是，即刻擬旨，在照錄蔣式瑆的原奏以後，『上諭軍機大臣等，蔣式瑆奏，官立銀行請飭親貴大臣入股，以資表率一摺，據稱匯豐銀行慶親王奕劻有存放私款等語，著派清銳、鹿傳霖帶同該御史，即日前往該銀行確查具奏。』

這清銳是左都御史，接到上諭，立刻去拜會鹿傳霖，商量確查的步驟。

『上諭上說即日，自然今天就去；又說「帶同該御史」，這蔣都老爺是貴屬，請老兄傳諭，等他一來，馬上就走。』

『是，是！』

清銳答應著，立刻派人將蔣式瑆找了來，少不得先有幾句話問。

王公大臣對翰詹科道，向來很客氣；清銳雖是都察院的堂官，亦不敢以部屬視蔣式瑆，相對而坐，口稱『性翁』。

『性翁這個摺子中所敘的情節，不知道何所據而云然？』

『自然有根據的，這一層，請大人放心好了。』

『是的，請教性翁，』清銳又問：『不知是聽誰所說？』

『這，』蔣式瑆歉意地笑笑，『可就不必奉告了。』

『好！你不肯說，我亦無法。想來性翁總已經查證確實，內情如何，不妨談談；也省了我們許多事。』

『內情即如摺子中所敘，所知如此，據實奏聞。至於眞相究竟如何，我輩聞風言事，無從細究。』

蔣式瑆說，『這正也就是兩位大人所要費心的！』

最後一句話是個軟釘子，清銳被堵得啞口無言，於是鹿傳霖接下去盤詰。

『性翁的風骨，欽佩之至。不過慶邸到底在當國，中外觀瞻所繫，未可造次。性翁如果確知有其事，我們自然要查，倘或糢糊影響，冒昧行事，涉於張皇，新聞紙上一登，也是件有傷朝廷尊嚴的事！』

鹿傳霖賦性剛愎，但這幾句話卻說得在情理上；蔣式瑆想了一下答道：『是的！據悉，確有其事。』

『好！』鹿傳霖對清銳說道：『那就無需再問了。請蔣都老爺陪我們去一趟吧！』他又轉臉問蔣式瑆：『如何？』

上諭上明白指示，『帶領該御史前往』，蔣式瑆自然毫不遲疑地回答：『理當追隨。』

於是，兩乘轎子一輛車，到了東交民巷；其時不過下午兩點鐘，但匯豐銀行的鐵門已經拉起來了。由玻璃窗中望進去，只有兩名工役在擦洗吊燈，再無第三個人了。

『這是怎麼回事？』鹿傳霖大聲問說。

一問才知道這天是禮拜。不獨匯豐銀行，所有洋人經營的行號，一律休息。撲個空自然掃興，但也無法；打道回府，明天再來。

其時慶王奕劻，已派了人在暗中窺探，見此光景，飛報到府。愁眉不展的奕劻，爲之精神一振。他當然知道這天禮拜，匯豐銀行不開門；但怕清銳、鹿傳霖兩人，皇命在身，不敢延誤，非要見行中司事不可，則以一品大員之尊，洋人亦會另眼相看，特爲破例接待。如今看清、鹿二人，乘興而去，敗興而歸，不覺大喜，一疊連聲地：『快找大爺！』

等把載振找了來，父子倆閉門密談；奕劻認爲有此半天，儘來得及彌縫，囑咐載振趕緊去找到王竹軒，提款銷帳，要做得不落痕跡。

『這當然要他大大出一番力。』奕劻說道：『你告訴他，這幾個月的利息，不要了，送他作爲酬勞。事情辦妥了，我以後自然照應他。』

載振答應著匆匆而去；心裡想到年前的一個過節，怕王竹軒乘機報復，有意刁難，那便怎麼處？爲此，載振去找王竹軒以前，先去請教那桐；他是所謂『慶記公司』的主要人物，休戚相關，自然要像辦自己的事那樣盡心。定神想了一會，他毅然決然地：『不要緊！大不了多花幾吊銀子。你把他約到我這裡來，我來跟他說。』

軒。

那桐亦是匯豐銀行的大客戶，由他出面，王竹軒必可就範；所以載振興匆匆地親自登門去訪王竹軒。

『回振貝子的話，』門上請個安說：『敝上昨天禮拜六，上天津看朋友去了。』

『上天津了？』載振大吃一驚：『甚麼時候回來？』

『這可沒有準兒了。』門上陪著笑說：『後天是「外國清明」，銀行封關；敝上又請了一天假，大概總得後天晚晌才會到家。』

『那可不行！』等說出來，載振聽見了自己的聲音，才發覺話不應該這麼說，便把焦急的神色收一收問道：『你家主人，天津住在哪兒？』

『本來有一處小公館，去年年底收了。大概是住在朋友家。』

『叫甚麼？』

『不是鹽院吳老爺家，就是紫竹林楊家。』

『你把兩家的地址都寫下來。』

『是！』門上如言照辦。

載振更不怠慢，一面派得力家人到天津按址去找王竹軒；一面發電報給袁世凱，略言其事，特別叮囑，務必將王竹軒找到，連夜用專車送回京來。

到得晚飯以後，袁世凱就來了覆電，說吳、楊兩家均未見王竹軒的蹤跡，目前已派出多人分頭尋訪；一有消息，立即電知。

於是載振告知了奕劻，父子二人，繞室徬徨，派專人守在電報局等信。午夜時分，袁世凱來了第二個電報，說王竹軒的行蹤已經訪查到了。

電報上說：本來王竹軒是到天津去訪友的，只爲在火車上遇見兩個來自上海的外國朋友，堅邀同遊北戴河，所以在天津一下車，便轉往北戴河。刻已派人追了下去，盡快接送進京。

算一算路程，再快也得第二天下午才能見著面。奕劻父子倆將那桐請了來，出示電報；提出一條緩兵之計。

『琴軒，』奕劻說道：『只爭一天！想法子能讓清秋圃、鹿滋軒晚一天去查，事情就不要緊！』

『就是這一天不容易！』那桐答說：『王爺請想，奉旨查辦事件，聞命即行，去了，人家禮拜關門；及至禮拜一開了門，卻又不去，簡直就是孔子拜陽貨，不透著邪嗎？再說，清秋圃、鹿滋軒也不是有擔當的人，倘或駁了回來，王爺的面子往哪裡擱？』

話是有理，但奕劻卻不肯死心，『照你這麼說，就讓他們給全抖了出來？』他問。

『那倒也不盡然。照我看，他們去了怕也不會有結果；洋人的規矩，公家不能干預私事，未見得肯把帳拿出來。』

『果眞如此，倒也無所謂了。』

『多半會如此！』那桐又放低了聲音說：『王爺別自己亂了步驟，一動不如一靜。聽說蔣某人跟王竹軒走得很近；說不定就是姓王的口不緊，無意中洩漏了底細，才給王爺惹的麻煩。如今只有等王竹軒回來再說。至於清、鹿二人那裡，等他們去了再說；反正就查明白了，也不會馬上覆奏，還有法子好想。就怕自己沉不住氣，一著走錯，把局面弄擰了，可難挽回。』

『說得也是！』奕劻深深點頭，『果然是姓王的闖的禍，他更得想法子，把這個漏子補起來。』

果然，鹿傳霖跟清銳早就約好了，而且當面告知蔣式瑆；第二天一早在都察院會面，等他見了兩宮一下來，立即到匯豐銀行查案。

依舊是兩轎一車，前後護擁，到了東交民巷，少不得還要投帖；坐在轎子裡的鹿傳霖，在等著匯豐銀行的洋人出迎，結果出來一個中年人，走到轎前隨隨便便問道：『兩位大人，要見我們的洋管事熙禮爾先生？』

『對了！我跟清大人是奉旨來查案的。』

『喔，請吧！』那中年人自我介紹：『我是這裡的買辦，姓楊。』

於是兩位一品大員在銀行門前下了轎，被引入客室；已有一個洋人在等著，走上來伸手相握，然後擺一擺手，表示讓坐。

楊買辦亦老實不客氣，坐在賓主中間，介紹了雙方的姓名；熙禮爾問說：『他們來做甚麼？』等楊買辦將話翻譯過去，鹿傳霖答說：『我們奉到上諭，徹查慶親王奕劻的存款。請你們把存戶名冊拿出來看看。』

恰如那桐所料，熙禮爾一口拒絕：『存戶的名冊，照定章不准公開的。』

『不看名冊亦不要緊。』鹿傳霖很快地讓步，『只告訴我們，慶親王在你們這裡有多少存款？』

『甚麼人在本行有存款，照定章亦是不能宣佈的。』

這一下，鹿傳霖有些生氣了，但不敢發作，『那麼，』他問：『你們跟慶親王有沒有往來？』

這一次熙禮爾的回答很清楚：『根本就沒有見過這位親王。』

話說不下去了；鹿傳霖問清銳：『秋翁，你有話問沒有？』

『問也問不出甚麼來了。』

『那麼，蔣都老爺你呢？』

『我奉旨跟兩位大人一起來，上諭上並沒有准我發問。』

『你的意思是，你沒有話說？』

『是！』

『好！那就走吧。』

此一行也，比前一天撲個空還要沒趣；只好回到都察院，商量覆奏。

『只有據實陳奏。』清銳答說：『洋人不講禮，上頭也知道，不會怪咱們查得欠精細。』

『據實陳奏！不錯，據實陳奏。』鹿傳霖說：『就請老兄這樣主稿吧！』

於是清銳找人擬了一個奏稿：『本月初二承准軍機大臣交到諭旨，御史蔣式瑆奏，官立銀行請飭親貴大臣入股，以資表率一摺，據稱匯豐銀行慶親王奕劻有存放私款等語，著派清銳、鹿傳霖帶同該御史，即日前往該銀行確查具奏，欽此。遵即到署，傳知御史蔣式瑆，一同前往匯豐銀行，適值是日禮拜，該行無人。復於初三日再往，會晤該行管事洋人熙禮爾及買辦楊紹渥，先藉考查銀行章程爲詞；徐詢匯兌、存款各事，迨問至中國官場有無向該行存款生息？彼答以銀行向規，何人存款，不准告人。復以與慶親王有無往來，彼答以慶親王則未見過。詢其帳目，則謂華洋字各一分，從不准以示人。詰之該御史所陳何據？則稱得之傳聞；言官例准風聞言事，是以不揣冒昧上陳。謹將確實情形，據實繕摺覆奏。』

名爲『確查』，其實皆爲片面之詞；但『答以慶親王則未經見過』這句話，很有力量，暗含著人尚未曾見過，何來存款之意在內。摺子上呈，摺底早有想巴結奕劻的人，抄送到府。奕劻一看，心中一塊石頭落地；只待王竹軒一到，便好提款，改存別家銀行。

蔣式瑆當然也知道了覆奏的內容。冷笑著說：『這叫甚麼確查？完全是在替慶王開脫。將來不出事則已；一出事看這兩位大員，吃不了兜著走！』

『何謂出事？』有人問說。

『將來查出來慶王確有匯豐存款，那該怎麼說？如果此刻覆奏上「謹將確查情形」這一句，改爲「謹將未能確查各緣由，據實覆奏。」庶幾近之。照現在說法，將來查有存款實據，清、鹿兩公不是欺罔，就是包庇，其罪不輕。』

這些話傳入奕劻耳中，暗暗心驚；因此等王竹軒一到，奕劻命載振告訴他，要做到兩件事：一是提款，二是銷帳，務必不露任何痕跡。

王竹軒滿口答應著去了；第二天回覆：『洋人的意思，提款即不能銷帳，銷帳即不能提款。兩者擇一，特來請示。』

『提款不銷帳，這話說得通；銷帳不提款，怎麼行？帳都銷掉了，存款在哪裡？』

『喔，這是我沒有說清楚。』王竹軒歉意地笑一笑，『洋人的意思，尊款改個戶名，仍舊存在匯豐，至少存三個月。至於「慶記」的戶名，保險銷得一無痕跡。』

『那行！你看改個甚麼戶名呢？』

『悉聽尊意。』

載振想了一下說：『用「安記」好了。』

『是！這手續我去辦。』王竹軒說：『請振貝子把慶記的存摺跟圖章給我。』

到得第二天，王竹軒送來一本『安記』的新存摺，是三個月的定期存款；另外兩枚圖章，一枚『慶記』，一枚是他代刻的『安記』。

一場風波，輕易度過，存款分文無損；更覺痛快的是，批覆清銳、鹿傳霖覆奏的上諭，斥責了蔣式理一頓，說『言官奏參事件，自應據實直陳，何得以毫無根據之詞，率臆陳奏。況情事重大，名節攸關，豈容任意污衊？該御史著回原衙門行走，姑示薄懲。』

蔣式理是由翰林院編修『開坊』，考選而得的御史。『回原衙門行走』，即是仍回翰林院去當編修；實際上等於降調。在奕劻父子看，實在是件大快人心的事，因而很見王竹軒的情。

王竹軒卻是遜謝不遑，跟載振走得更近。這樣過了兩個月，忽然到慶王府辭行，說是調回上海了。諄諄相約，如果載振因公南下，務必到上海稍作盤桓，容他好好做個東道。處得好好地，忽然熱辣辣地要分手，載振心裡倒難過了兩三天。

及至存款三月期滿，奕劻一天想到了，覺得還是提出來，放在手頭爲妙。於是派了一名親信侍衛名叫哈石山的，持了存摺圖章去提款，結果空手而回，滿臉沮喪。

『怎麼回事？』

『款子叫人提走了。』

奕劻大驚亦大惑，『怎麼會呢？』他說：『你別是走錯地方了吧？』

『沒錯兒！不就挨著德國使館的那家銀行嗎？』

『嗯！他們怎麼說？』

『說存摺已經掛失了；另外發了新摺子。這個摺子不作數。』

『不作數？』載振大爲困惑，『那麼圖章呢？』

『圖章換過了。這個，也不管用了。』

『誰換的？』

『那，那，沒有問。』

『不用問，大爺！』有個很懂銀行規矩的帳房插嘴說道：『是受了騙了；是王竹軒幹的好事。』

照此帳房的推論，王竹軒要動手腳毫不費事：關鍵是將『慶記』的存摺與圖章交了給人，也就等於將六十萬兩銀子雙手奉上，伏請笑納。至於『安記』的存摺與印鑑，最初是眞的，但王竹軒既然存心不良，可以預先鈐印在兩份空白書表上，一份用來掛失，申請發給新摺；一份申請更換印鑑。這一來，存在王府的存摺及『安記』那枚印鑑，便成了廢物了。

怪不得王竹軒會調到上海，原是早就籌劃好的步驟。怪來怪去只怪當初，一頓脾氣發掉了六十萬銀子，只好認吃啞巴虧。

但奕劻卻沒有他兒子看得開；又因爲是啞巴虧，一口氣悶在心裡發洩不得，更覺難受。整天拉長了臉，甚麼高興有趣的事，亦不能使他破顏一笑。

心境與奕劻正相反的是蔣式瑆；從王竹軒那裡分到二十萬銀子，雖較原定各半之約，少了三分之一，亦已心滿意足，半夜裡從夢中都會笑醒。當然，有了錢不妨敞開來花；反正他發過妻財，排場向來遠勝過『借京債』度日的同官，所以闊一點也不容易看得出來。

這是蔣式理自己的想法，別人看就不一樣了。尤其是新蓋一座住宅，光是那一帶水磨磚砌的圍牆，氣派即不下於王府。在京裡當翰林，又不是放了廣東的考官，四川的學差，還能發財嗎？在這個疑問之下一打聽，奕劻父子大上其當的眞相，以及蔣式理夫婦之間的詬誶，便都掀出來了。

於是，有一天清晨，蔣家的下人，發現圍牆下擠滿了人，走去一看，水磨大磚上寫著鮮紅的十六個大字，是一副對仗工穩的對聯：『辭卻柏台，衣無懈豸；安居華屋，家有牝雞。』也不知是用的甚麼特製的洋漆，怎麼樣擦洗亦無法消褪。於是蔣式理的臉色也拉長了。

爲了六十萬銀子的損失，慶王府的門包又漲價了。而且，規矩更嚴，絕無通融；沒有門包便不能進門。也有些不打聽行情的老實人，看到慶王奕劻的煌煌手諭，高貼在壁，嚴禁收受門包，竟信以爲眞，以致枉勞腳步的。

有個進京公幹的河南學政林開謨，公畢回任，照例遍謁顯要辭行；最後只剩下奕劻一處，去了三次未見到，不免口發怨言。

『京裡各位大臣都見過了，只要見一見王爺，就可以動身了。哪知道這麼難見！』

『要見也容易。』慶王府的門上微笑說道：『意思到了，自然就往裡請了！』

『意思到了？甚麼意思？』

門上看他像是個書呆子，便老實說道：『我就說給林大人吧，得賞個門包。』

『管家你看！』林開謨指著壁上的條諭：『王爺有話，我怎麼敢？』

『王爺的話，不能不這麼說；林大人，你這個錢也不能省。』

林開謨倒不想省這筆錢，無奈未曾預備。如果派人回客棧去取，未免耽擱工夫，因而不免躊躇。正當此時，一輛藍呢後檔車疾馳而至；車帷掀處，出來一個紅頂獅補的徐世昌。一見林開謨便問：『老世叔還沒有出京？』

原來林開謨的父親叫林天齡，同治初年的名翰林之一，曾入選在弘德殿行走，不過所教的是爲穆宗伴讀的恭忠親王長子載澂。當時少年親貴中，載澂的資質無雙，而淘氣亦算第一，戲侮師傅，無所不至，每每學林天齡那種大舌頭的福州官話，隔室相聞，可以亂眞。林天齡情所不堪，堅決求去；老恭王爲了表示歉意，設法放了他一個江南考官。有個門生鎭江人，名叫支恆榮，後來點了翰林，是徐世昌會試的房師；所以徐世昌成了林天齡的小門生，算起輩分來，自然該叫林開謨爲『世叔』。

『我來見王爺。』林開謨答說：『哪知道王府還有……』

『我知道，我知道！』徐世昌不讓他說下去，『老世叔，你請等一等。』

等不多久，門上來說：『王爺請！』這自然是徐世昌一言之功；而門上的臉色不會好看，亦是可想而知的事。

送走了徐世昌與林開謨，奕劻接見一個等候已久的訪客。此人名叫周榮曜，身分相當奇特。周榮曜戴的是暗藍頂子，官居四品，但他一直是個書辦——粵海關管庫的書辦，手眼通天，發了幾百萬銀子的大財。從李鴻章、譚鍾麟到德壽，歷任兩廣總督，大都對他另眼相看；但從上年夏天起，便遇到剋星了。

這個剋星就是岑春煊。他一到任，先參武官，後參文官；南澳鎭總兵潘瀛、柳慶鎭記名總兵唐生玉，革職充軍；千總潘繼周，軍前正法。文官之中，首當其衝的是，在廣東有能員之稱的南海知縣裴景福；岑春煊參他『聲名狼藉，請革職看管』，一面出奏，一面拘禁，出告示接受控訴。哪知裴景福也很厲害，不知使了甚麼手腕，竟無人出面檢舉。於是裴景福自請罰鍰助餉；岑春煊無奈，只得照准。釋出以後，裴景福走錯了一步，私下逃到了澳門。這一來反而授人以柄；岑春煊幾番交涉，不得要領，一怒派兵艦到澳門，非提回裴景福不可；結果終得引渡回省，奉旨充軍新疆。

岑春煊有參屬員的癮，三日一小參，五日一大參，最後參到了吳永頭上。吳永是辛丑回鑾那年，放的廣東高廉道。岑春煊到任，改調雷瓊道，曾爲韓愈、蘇東坡謫居之地的海南島，即爲轄區。此一調在吳永已覺委屈；而岑春煊意猶未足，一個摺子參了十一個人，以吳永居首。

照常理說，通摺參劾，自然是列名越前，處分越重；從無例外之事，居然出現了例外！岑春煊對吳永所擬的處分是『請開缺送部引見』，而以下十名，重則查抄遣戍新疆；輕亦革職永不敘用。這樣作法，看起來似乎不忘昔日香火之情；其實用心甚深。

因爲，岑春煊知道吳永的簾眷未衰；如果處分擬得太重，慈禧太后會不高興。如今與情節重大的劣員同列，且居首位，暗示吳永的官聲，比應該抄家充軍的人還要壞；而故意減輕處分，是仰體上意，曲爲迴護。倘或以下十名，皆獲嚴譴；則居首的吳永，又何能獨輕？

哪知慈禧太后一看這個摺子，頗不以爲然；問軍機應該如何處置？慶王不答，瞿鴻禨開口。

他已很有意結納岑春煊，所以正色陳奏：『國家兩百多年的制度，封疆大吏，參劾屬員，沒有不准的。這個摺子當然照例辦理。』

『吳永這個人很有良心，想來他做官亦不會壞。這個摺子，我看留中好了。』

『岑春煊所擬吳永的處分甚輕，送部引見以後，皇太后如果要加恩，仍舊可以起用。』

『這又何必多此一舉？』

『跟太后回奏，』瞿鴻禨說：『岑春煊摺子裡面，還有好幾個人，情節重大；似乎未便因爲吳永一個人，把全摺一起留中。』

慈禧太后微感不悅，『我只知道吳永這個人很有良心，他做官一定錯不了的。像吳永這樣的人，岑春煊都要參他；天下該參的官，可就多了。』她停了一下，右手微拍御案，加強了語氣說：『岑春煊向來喜歡參人，老實說，亦未必情眞罪當。這個摺子，我還是主張留中。』

『岑春煊實心任事，如今又在整飭吏治的時候，他的這個摺子如果留中，會助長貪墨之吏的僥倖之心。而況，全摺以吳永居首，想來其中必有不堪的情事；如果皇太后能面加訓誡，亦是保全吳永之道。』

瞿鴻禨自覺這話說得很冠冕，可以爲岑春煊爭得個十足的面子。哪知他對吳永的觀感，恰與慈禧太后深印心版的記憶相反；誰說吳永不好，在慈禧太后便不以爲然。持之愈力，惡之愈甚；終於激得老太后勃然變色！

『難道岑春煊說他壞的人，就定準是壞的？我知道岑春煊的話，不十分可靠；我知道吳永一定不會壞的！由此推想，別的人亦未見得準壞！』她連連擊案，『留中！決計留中！我是留中定了！』

這模樣竟是與瞿鴻禨嘔氣。不但慶王奕劻面如土色，連重聽的王文韶與鹿傳霖亦覺膽戰心驚。瞿鴻禨碰了這麼一個自入軍機以來從未有過的大釘子，那張清癯的臉，自是更顯得蒼白。

退値回府，瞿鴻機少不得將廷爭經過，馳函廣州。岑春煊自然覺得無趣；不過倒是學了個乖，知道以後要參人，必當細敘劣跡。參吳永是弄巧成拙了；倘或臚列罪過，慈禧太后即便有心庇護，至少要經過派員徹查這套遮人耳目的手續，不至於全摺留中，便宜了另外那十個人。

另外的那十個人之中，就有周榮曜在內；僥倖逃過這一關，依舊驚出一身冷汗。他知道岑春煊始終放不過他，遲早還會動手；趁這前摺未准，後摺未上之間，若不早自爲計，禍至無日。

因此，他不動聲色地在暗中作了打算。第一步是派人到京加捐一個四品銜；第二步是找內務府的門路，結納了李蓮英；第三步才是親自進京活動。

人還未到，已有八十萬銀子匯到了京裡；但這樣的闊客，卻住在東河沿的一家普通客棧中。衣飾樸實無華，盡量避免招搖；而出手驚人，慶王府的門包送了五百兩，比他人多七倍之多。因此，頗有人替他在奕劻面前說好話；而奕劻亦就不以等閒視之了。

及至一見了面，奕劻不免詫異，亦有些失望；實在看不出周榮曜有何長處？加以語言隔閡，更覺話不投機；所以椅子尚未坐熱，主人就端茶送客了。

這個官場中的規矩，周榮曜是懂的；急忙站起身來，從袖子中掏出一個紅封袋，雙手奉上，說一句：『王爺備賞。』

奕劻不接，只說：『千萬不可以，千萬不可以！』

周榮曜是經過指點的，知道這句話在奕劻有時候一天要說上好幾遍；正如王府的門上所言：『王爺的話不能不這麼說』，自己的『錢可也不能省』。便將紅封袋放在桌上，行禮辭出。奕劻送了幾步，等周榮曜謙請『留步』時，哈哈腰回身便走；順手撿起紅封袋，用兩指拈出銀票一看，不由得目瞪口呆，竟是四萬兩的一個特大紅包！

於是他對周榮曜的觀感復又一變；當然也會想到，出手如此，必有所欲。正好那桐來訪，順便就提到此人。

『粵海關有個姓周的，你見過沒有？』

『見過。』那桐答說：『人不壞。』

『他進京來想幹甚麼？』

周榮曜進獻的數目，那桐是知道的；他也很得了些好處，自然要盡些心力，『周榮曜出身雖不高，人很能幹；精通洋務，善於應酬。』他說：『如果派到哪一國去辦交涉，倒是一把好手。』

『他是想當公使？』

『派到小國，似乎不礙。』

奕劻想了一下，點點頭說：『這要等機會。你既然跟他認識，必有見面的機會，託你帶句話給他，我會替他留意。』

『是！』那桐略停一下又說：『他也跟我說過，倘蒙王爺栽培，另外還有孝敬。』

奕劻又想了一會兒，『事情很難！再說吧！』他又問：『你是從署裡來？有甚麼消息？』

這所謂『署裡』是指外務部。瞿鴻機雖以會辦大臣兼尚書，但在軍機處的時候多，反倒是不兼尚書的會辦大臣那桐，每天到部，對於日俄的戰況，比較清楚，而且經常跟日本公使內田康哉見面。這時聽奕劻問起，隨即答說：『正要跟王爺來請示。內田來說：日本決定設立滿洲軍總司令部，總司令官叫大山巖，總參謀長叫兒玉源太郎。另外在大本營還有個參謀總長，是山縣有朋。內田說：日本對戰事很有把握；而況對俄開戰，是爲中國爭回東三省。中國不應袖手旁觀……』

『這話就不對了！』奕劻打斷他的話說：『第一、中俄訂有密約，照萬國公法，應該出兵幫俄國；如今以遼河爲界守中立，無形中等於幫了日本。第二、慰庭不已派了他的顧問坂西，化裝中國人，經常出關到日軍營地去聯絡，試問，還要怎麼樣幫日本？』

『我也是這麼跟內田說。內田提出兩點要求，第一、要看看中俄密約；第二、想請中國准他們在關外招紅鬍子，替他們打俄國。』

『第二點不行，那會招是非。第一點，不妨准他；不過也得先奏明了。』

『是的。』那桐略停一下又說：『招紅鬍子的事，內田跟我說，他跟慰庭接過頭了；慰庭答應暗中幫他的忙。』

奕劻立即接口：『既然慰庭已許了他，當然沒有甚麼不可以。』

『我也覺得沒有甚麼不可以，如果怕俄國抗議，不妨給日本去一通照會，要他制止；這不就在表面交代得過了？』

『好！這個辦法好！就這麼辦。』

日軍招撫紅鬍子的計畫，其實早就在袁世凱的支持之下，成爲事實。早在四月間，坂西就在朝陽密招紅鬍子馮麟閣、金壽山、杜立山所部，編成『正義軍』三營。袁世凱一面電告外務部，一面卻命駐守遼西維持中立的馬玉崑祕密支援，所以『正義軍』的身分很微妙，既是日軍的傭兵，又是官軍的旁支。

其時日本從朝鮮義州渡鴨綠江，經安東進入奉天的陸軍，已有十個師團之多，番號是第一、二、三、四、八、九、十、十一、十二，以及近衛師團；陸續編爲四個軍，首先編成的是第一軍，司令官黑木爲楨；分佈在九連城、鳳凰城一帶。

第二軍由陸軍大將奧保鞏率領，在旅順東北的不凍港貔子窩登陸，分兵兩路，一路向西佔領普蘭店，拒遼陽的俄軍南下；一路直趨西南的金州，意在絕旅順、大連的後路。

第三軍司令官名叫乃木希典；專攻旅順。別遣陸軍中將野津道貫，自大東溝以西，哨子河口的孤山登陸，沿大路北進，克岫巖，與第一軍合力攻佔海城東南的析木城。而奧保鞏以第一師團守金州；親率第二、四兩師團，沿南滿鐵路逆擊，進熊岳、破蓋平，復敗俄軍於大石橋，於是營口、牛莊亦不復能守。整個遼東半島，大致都歸於日軍的掌握了。

設立滿洲總司令部即在此時，由兒玉策劃，以第一軍爲右翼，出遼陽東北；第四軍爲左翼，出遼陽西北；而以第二軍爲正面，三路齊進，攻佔遼陽，日本兵死了一萬七千多。

不過，這個勝仗不全是日本人自己的功勞；『正義軍』亦頗有牽制之功。不過，俄軍雖敗，實力未損；俄國的遠東軍司令官克魯巴特金，估量遼陽難守，一面抵禦，一面全師而退，此時重新部署，以三個軍團反攻遼陽，一個軍團出遼陽東南，一個軍團爲總預備隊。其中出遼陽東南這一著最狠，企圖是在絕日軍的歸路，包圍聚殲。

這一來，日軍自非出盡全力不可。因此，坂西跟袁世凱商量，要求格外支援。袁世凱便派了直隸督練公所的參謀處總辦段芝貴，隨同坂西，到遼陽相機處理；同時馬玉崑亦奉到密令，要在暗中盡可能援助日軍。

到得遼陽，商定派遣馬玉崐屬下的隊官，爲日軍充當間諜，哨探軍情；入選的有孟恩遠、王懷慶、劉夢蘭等等，約莫十來個人，雖都是行伍出身，但受過新法軍事訓練，要他們去看俄軍馬、步、炮、工各營的情況，不致茫無所識。只是，筆下卻沒有一個人拿得起來的；刺探有所得，不能寫報告回來，於事何補？

正好段芝貴的父親，巡防營統帶段有恆，從瀋陽以西的新民，到遼陽來看因公出關的兒子；知道了這一層難處，便問段芝貴說：『我帶來的一個馬弁吳佩孚，是山東蓬萊人，秀才出身。他幹這個差使倒合適。』

原來這吳佩孚字子玉，山東蓬萊人。家貧而有大志，十四歲那年，投入登州府水師營，充當學兵；操課勤務之暇，用功苦讀，居然在光緒二十二年，應登州府院試，以第二十七名進學，便是『宰相根苗』的秀才了。

不想第二年在家闖禍，得罪了當地巨紳；不但被革了秀才，還被通緝。迫不得已，航海到天津，投效聶士成武衛前軍；因爲體質太弱，只補上一個雜役的名字。不久，庚子亂起，聶士成殉國，武衛全軍潰散；吳佩孚輾轉到了開平，考入武備學堂，其後武備學堂遷至保定；吳佩孚自覺年將而立，還受年紀與自己相仿，甚至比他還來得小的教官呵斥，情所難堪。

因而，吳佩孚輾轉投入段有恆部下，充當一名馬弁。段有恆亦每以能有一名如斯養卒的秀才供驅遣爲得意之事；兼以吳佩孚通文墨，到哪裡都方便，所以出入相隨，漸成親信。

有此一段淵源，自堪信任；段芝貴亦樂得仰承親心，加以提拔，派在參謀處差遣，月支薪水五十大洋。

於是吳佩孚偕同孟恩遠等人，或者肩挑擔子，扮成小販；或者牽猴攜羊，裝成變把戲的，分頭接近俄軍的營區、陣地，打探動靜。

不久，書面報告源源而至。眾人出力，一人執筆；負責這部分聯絡工作的日本滿洲軍總司令部的參謀福島，以及坂西，只知道吳佩孚一個人的名字，看他報告詳盡間或附以地圖，亦頗得要領，決定要提拔此人了。

段芝貴從遼陽回到天津，第一件事，當然是去見袁世凱，報告此行經過。

李鴻章的北洋大臣行轅，已燬於庚子之亂；新址本來準備作爲皇帝閱兵的行宮；戊戌政變，閱兵之禮不舉，袁世凱估計皇帝亦永不會再到天津，因而奏請改爲北洋大臣行轅。東面餘屋，作爲督練公所，將星雲集，但沒有幾個人能見到袁世凱；即使是段芝貴，亦必得先經通報准許，方能進入袁世凱的簽押房。

西面一帶房屋，饒有花木之勝，是幕府所在；盛況已去李鴻章開府時不遠，候補道有陳昭常、蔡匯滄、阮忠樞，都是兩榜出身。翰林則除了北洋舊人于式枚以外，還有傅增湘、嚴修；此外還有好些『欽賜進士出身』的留學生，總計廿多人，濟濟蹌蹌，是袁世凱最闊的一堂『擺設』。

至於袁世凱最信任的一位幕賓，行輩最低，是個蘇州人，名叫張一麐，是上年癸卯經濟特科一等第二名出身，發往直隸，以知縣補用，爲袁世凱羅致入幕，月送束修六十兩銀子。

幕府的身分，向例與東道主相等；所以北洋的幕府，往往連司道都不放在眼裡，到處有人逢迎，肥馬輕裘，輕易可致，很少有人著重那戔戔鶴俸。唯獨張一麐不同，每天將自己份內之事做完，關在書房裡用功；看的書不拘一格，大致以實用爲主。好幾個月的工夫，沒有私下見過袁世凱一次，更不用說有所干求；因而提起北洋的『張師爺』來，都有肅然起敬之色。漸漸地袁世凱也發覺了，信任有加；舉辦新政的許多章程條款，以及奏摺，大都託付了張一麐。

這天段芝貴入謁，袁世凱本已吩咐『請進來』！但以張一麐恰好應邀而至；便又關照且慢，待與張一麐談完了再說。

『仲仁，』袁世凱喚著他的別號說：『今天有件事奉託。我知道你很忙，應酬筆墨，不該再勞你的神；不過，想想還是拜託大筆爲妙。』

『是的。』張一麐問道：『不知道是何應酬筆墨。』

『張香帥七十整壽，該送壽屏；想託你做一篇四六。』

張一麐面有難色。像袁世凱與張之洞的身分，這篇壽屏該寫成十六幅；兩三千字的四六，哪怕獺祭成章，也得好幾天工夫。在他來說，抽出一整天的閒暇都難，何況好幾天？

『仲仁，你勉爲其難吧！』

聽得府主這麼說，張一麐只好答一聲：『我勉力而赴就是。』

『拜託，拜託！』袁世凱說：『脫稿以後，亦不必送給我看了；看了我亦不懂。請你直接交給張遜之去寫吧！』

張遜之是直隸官報局的總辦，素有善書之名；張一麐點點頭說：『是的！』說完，略等一下，如果袁世凱沒有話，便待告辭。

『仲仁，你請再坐一坐；有件事順便料理一下。』說著，袁世凱向聽差吩咐：『請何總辦。』

這何總辦是督練公所教練處的總辦何宗蓮，字春江，山東平陰縣人；天津武備學堂的高材生，但到差不久，跟張一麐兩不相識。只是何宗蓮覺得能在總督的簽押房中，安坐自如，來頭一定不小；所以向袁世凱行完禮後，亦向張一麐點一點頭，表示敬意。

『這步兵操典，你怎麼說？』袁世凱一面問，一面從案頭取過厚厚的一部稿本，裡面夾著許多參差不齊的簽條。

『回大帥的話，這部操典，由日文譯過來以後，經過仔細推敲，並沒有甚麼不妥之處。原簽有點吹毛求疵，只好逐條駁回。』

『你們武夫，懂甚麼文墨！』袁世凱沉下臉來說：『你們知道原簽的人是誰？就是這位張仲仁張先生！』

何宗蓮大窘，急忙轉身拱手，連聲喊道：『老夫子，老夫子！』歉疚之情，溢於言表。

『不敢，不敢！』張一麐亦起身還禮，『這部稿子，是大帥交代，我不能不辦。不過雖有改正，無非文字上的潤飾，於原義並無出入。我不敢強不知以爲知。』

『你聽見沒有？張先生經濟特科一等第二名，文字一道，難道你們還不服？』袁世凱毫不客氣地開了教訓：『越是肚子裡有墨水，人越謙虛；唯有半瓶醋，才會晃盪。你把稿本拿回去，仔細再看，好好向張先生請教。』

『是！是！』何宗蓮雙手將稿本接過來，『叭噠』一聲，碰響了皮靴跟；接著轉身問張一麐：『不知道老夫子甚麼時候有空？』

『那很難說。不過，我不大出門，你隨時請過來，我們談談。』

『是！我下午去拜訪老夫子。』

『好，我候駕。』

於是何宗蓮又轉身問：『大帥還有甚麼吩咐？』

『我想，新軍應該舉行一次大操；你倒不妨先籌劃起來看。』

『是！』

停了一會，袁世凱不再有話，何宗蓮便捧著步兵操典的手稿退了出去。張一麐等他背影消失，向袁世凱勸說：『大帥的詞色似乎太嚴厲了。』

『沒有法子！對此輩不能假以詞色。尤其不能讓武的壓倒文的；否則，必有自貽伊戚的一天。』

『武的不能壓倒文的』這句話，給張一麐的啓發很深；覺得袁世凱能有今天，也許就得力於這一點。

對於日俄兩國在東三省的戰況，袁世凱問得很詳細；當然，最關心的是戰局的結果，究竟是日本勝，還是俄國佔上風，或者不勝不敗，歸結於和局。

『陸軍方面，大致日本的勝面大。』段芝貴答說：『俄軍反攻遼陽，死了四萬人，損失很重；不過，日軍亦是筋疲力竭了。如今兩軍隔一條渾河在休息；大局要看旅順的俄軍支持得住，支持不住。』

『照你看呢？』

『很難說。旅順的防禦工事太好了。地險而兵精，日本第三軍已經發動過三次總攻擊，敢死隊一波接一波，乃木希典的兒子在裡面，可是徒勞無功。』

『喔，』袁世凱很注意地問：『乃木的兒子亦是敢死隊？』

『是的。』

『結果呢？』

『當然陣亡了。』

袁世凱點點頭，臉色沉毅，『照我看，乃木一定可以攻下旅順。』他問：『如今日軍距旅順多遠？』

『最接近旅順的一個陣地，不過五、六里，現在正在攻老虎溝。照日本人說，如果能把老虎溝攻下來，形勢就會改變。』

聽得這話，袁世凱起身去看懸在壁上的『旅順要塞兵要圖』，找到了老虎溝，看到下註『二〇三高地』的字樣，方始明白。

『是了！日軍吃虧在仰攻，「頂石臼做戲，吃力不討好」，若能佔領二〇三高地，對港灣成鳥瞰之勢，俄軍殘餘的軍艦，就甚麼作用都沒有了。』袁世凱停了一下問：『我們能不能幫他甚麼忙？』

『打旅順，幫不上忙。』

『陸軍方面呢？』

『也要看機會。反正攻瀋陽，總有可以幫他們的地方。』

袁世凱點點頭回到自己的座位上，凝神望著東三省的地圖，好一會方始開口：『我當初不主張中立，應該幫日本打俄國；如果聽了我的話，現在情形就大不相同了。』

『請……』段芝貴說：『請大帥教導。』

『這跟賭錢一樣，日本做莊家，我們搭多少股子在裡頭，現在就可以計算如何分紅了。如今我們幫日本，好比賭場裡的混混，看莊家手風順，在旁邊打打扇遞遞毛巾把子，說兩句湊趣的話。等莊家站起身來，隨便抓一把錢給你吃紅，還得跟他道聲謝。若是合夥做莊家，當然坐下來細算贏帳，這情形大不相同了。』

『是!聽大帥的譬諭，完全明白了。』段芝貴又說：『前一陣，不是張香帥有個摺子，主張西聯英、東聯日，似乎可以補救。』

『太晚了!沒有用處。』袁世凱說：『只望日本打敗了俄國，能把東三省還給中國，已是上上大吉。』

聽得這話，段芝貴踏上兩步，低聲問道：『聽說東三省要設總督，而且已經內定了；大帥，可有這話?』

袁世凱知道有此一說；湖南巡撫趙爾巽內召，即爲未來東三省總督的人選。這是瞿鴻禨的打算；因爲他同治十年辛未一榜，沒有甚麼像樣的人材；而下一科甲戌卻頗有幾位出色的人物，已死的如趙舒翹，現存的如吏部尚書張百熙、雲南巡撫林紹年、四川總督錫良、兵部侍郎胡燏芬等人，都各有表現。漢軍正藍旗人的趙爾巽亦是其中之一，在湖南的政聲還不錯，所以瞿鴻禨想拉他一把。內召以後，先派署戶部尚書；一切籌議東三省設總督之事，常派趙爾巽參與，爲他未來的出處作張本。

這些情形，袁世凱覺得不必告訴段芝貴，只問一句：『你是聽誰說的?』

『在東三省聽旗人談起。』段芝貴說：『倘若眞有這話，大帥倒不可不稍稍留意。』

『喔!』袁世凱抬眼望著，等他說下去。

『東三省地大物博，富庶得很，我這趟去了才知道。如果總督、巡撫是自己人，將來籌餉就方便得多了。』

聽得這話，袁世凱心中波瀾大起，但表面上不現聲色，『我知道了。』他用告誡的語氣說：『這話，你不必跟人去談！事情還早得很，不必急！』

意思是說，緩緩圖之。段芝貴心裡也起了一個念頭；一時還無法分辨，自己這個念頭，到底是不是妄想？只很興奮地答說：『是，是！我知道事情的輕重。』

慈禧太后的七十萬壽，靜悄悄地過去了。五十中法之戰，六十中日之戰；兩番盛大籌辦的慶典，臨事而廢，滿以為七十歲可以好好熱鬧一下，誰知道又有日俄之戰！幸而戰事發生得早，四月裡就下了上諭，停止慶祝；倘或一切都預備好了，突傳警信，那就更掃興了。

『大概我這一輩子就不用想過整生日了！』慈禧太后向榮壽公主說：『天下也眞有那麼巧的事。』

『這大概是老天爺特意的安排，把這一份熱鬧留著到八十萬壽再補。』

『八十？』慈禧太后有些傷感，『就活到那個歲數，眼花了，牙齒也掉了，說話顚三倒四的，做人也沒有甚麼滋味。』

『老佛爺一點都不顯老！倒是……』榮壽公主突然住口，本想拿皇帝來相比，話到口邊才發覺不妥，把它硬截住了。

這一說勾起了慈禧太后的心事——從回鑾途中，在開封逐『大阿哥』溥儁出宮那時候起，她就在考慮儲位的歸屬。到得載灃做了榮祿的女婿，算是有了指望；但成婚已經兩年，竟無喜信，豈不教人著急？

這樣想著，不由得問了出來：『載灃的媳婦，不是有病吧？』

榮壽公主對此突如其來的一問，無從作答；想一想只能率直回對：『沒有聽說。』

『怎麼到現在都一點兒沒有消息？該找個好婦科大夫給她看一看。』

原來是關切醇王福晉何以至今不孕？榮壽公主隨即答說：『奴才也問過她，她說算命的看相都說她的子嗣得很晚。』

『晚到甚麼時候呢？』

榮壽公主體會得出她的心境，盼望載灃得子之心，較尋常人家老太太抱孫之心，不知殷切多少倍。便安慰她說：『絕不會太晚。少年夫婦，身子亦都很好，不應該沒有喜信。』

『就是這話囉！』慈禧太后說：『我想總有道理在內，應該多找幾個大夫看看。』

『是！奴才傳旨給她。』榮壽公主想了一下，不經意地說：『皇上近來的精神，似乎又不如前了。李德立的本事有限，服他的方子，好像全無用處。』

『你的意思是說，也應該在外面找大夫？』

榮壽公主不作正面回答，只說：『要有薛福辰那樣的人就好了。』

薛福辰當年曾爲慈禧太后治癒骨蒸重症；他本來是直隸的候補道，出於李鴻章的專摺保薦；慈禧太后遲疑地說：『如果降旨命各省保薦名醫，外頭又不知道會造甚麼謠言？』

『是！』榮壽公主看她意思並不反對宮外召醫，便即說道：『老佛爺何妨問一問軍機？』

『嗯！』慈禧太后點點頭，『我知道了。』

過了幾天，慈禧太后在單獨召見奕劻時，忽然想到此事，提了起來，奕劻回奏：『奴才前年的一場病很重，是袁世凱薦了一個西醫來看好的。』

『喔！』慈禧太后問道：『此人叫甚麼名字，如今在哪兒？』

『這個西醫叫屈永秋，廣東人，天津醫學館出身，醫道很好。不過，西醫用的藥，跟中醫不同。』奕劻答說：『這屈永秋現在是袁世凱那裡的醫官。』

『中西醫藥是一樣的，只要治得好病，就是好醫生。你告訴袁世凱，讓那個姓屈的，來替皇上看看。』

奕劻不敢怠慢，當天就用電報親自告知袁世凱。語焉不詳，只說趕快派屈永秋進京，爲皇帝診脈；等袁世凱問他，如何？奕劻卻又答說，只是精神愈見委靡，並沒有甚麼明顯的病象。

這就奇怪了！袁世凱猜疑滿腹，不知奕劻何以有此突兀的通知？皇帝既然沒有明顯的病象，何以突然召醫，而且召的是西醫？心想得找個人來參贊一下才好。

北洋幕府中，人才濟濟，各有所長；但像這類事故，需找工於心計的人來研究。想一想，有了一個人。

這個人叫楊士琦，字杏城，是楊士驤的胞弟，也是袁世凱未來的兒女親家，現任商部左丞，派在上海管理電報局；因公北上，在天津小作勾留。此人素有智囊之稱，正宜請教。

聽罷緣由，楊士琦開口說道：『四哥，你聽說過沒有，薦醫有三不薦？』

『沒有聽說過。』

誰也沒有聽說過，是楊士琦臨時杜撰的；他一面想，一面說：『醫生不好不薦；交情不夠不薦；

病人無足輕重不薦。』

袁世凱想了一下問道：『前面的兩不薦，都容易明白；何以謂之病人無足輕重不薦？』

『病人無足輕重，死也好，活也好，沒有人關心；薦了醫生去，未見得受重視，那又何苦來哉？再說，七年之疾，求三年之艾，唯有病家重視病人，料量醫藥，才會十分經心；倘是無足輕重的病人，煮藥調護，漫不經心，雖有名醫，何能奏功？』

『啊！啊！杏城，你看得眞透徹！』

『四哥，』楊士琦放低了聲音說：『上次南郊大典，我有執事，在天壇站班；皇上步行上壇，我看得清清楚楚，連靴子都是破的。這倒想，開出方子來，如有貴重藥在裡面，誰能擔保御藥房一定會按方子照抓不誤？』

『這很難說。』

『那就是了！雖說西藥和中藥不同，道理是一樣的，如果動了手腳，不按方子配，屈永秋能擔得起這個責任嗎？』

『那還用說？』袁世凱皺眉了，『看來以回謝了爲妙。』

『是的。』楊士琦又說：『這件事千萬做不得！醫而有功，老太后未見得高興；醫而無功，甚至出了「大事」，四哥你跳到黃河都洗不清了！』

聽得最後這一句，袁世凱憬然而悟，悚然而驚！有戊戌告密這一段不易磨滅的往事在，誰都知道他是皇帝的不忠之臣；如果皇帝因爲經屈永秋的診治而病起變化，以致太漸，大家都會疑心他有弒君的逆行。眞是跳到黃河都洗不清的嫌疑。

『高明之至！』袁世凱的主意打定了；不過要推掉這件事，亦不是一句話的事，『杏城，』他說：『慶王是奉懿旨交辦；不管其中是何作用，我總得找個冠冕堂皇的理由來推辭。請你再替我想想，應該怎麼說？』

『不能說屈永秋的醫道，並不如外間所傳，這成了砸他的招牌。不如說屈永秋自己也病了。』

『好！就這麼辦！』

於是，袁世凱將屈永秋找了來，親自將這件事告訴他，問他的意思如何。

屈永秋倒是躍躍欲試，口中答說：『請大帥吩咐。』而臉上卻有掩不住的興奮。

『這原是件好事。以你的醫道，著手成春，不但名利雙收，而且各國使館，都很注意皇上的病勢；所以，你如果治好皇上的病，一定還會名揚國際，連帶我的面子也很光彩。可是，我把你當作自己人，有句逆耳的忠言，不知道你愛聽不愛聽？』

『大帥言重了！』屈永秋臉上的興奮，一掃無餘。

『宮中的事情很難辦，尤其是牽涉到皇上，更是吃力不討好。你的醫道高明，不錯；可是，西醫的規矩，太監不懂，譬如按時量體溫，只怕他們連體溫表上的度數都看不懂。』袁世凱突然問道：『庭桂，你知道宮裡喝香檳怎麼個喝法？』

『庭桂』是屈永秋的別號；他搖搖頭說：『不知道怎麼喝法，想來總是用冰鎮過了再喝。』

『哪有這麼講究，』袁世凱說：『是太監不知道該這麼講究！宮裡所有的香檳，都是由太監事先用錐子在軟木塞上鑽了洞的。』

『那不是洩了氣了嗎？』

『就有那種洩氣的事。爲的是香檳一開塞子，有很大的聲響；泡沫亂湧，搞得一場糊塗，在御前失儀，是很重的罪名。太監爲了自己保平安，甚麼事都做得出來。你不能隨時守在御前看護，試問，你怎麼醫得好皇上的病？』

『是，是！』屈永秋如釋重負似地，『幸虧大帥教導，這個差使不能當！』

『是上頭的交代，我也不能教你不當這個差使。』袁世凱略作沉吟，『庭桂，只有一個法子，你才可以不當這個差使；從今天起，你就裝病請假。裝要裝得像，少出門，更不能跟人去談這件事。』

屈永秋自然如言遵辦。袁世凱便先用電報回覆奕劻，說屈永秋告了病假，力疾從公，自是分所當爲；但本人有病，精力不濟，『請脈』或恐不準，所以再三懇辭。此外，又示意奕劻，他想到京裡面談一切；請奕劻找個理由，能讓他到京裡去一趟。

這個理由不難找，以練兵處籌劃改編各省防軍，以及其他軍制的釐訂，必須召袁世凱面商爲名，很容易地就讓袁世凱進了京城。

一到京，宮門請安，本來是奉行故事，遞一個請安摺子便可自行其便，哪知非常意外，竟然傳旨，即時召見。

這一下，袁世凱有點抓瞎了。第一是穿的行裝；除非巡幸在外，不能以行裝陛見，臨時找一套合於他五短矮胖身材的補褂，相當費事；這猶在其次，最令人惴惴不安的是，不知慈禧太后何以破例召見？想來必是有特別的緣故；而此特別緣故是甚麼，茫無所知。

因此，在養心殿進見時，袁世凱格外加了幾分小心；進殿行完了禮，慈禧太后照例閒閒問起，氣候是否正常，民情可還安謐，以及有些甚麼好官之類有關吏治的話。然後話風一轉，很自然地談到正題。

『你跟張謇很熟，是不是？』

袁世凱不知慈禧太后何以忽然提到此人，便很謹愼地答說：『臣前在吳長慶營裡，張謇是吳長慶的文案，臣因爲他文字很好，常向他請教。從光緒十二三年以後，臣跟他就很少往來了。』

『是很少見面呢？還是很少書信往來？』

問到這一句，袁世凱知道事出有因；略想一想答說：『臣公務較繁，很少給他寫信；張謇一年總有兩三次給臣來信。』

『倒是說些甚麼呀？』

『張謇在南通州開墾辦實業，有時要臣幫忙。臣以爲張謇所辦的事業，於國計民生，都有裨益，所以量力而爲。』袁世凱加重了語氣說：『至於跟國計民生無關，私人請託的事，臣不敢徇私，總是婉言回絕的。』

『最近呢？』慈禧太后問說：『有信給你嗎？』

最近是沒有；六月間有一封。袁世凱想到張謇的那封信，心中一動，知道慈禧太后注意的就是這件事，絕不宜隱瞞。

於是據實答說：『張謇夏天有一封信給臣，是談甚麼立憲，臣一直沒有覆他。』

『喔！』慈禧太后終於問了出來：『那封信怎麼說？』

那封信的內容，袁世凱記得很清楚，說是『公今攬天下重兵，肩天下重任矣！宜與國家有死生休戚之誼；顧亦知國家之危，非夫甲午、庚子所得比方乎？不變政體，枝枝節節之補救無益也！不及此，日俄全局未定之先，求變政體而爲揖讓救焚之迂圖，無及也。』又說：『日俄之勝負，立憲專制之勝負也！今全球完全專制之國誰乎？一專制當眾立憲，尙可倖乎？』又說：『日本伊藤板垣諸人，共成憲法，巍然成尊主庇民之大績，特命好耳！論公之才，豈必在彼諸人之下；即下走自問，亦必不在諸人下也！』

凡此議論，何可直奏？袁世凱忖度這封鎖在自己簽押房裡保險箱中的密件，絕無洩漏的可能。因而決定瞞一半，說一半。

可說的是，張謇主張立憲，而且頗有志用事；要隱瞞的是張謇對他的期望，以及批評專制的不是。主意打定了，措辭卻還待斟酌。

轉念又想，不管怎麼說，都非慈禧太后所樂聞；倒不如一言表過，因而出以輕蔑的語氣答說：『無非書生之見而已。』

果然，慈禧太后不再問了，換個人談談：『據說張之洞、魏光燾也贊成立憲。你聽說了沒有？』聽得這話，袁世凱突然省悟，此一刻正是可以有所表白的好機會，『臣也聽說了。』他毫不含糊地回答：『督臣張之洞、魏光燾打算合詞奏請立憲，因爲臣忝居畿輔，想邀臣會銜出奏。託人來說。臣已經回絕他了！』

其實這正就是與袁世凱二十年不通音問的張謇，突然致書期許的原因，而張謇亦非眞的以日本明治維新以後，促成立憲的名人相期，只是張之洞鑒於當年東南互保的往事，認爲對朝廷獻議大興革，非有權勢的督撫聯合一致不可，所以極力敦促張謇作此表示。

當然，這樣答奏是一定會獲得嘉許的；慈禧太后和顏悅色地問：『袁世凱，我知道你心地很明白；照你看，咱們中國能不能立憲呢？』

『不能！』袁世凱簡截了當地答。

『爲甚麼呢？倒說個道理我聽。』

『中國的百姓，民智未開，程度幼稚；是故聖經賢傳上說：「民可使由之，不可使知之。」以專制統治，反而容易就範；立憲之後，權在人民，恐怕畫虎不成，會發生種種流弊。』

他這面說，慈禧太后那面不斷點頭；話風很快地一轉，問起日俄戰爭。

『袁世凱，你向來會練兵，會帶兵，你看日本跟俄國這個仗，會打到甚麼時候才能完？』

『俄國的敗象已成，遼陽一仗，俄國敗得很慘；旅順已經讓日本沉了幾艘兵艦在港口封鎖住了。日本的第三軍由金州往南打，離旅順只有幾里路。臣聽說旅順的俄國司令官，在夏天就要投降，他部下的將校不答應，所以又拖了下來。』

『照你這麼說，戰事很快就可以有結果了？』

『是！』袁世凱緊接著說：『就怕俄國皇帝不服輸。臣有諜報，俄國在波羅的海的艦隊，已經往東調過來了。只怕還要狠狠打一仗。』

『他們在海面上發狠，倒還罷了；陸軍在咱們中國的地盤上，大打特打，眞正是「城門失火，殃及池魚」，想想都窩囊。』

『皇太后、皇上明鑒！』袁世凱說：『關外百姓雖吃了苦，換來的好處也很大；將來俄國打敗，自然不退兵也得退了，這於中國的益處極大。』

『你看，』慈禧太后很關心地，『會不會前門拒狼，後面進虎；俄國人去了，日本人又霸佔咱們的地方？』

『皇太后的睿慮極是！臣就爲了怕日本人將來霸佔不走，所以下了工夫；暗中幫日本人的忙。如今放交情給他，也就是拿面子拘住他們，將來教他說不出蠻不講理的話。』

『嗯，嗯！這是不錯的！不過，你也得顧到咱們中立的身分，別惹火燒身。』

『是！』袁世凱答說：『此所以自己發憤圖強最要緊！唯有自己的兵力夠，能守得遼西，不但俄國人不敢過來，日本人也不敢小看中國。』

『嗯，嗯！』慈禧太后深深點頭，『新建陸軍，已經有三鎭了，還夠用不？』

『以中國幅員之大，三鎭兵守北方都不夠。』袁世凱說：『臣打算再編一鎭。』

『那就是第四鎭？』

『番號還沒有定，等臣跟慶親王商量以後，奏聞請旨。』

『喔！』慈禧太后問道：『這一鎭兵，已經有了嗎？』

『是！臣打算拿武衞右軍編成第四鎭。』

『武衞右軍不是你從前帶的隊伍嗎？』

『是！』

『你打算派誰當統制官？』

『臣擬保薦段祺瑞充任統制官。他是在德國學炮兵的，爲人勇毅深沉，操守極好；是不可多得的將才！』

『武將的操守最要緊；不然不能約束士兵，紀律一壞，百姓看見就怕，哪裡還能打勝仗。庚子那年，一路到山西，再到陝西，我就沒有見過有紀律的隊伍。從前榮祿常說你會練兵，講究紀律；所以我放開手讓你去辦。新建陸軍不光是陣法武藝要練得好，更要把旗營、綠營、湘軍、淮軍的暮氣腐敗，切切實實掃一掃！』

『是！皇太后對中國舊式軍隊的毛病，燭照無遺；臣蒙皇太后、皇上栽培，天高地厚之恩，感激莫名。如今厲行新政，發憤圖強，臣必當盡心竭力，勉力圖報。』說著，袁世凱『咚、咚』地碰了兩個響頭。

『皇上有甚麼要問袁世凱的？』

這天皇帝的精神比較好，想起有件事可以問一問，以補慈禧太后垂詢之不足，『有個嚴修在你幕府裡吧？』

『是！』袁世凱答說：『在臣衙門總辦學務處。』

『這個人怎麼樣？』

嚴修字範孫，天津人，光緒九年的翰林，又應經濟特科中式，一向對教育最熱心，是袁世凱在直隸辦學堂，自以爲可以匹敵張之洞的一個得力助手，當然大加揄揚，說他人品學問，都是第一流的。

『直隸的學堂辦得很多；可是，聽說學生並不踴躍，你得告訴嚴修，要想法子勸學才好。』

聽得這話，觸及袁世凱的癢處；將自己要說的話，考慮了一下，認爲不致違忤慈禧太后的意旨，而必爲皇帝所樂聞，大可說得。

想停當了，毫不含糊地回奏：『科舉不廢，學校不興。竊以爲勸學之道，最有效不過明詔廢除科舉。』

『你這話，』皇帝微感詫異：『跟以前所奏不符啊！』

袁世凱在去年張之洞會同吏部尙書張百熙、戶部尙書榮慶定學制時，曾經上過一個奏摺，建議分科遞減，廢除科舉；從光緒三十二年丙午科鄉試開始，遞減中額三分之一，至光緒三十八年壬子科減盡。九年中，各省開辦學校培育人才，應可見效；而科舉既停，讀書人只有從學校中討出身，則籌辦經費與投考學生，一定兩皆踴躍。

這個分科遞減的漸進之法，張之洞深表同意；所以袁世凱請他領銜會奏。事實上亦唯有探花及第的張之洞，才夠資格說這話；袁世凱連秀才都不是，若說敢冒天下之大不韙，昌言廢除科舉，則必招來無數嬉笑怒罵的譏評，變成自取其辱。

就這樣，仍然遭遇到極大的阻力。首先是王文韶，說到廢除科舉，認爲從此將失盡天下士心，而且亦必然埋沒眞才，所以曾痛哭流涕地以去就力爭。其次是瞿鴻禨，亦頗不以此舉爲然。無奈負海內清望，作爲士林魁首的張之洞極力主張，結果還是如此『量爲變通』地下了明詔；只是爲恐激起反感，不但上諭中加強撫慰的語氣，辦法中亦仍留下許多遷就之處。而因爲如此，大家都還存觀望之心；認爲八股可廢，科舉是絕不可廢的。

如今聽得皇帝指責，袁世凱自亦有話分辯：『臣的原奏，本就說過，「科舉一日不廢，學校一日不興，士子永無眞實之學問」，至於分科遞減，是不得已之計。自上年十一月頒詔，將近一年工夫，臣虛心體察，方知科舉一日不停，士子都有僥倖中試之心，學堂絕無大興之望。伏惟皇太后、皇上宸衷獨斷，頒賜明詔，毅然廢除科舉，國家才有富強之望。』

這番慷慨陳奏，皇帝頗爲動容；無奈他作不了主，所以保持沉默，讓慈禧太后去作裁決。

『八股廢了，我很贊成；科舉要廢，我亦贊成。人才固然要從科舉中出來，不過科舉並不是培植人才的好辦法。有些人哪怕中了狀元，像崇綺，心地仍舊不大明白，擔當不了大事。不過幾百年下來的制度，也很鼓勵了有志氣肯上進的人；如說立時立刻，要廢就廢，這對民心士氣很有關係。我看，』慈禧太后很婉轉地說：『還得緩一緩，看一看，慢慢商量著再說。』

『是！』袁世凱很見機地，『臣亦是一時之見，未必全對。皇太后唯恐廢科舉影響民心士氣，臣當細心考查，另行奏聞。』

『對了！你一方面多考查考查；一方面可以跟張之洞他們好好商量。』

『是！』

等了一會，慈禧太后再無別話；皇帝便說：『袁世凱，你跪安吧！』

回到北洋公所，已有盈門的訪客。以前李鴻章督直時，每次進京寄寓賢良寺，亦有這樣的盛況；所不同的是訪客的身分。李鴻章自同治十三年文華殿大學士去世，接替了他的殿閣，即爲內閣首輔；而且既是中興勳臣，又是翰苑前輩，所以紅頂花翎的賓客，無足爲奇。

這一層上頭，是袁世凱無論如何比不上的。他的訪客，不是京堂，便是道員；尚書侍郎大致都是前輩，聽說他來了，充其量派名聽差持名刺致意而已；翰苑中人，更是絕無僅有。較之李鴻章當年，相形遜色，自不待言；不過，這也有好處，那些來訪的京堂、道員，大致不是謀差，便是託事，可以不見，見了亦只是三五句話，便可打發。

但有位訪客，卻是不能不見，而且一見便有談不完的話；那就是外務部會辦大臣，兼內務府大臣的那桐。

『聽說一到就叫起。』那桐笑著恭維：『四哥的簾眷，可眞是越來越隆了。』

『嘚，嘚，琴軒！』袁世凱撇著京腔說：『你可別給我唸喜歌兒了！一到就叫起，可不是好事。』

『談了些甚麼？』

『談張季直給我的一封信……』

聽不到幾句，那桐的臉上，笑容盡斂；袁世凱本就疑心其中有文章，見此光景，越覺所疑不虛，因而亦就纖細不遺地，將慈禧太后問及此事的經過，都說了給他聽。

『必是瞿子玖給你下了藥了！』那桐用低沉的聲音說：『四哥，你可得留點兒神，有兩件事，很有人在議論。』

『哪兩件？』

『一文一武！文的是你跟張香濤主張廢科舉；張香濤的火候夠了，別人不敢拿他怎麼樣。你可犯不著得罪王夔老、瞿子玖他們。』

『原來瞿子玖也是主張維持科舉的？』

『當然囉！不然哪裡來那麼多門生、小門生？』

『啊，啊！原來如此！』袁世凱恍然有悟；接著又問：『一武呢？說我練的兵太多？』

『對了！練兵就要費餉，自然有人不高興；有個說法很可怕，說是內輕外重，尾大不掉！』

袁世凱矍然而驚，『這是瞿子玖的說法？』他問。

『你不用問是誰的說法！反正上頭能聽得到。』那桐又說：『瞿子玖上次雖碰了個大釘子，簾眷未衰；所以毫無怯意，仍舊跟岑三很近，幾乎每半個月就有信件往來。』

袁世凱只點點頭說：『琴軒，你是知道我的；忝在北洋，我的責任很重。如今別的不必說，只說日俄開戰這件事好了！』

袁世凱頓一下，繼續說：『兩幫混混，在人家家裡打得一塌糊塗；做主人的倒說「嚴守中立」，這不是笑掉人大牙的話嗎？爲了所謂「守中立」，我不知道費了多少事；爲的是希望日本勝了，東三省還有物歸原主的希望；倘或俄國勝了，咱們就撤到山海關也還不知道守得住守不住。那時候練兵就不止一鎭、兩鎭了！』

『我知道你的苦心；可是別人不知道。練兵要籌餉；四哥，』那桐規勸著：『你也別太自討苦吃。』

『我何嘗願意自討苦吃？時勢所逼，只有盡力而爲，兵我是得練。』

『餉呢？』那桐說道：『你可不比李文忠那個時候。』

『有土斯有財的道理是這樣的。』袁世凱說：『如果兩江、兩廣在咱們自己人手裡，我怕甚麼？』

『兩廣？』那桐吐一吐舌頭，『你不怕岑三跟你拚命？』

『別人怕岑三，我不怕他。』

『啊！』那桐突然說道：『我想起來了，我給你做個媒如何？』

『給我做媒？』袁世凱愕然。

『你看我，』那桐失笑了。『說話都說不俐落了。我給府上做個媒，一個是人家看中了你的一位少君；一個是我聽人說起，似乎門也當，戶也對！』

『是哪兩家高門？』

『先說看中五世兄的，不是外人，是陶齋。』那桐問道：『莫非他沒有在你面前提過？』

『原來是陶齋。』袁世凱得意地笑道：『他的眼力眞不壞！』

原來袁世凱這時已有五位如夫人，六個兒子了。長子克定，字雲台，是元配于夫人所出；次子克文、三子克良同母，就是袁世凱的三位『高麗太太』中的第二位金氏，在姨太太之中是第三位。另外兩位『高麗太太』，一姓白，生子克權，排行第五；一姓李，生子克端，排行第四。大姨太沈氏無出；五姨太楊氏生子克桓，排行第六。

袁家『克』字排行的這六弟兄之中，資質最好的是老二克文與老五克權。克文字豹岑，這年才十五歲，聰明絕頂；但與他的長兄相反，不喜經濟實用之學，講究詞章，喜歡金石，旁及音律，凡是所謂『雜學』，無不涉獵，已頗有些名士派頭了。

克權字規庵，年方十歲，已通平仄，能夠做詩了。讀書不但敏慧，而且中規中矩；頗爲袁世凱所鍾愛。袁家的賓客，凡曾見過克權的，無不譽爲跨灶之子；端方尤其讚賞，所以託那桐來做媒，說來絕非意外。

『怎麼樣呢？』那桐問道：『能賞我做媒的一個面子不？』

『言重，言重！』袁世凱答說：『以我跟陶齋的交情，不是老哥所命，我還能有甚麼話說？只不知是陶齋的哪一位小姐？』

『當然是最小的那個。』那桐答說：『長得很俊，家教也好。』

『那更沒話說了。』袁世凱又問：『還有一家呢？』

『是張安圃。』那桐答說：『安輔多子；最小行十二，名叫元亮的那一個，頭角崢嶸，跟你家大小姐年歲相當，你看如何？』

那桐所說的張安圃，就是現任廣東巡撫張人駿。張人駿的叔叔張佩綸，很看不起袁世凱；但張人駿與他的關係不同，袁世凱當山東巡撫時，張人駿是他的藩司。張元亮他也見過，只是年歲方幼，已不太記得起了。

『琴軒，』袁世凱對這頭親事，覺得需要考慮，便找個藉口，『兒子的親事，我可以作主；嫁女兒就不同了。請讓我跟內人、小妾商量了再說！』

『當然，當然！』那桐連連點頭，『我改天來聽信兒。』

袁家眷屬都在天津，那桐總以爲袁世凱要等回去以後，跟于夫人以及他的長女伯禎的生母二姨太太商量停當，才有回音。哪知不然；第二天便有了消息。

原來袁世凱這天晚上，通前徹後想了一遍；忽有省悟，正途出身的大老，有門生、小門生爲之羽翼，一旦入閣拜相，勢力已遍佈京裡京外，根深柢固，不易摧折。從前左宗棠鬥不過李鴻章，李鴻章又鬥不過翁同龢，道理都在這上頭。自來宦途中最重師門之恩、同門之誼；說是尊師重道，無非門生話，究其實際，無非富貴相共，休戚相關，門生捧老師，老師提拔門生而已。

論到這一層關係，自己絕不能跟瞿鴻機相比；不過別人有門生，自己有兒女，兒女親家之親密，絕不下於師生。他在想，長子克定已經成婚，娶的是吳大澂的女兒；次子克文亦已定親，定的是籍隸安徽貴池，當過駐英公使，廣東巡撫的劉瑞芬的孫女兒。這兩家都是高門，但親家與親翁，皆已下世，無足爲助。如今與端方、張人駿結成親家，彼此呼應，緩急可恃；尤其是張人駿在廣東，力雖不足以箝制岑春煊，至少可以使他稍存顧忌；若有機會扳倒岑三，張人駿順理成章地升任總督，那一來自己的勢力就非瞿鴻機所可輕侮了。

既已作了決定，便無需再費周折；袁世凱直截了當地告訴了那桐，願以長女許婚張家。爲了照顧自己所說過的話，他附帶說明，已經用電報徵得于夫人及二姨太的同意。

這對做媒的那桐來說，面子十足，當然也很高興，特設盛宴款待袁世凱；但設席不在他的頗饒花木之勝的金魚胡同住宅，而是借慶王府的花廳——這是爲了遷就奕劻這位特等陪客；因爲照規制，親王、郡王是不赴大臣家的宴席的。

飯罷茶敘，恰好外務部送來一通急電，說守旅順的俄軍，終於投降了。從遼陽大戰結束，日軍對旅順發動了三次總攻擊，都是勞而無功；到了十月二十，續調援軍，發動第四次總攻擊，經過九天的血戰，以一萬七千人的前仆後繼，不死即傷，畢竟突破困境，攻佔了軍事地圖上稱爲『二〇三高地』的老虎溝；經過整頓部署，將旅順東、北兩面的要地東雞冠山、二龍山、松樹山逐步佔領，旅順的俄軍司令司徒塞爾知道無法再守了，樹白旗投降，將校八百七十多，士兵兩萬三千五百人，皆成俘虜。

日軍的捷報，等於袁世凱押中了一寶；彼此慶幸之餘，正好以此爲話題，談東三省的未來。袁世凱認爲日軍必勝，已成定局；雖然俄國決定以波羅的海的艦隻，編爲第三艦隊，東來參戰，但很難扭轉戰局。俄德同盟，波折甚多；旅順一失，德國必然見機而作，更難成盟。看樣子只要有大國如英、美出來調停，日俄很快地就會談和。

『能收回東三省，太后一定會很高興。』奕劻很興奮地說：『李少荃惹出來的大禍，從我們手裡把它料理清楚；這件事做得很對得起列祖列宗了。』

『是！』袁世凱說：『王爺在日本公使那裡，還得多下點工夫。』

『當然，當然！』奕劻連連點頭，『我不會放鬆的。』

『設行省之議，不妨及早籌劃。』那桐接口問道：『不知道上頭跟王爺提過沒有？』

『提過一次。』奕劻答說，『上頭似乎還是看中了趙次珊。』

那桐與袁世凱對看了一眼，都不作聲了——袁世凱跟那桐隱約談過，如果東三省設行省；一總督三巡撫，最好都能派『自己人』去。如今聽奕劻所說，似乎一時還無從措手；只好看以後情勢，再作道理。

『此事還早，倒是有件事，兩位不妨參贊一番。』說著，奕劻從抽斗中取出一份抄件，順手交了給袁世凱。

這個抄件是兩通奏摺。一個是署理兩江總督端方代奏修撰張謇的條陳，建議在徐州設行省。另一個是監察御史周樹模所奏，建議裁撤漕運總督一缺，說到理由，頭頭是道。

漕運總督管理漕糧由運河北運的一切事務。漕船有幫，稱為『漕幫』；由明朝的『衛所』演變而來。至今還保留著沿運河的直隸、山東、江南、江西、浙江、湖廣諸衛所；每一個衛所之下，又分多少衛、多少所、多少幫。管事的首腦，在衛稱為『掌印守備』；在所、在幫稱為『領運千總』。

明朝的衛所，本是一種兵農合一的制度，計口授田，隸屬衛所，平時為農，有事當兵，稱為『屯戶』。到清朝利用衛所運輸漕糧；屯戶只管弄舟，不管打仗，本已大失原意；自從洪楊以後，一方面運河淤塞，不通全漕；一方面海運勃興，轉輸利便，南漕一半折銀繳納，一半由海道北上，運河上漕船連檣千里的盛況，再不可見。所以各省的衛所，一律裁撤；屯戶亦與一般百姓，毫無分別。

這一來，各省的糧道，亦就次第裁減；漕運總督無官可轄，無船可管，不僅有名無實，簡直成了個贅疣，是故裁去漕督一缺，早就有人主張，只是周樹模形諸奏牘而已。

至於張謇的條陳，著眼不在裁漕督，而在設行省。他作了一篇文章，名為〈徐州應建行省議〉；以為當年劉邦崛起，與項羽爭天下的這一片千里無垠，莽蕩平原，一方面『控淮海之襟喉，兼戰守之形便，殖原陸之物產，富士馬之資材』，可以自成局面；一方面『俗儉民僿，強而無教，犯法殺人，盜劫亡命，梟桀之徒，前駢死而後踵起者，大都以徐為稱首。』久為朝廷的隱患，而『將欲因時制宜，變散地為要害，莫如建徐州為行省。』

這個『省』的轄區，張謇有明確的指陳，以徐州為眾星之月，東到海州，西至商邱，南起泗州，北迄沂水，包括蘇、皖、魯、豫四省交會之區的四十五州縣。此省新建，張謇以為有『二便四要』；所謂『二便』實際上只有一便，即漕督可裁，由『徐州巡撫』兼理裁撤漕督以後所留下的『未盡事宜』。

另外『一便』，是練兵容易。因為這個地區的民風，『樸嗇勁悍』；照張謇的估計，招募一萬人，練步隊六千、馬隊四千；如果訓練得法，只要三年的工夫，這一萬人便有足夠的防禦力量。這在魚米之鄉的江南是不可能的事。

所謂『四要』是『訓農、勸工、通商、興學』，地方富庶了，自然百廢俱舉；但『農工商兵、皆資學問』，所以『興學』為『要中之尤要』。

『這個條陳，看起來很動人；可惜，紙上談兵，不容易做得到。』袁世凱將兩個抄件轉交那桐，淡淡地說：『我跟季直相處甚久，很知道他的為人；如果他入南皮幕府，賓主一定相得。』

這是隱隱譏刺張謇不免書生之見。奕劻點點頭說：『我亦是這麼想。不過，張季直以狀元居鄉，過去劉峴莊很看重他；聽說他在南邊很有號召力，大家就覺得他的條陳，不能不用；而要用又實在很難。軍機處把原件轉到政務處，爲的是集思可以廣益；慰庭，你是奉旨參與政務的，不妨切切實實說一個意見；我好跟大家去斟酌。』

袁世凱對張謇的這個條陳，實在不感興趣；主要的是覺得徐州設省這件事，根本就是空談。不談『四要』之難，只說劃定轄區，牽涉到四省，便不知有幾許分歧的意見。

不過，朝廷有大政，每先諮詢北洋；他已恢復了當年李鴻章所擁有的地位與權勢，倘或緘默不言，無異自貶自削，因而想一想答說：『漕督可裁是不易之論；江淮遼闊，江寧藩司照應不到，亦是實情。我以爲不妨就此兩點去斟酌折衷，期於允當。至於分割四省四十多州縣，合爲一省；疆界的變更最容易發生糾紛，這在承平時期，尚且要愼重，何況當今之世。』

『對！一動不如一靜！』奕劻很起勁地說：『我的宗旨定了。』

袁世凱頗爲欣慰。但不是因爲他的主張得以實現，而是奕劻的唯言是聽。不過口中還得謙虛一番；『我亦是想到就說，話不一定對。』他說：『請王爺再多聽聽別人的意見。』

『不必多聽，多聽了反而莫衷一是。慰庭，』奕劻突然轉換話題：『我再跟你商量一件事，西苑跟頤和園的工程，陸陸續續在增添；錢總不夠。你能不能在北洋那一筆經費中，挪撥幾十萬銀子？』

這個要求在袁世凱並不感覺意外；他經常想到，宮中可能會有需索，所以對哪一處有餘款可以動用，亦經常有留意。此時想了一下，從容問道：『大概要多少？』

『至少要湊個三十萬銀子。』

『我撥五十萬好了！』

奕劻喜出望外，『慰庭，』他問：『你是從哪裡撥？』

『鐵路的盈餘。』袁世凱說：『造關外通關內的鐵路，借的是英國的款子……』這筆英國借款，由胡燏芬經手，匯豐銀行承借，總計三百三十萬鎊。合同中訂明，『關內各路產業，並全路腳價進款，應儘先作爲借款之保』；『各路收款進款，應存天津匯豐銀行，所有經理修路應用各費，均由該局進款項下開支。俟有剩餘，備還此款之用。』因此，路局的任何收入皆需無息存放天津匯豐銀行，至今除按約分期付息拔本之外，尚積存一百八十多萬兩銀子；袁世凱幾次派人交涉要提用，匯豐銀行藉口合約限制，不肯通融。

『既然不肯通融，慰庭，你怎麼又說能提五十萬？』

『要想法子，非讓匯豐銀行就範不可。』袁世凱說：『只要有上諭准我提，我一定提得出來。』

『上諭豈有不准之理？』奕劻提起匯豐銀行，便覺有氣，恨恨地說：『應該全數提出來才好！』

『那是決計辦不到的事。』那桐笑道：『匯豐銀行不講理，王爺又不是不知道。』

皮裡陽秋，話外有話；只爲彼此關係太深了，那桐這近乎開玩笑的話，奕劻自然不會計較，付之苦笑而已。

『王爺，』袁世凱問道：『還有甚麼吩咐沒有？』

『一時想不起，明後天再談吧！』

『本意想多住幾天，』袁世凱說：『日本攻下了旅順，恐怕東三省的局勢會急轉直下；我想明天一大早就遞牌子，請了訓，馬上趕回天津去。』

『啊！』奕劻被提醒了，『這倒是要緊的。你明天就回去吧！那筆款子，請你馬上辦。』

『是！上諭亦請王爺趕緊發。』

轉眼年下了。徐州設省這件事，必須在年內辦出一個結果；因為分劃疆土，改變建制，正好趁改歲之初，除舊佈新，自成段落；辦理一切改隸移交的手續，以光緒三十年年底為準，界限分明，可以省好多事。

就是為了省事，不但王文韶、鹿傳霖與新補不久的軍機大臣榮慶，聽從奕劻的意見；瞿鴻禨亦覺得改漕督為巡撫，不失為綜核名實、順理成章的事。於是援引史實，親自擬了一個奏片，駁張謇之議。

張謇特重徐州，所以要駁他就得講個徐州並不重要的道理：『徐州在江蘇，地居最北，若於平地創建軍府，既多繁費；所請分割江蘇、安徽、山東、河南四十餘州縣，亦涉紛更。今昔形勢，遷變無常，漢末迄唐，淮徐代為重鎮；宋及金元之際，徐已降為散州。至明以來，則重淮安，歷為前代漕督及國初盧鳳巡撫，後改漕督駐紮之地。及江南河道總督裁撤，漕督移駐淮城迤西之清河縣，實為綰轂水陸之衝，北連徐海，南控淮陽，地既適中，勢尤扼要。』

接下來是論漕督原有管理地方之責：『伏查前明初設漕運總督，即兼巡撫地方；國朝順治六年，裁盧鳳巡撫改漕運總督，仍兼巡撫事。漕督之兼巡撫，原為控制得宜，現漕務雖已改章，地方實關重要，與其仍留漕督，徒擁虛名，不如逕設巡撫，有裨實用。』

理由說明，奏陳辦法：『臣等共同商酌，擬將漕運總督一缺，即行裁撤，改為巡撫，仍駐清江；

照江蘇巡撫之例，名爲江淮巡撫，與江蘇巡撫分治，仍歸兩江總督兼轄。一切廉俸餉項，衙署標營，均仍其舊，但改漕標副將爲撫標副將，以符定章。』

定了江淮巡撫屬下的官制，再定江淮巡撫的轄區。這比定官制更容易，原封不動地轉一轉手就可以了。

因勢利便，亦由江蘇的建制與他省不同。他省都是一省一藩司，唯獨江蘇有兩個，一名江蘇藩司，隨江蘇巡撫駐蘇州；一名江寧藩司，隨兩江總督駐江寧。江蘇藩司管蘇州、松江、常州、鎮江四府及太倉直隸州、海門直隸廳。江寧藩司亦管四府：江寧、淮安、徐州、揚州；另轄兩個直隸州：南通、海州。涇渭分明，久如劃疆而治；如今在長江以北設巡撫，與蘇松常鎮的關係淺，而與江淮徐揚的關係深，所以，『應將江寧布政使及所轄之四府二州，全歸管理。巡撫所駐，即爲省會。江寧布政使應隨總督仍駐江寧，總督在江南，巡撫在江北，既無同城偪處之疑；江寧六府州前隸蘇撫者，即改隸淮撫，亦無增多文牘之擾。』

寫到這裡，瞿鴻禨自覺這番更張，解消了一個棘手的難題，得意之餘，奮筆直書：『不必添移一官、加籌一餉而行省已建，職掌更新，建置合宜，名實相副。』他這樣自誇，同官亦紛紛表示讚許；於是在封印以後的十二月廿二，明文頒發上諭，如奏施行；並規定新建行省，由兩江總督兼轄。

消息一傳，江蘇的京官奔走相告，譁然惶然；新年團拜，無不以此爲話題，大致憤慨，決定上疏力爭。其時江蘇京官名位最高的是兩個狀元，一個是同治元年壬戌狀元，禮部尚書協辦大學士徐郙，嘉定人；一個是同治十三年狀元，都察院左都御史、南書房行走陸潤庠，蘇州人。徐郙年紀大了，不願多事；便由陸潤庠領銜出奏。

江蘇人，尤其是江南的江蘇人，最不滿的是，將江蘇無端分隔爲兩省；譬如前堂後軒一座成格局的住宅，忽而爲人封閉中門，割去了一半，門面依舊，堂奧已淺，自然不能甘心。不過，這層理由，列爲有『關係者三』：第一有關係的是：『江淮、江蘇，若合爲一省，則名實不副。昔有控扼兩省設爲重鎮者，如國初偏沅巡撫之例；至一省兩撫，向所未有。現在湖北、雲南本有之巡撫，甫經議裁；而江南一省，忽然添缺，未免政令分歧。』

其次，『蘇淮若分兩省，則要政首在定界。自古經畫疆里，必因山川阨塞，以資控制；設險守國，蓋在無事之時，溯自蘇皖分省，已非復舊時形勝，而蘇省跨江，尚有徐淮得力，據上游之勢；今畫江而治，江蘇僅存四府一州，地勢平衍，形勝全失，幾不能自存一省，較唐之江南道，統州四十二；宋之江南路，統州十四，亦復懸殊。』

『惟南宋浙西一路，僅有三府四州，此偏安苟且之圖，非盛朝所宜取法。至巡撫藩司，專管地方之事，例駐省城，今設省清江，捨臨江扼要之名城，就濱河一隅之小邑，似亦未甚得勢。』

接下來的『其有關係者三』，其實是最有關係的一個理由，即爲省份的大小。省大不在幅員，而在戶口；戶口繁密，稅賦旺盛，地小亦爲大省；倘或地曠人稀，幅員雖廣何益？但戶口繁密，總亦需有地可養；過於偪促，施展不開，亦不能成其爲四方觀瞻的大省。江蘇之不宜，亦不應分割，由此處著眼，自然振振有詞。

這段文章，先由規制講起，論省份之大小：『國朝經制，分省三等，蓋因戶口之多寡，亦視幅員之廣狹。各行省中，惟山西、貴州兩小省，幅員最狹。今蘇淮分省，江淮地勢較寬，僅及中省；江蘇則廣輪不足五百里，較山西、貴州，殆尤褊小，勢不能再稱大省。』

江蘇不成其爲大省，後果如何？簡單明瞭地說：『若改爲小省，則一切經制，俱需更改；而籌餉攤款，尤多窒礙。』所謂『一切經制，俱需更改』，首先是吏部籤分候補人員，江蘇便容納不了那麼多！而最厲害的是：『籌餉攤款，尤多窒礙』這八個字，因爲朝廷若有徵斂，不管是額內正用如練兵經費等款項的籌措；或者臨時需要集資，如慈禧太后萬壽，舉行慶典，各省被責成必須依限繳納的『攤款』，江蘇總是高居首位；即以江蘇膏腴之區，而又爲大省，怎麼樣也推託不了。如果江蘇改爲小省，則前面已經說過，『因戶口之多寡，亦視幅員之廣狹』，雖爲膏腴之區，無奈幅員太狹，儘可據理力爭。

其『有關係者四』，說來亦是氣足神定：『漕運總督所委漕務人員，皆係地方官吏，又有屯政軍政與地方相附麗。定例兼管巡撫事者，所以重其事權，初不責以吏治。』這是隱然駁斥漕運總督兼有巡撫職責之說；以下便正面談到，江寧藩司，力足以顧江北：『淮徐之去江寧，遠者僅數百里，不爲鞭長莫及。而三府二州之地，特設兩道一鎮，固已控扼要區，佈置周密。其地方要政，向由藩司秉承總督，以爲治理；歷久相沿，未聞有所荒脞。今之改設，似出無名。』

『無名』猶在其次，難在職掌權限，有所衝突，『若江寧辦事，悉仍舊貫，則江淮巡撫，虛懸孤寄，徒多文移稟報之煩，無裨吏治軍政之要。』

行文到此，下面這段結論，自然擲地有聲：『江蘇跨江立省，定制已久。疆宇宴安，官吏無闕。朝廷本無分省之意，江督亦無廢事之虞。顧以裁漕督而添巡撫；而設巡撫而議添行省；辦法既超乎倒置。定章必歸於遷就。』

以下引用同治三年御史陳廷經條陳『變通疆輿』；曾國藩駁倒此舉有兩句警語：『疆吏苟賢，則雖跨江淮，而無損乎軍事吏事之興。疆吏苟不賢，則雖畫江分治，而無補於軍事吏事之廢。』其時江南初定，一切庶政頗多興革；大致地方督撫自己認爲可行，往往先付諸施行，然後奏報朝廷，皇帝批個『知道了』；或者『該部知道』，便成定案。但如陳廷經此奏，是少數愼重處理的大政之一，奉旨先交兩江總督曾國藩等，『酌度形勢，妥籌具奏』。

曾國藩主稿的覆奏，亦是十分經意之作，引據古今，斟酌至當，才得出一個『此等大政，似不必輕改成憲的結論。』

陸潤庠領銜的這個摺子，特爲引述這段往事，恭維當時君臣：『仰見廊廟之虛懷，老臣之深識』；認爲『前事不遠，可備稽參』。

結論是要求重議。政務處奏定的會議章程，共計七條；第二條規定：『查內政之關係者，如官制裁改，新設行省等類，由各衙門請旨會議，或特降諭旨舉行。』與此正相符合；所以奏摺上很委婉地說：『立法期於必行，更制亦求盡善。可否援照新章，恭請飭下廷臣會議；並飭下沿江督撫一體與議，覆奏請旨遵行。俾見朝廷有博採群言之美，無輕改成憲之疑。臣等籍隸該省，情形稍悉，不敢有所見而不言，謹繕摺具陳，不勝待命惶悚之至。』

奏摺一遞，當然發交軍機。奕劻事先雖有所聞，只當江蘇京官是因爲無端失地而不滿，可以用一頂大帽子把他們壓了下去；及至細看原摺，頭頭是道，不由得楞住了。

其餘的軍機大臣，傳觀了這個摺子，亦都面無表情；唯有瞿鴻禨，不便裝聾作啞，想一想，大聲說道：『江淮設省，原是爲了漕督已裁，地方不可無大員主持，事非得已；江蘇京官應該體諒朝廷的難處。如今明詔已發，通國皆知，何況漕督亦已改授爲淮撫；朝廷莫非還能收回成命？』

『只有暫時壓一壓再作道理。不過，』奕劻問道：『上頭問起來，該有話交代。』

『上頭問起，我有話答奏；只要江蘇京官不鬧，慢慢兒可以想法子。』

『子玖，』奕劻問說：『請你告訴我，這個法子怎麼想？』

『無非顧全朝廷的威信，慢慢兒想法子補救。』

『好！』奕劻想得了一個辦法，『你我分任其事，上頭問到，請你擔當；江蘇京官，我去想法子安撫，請他們別鬧。』

『是了，我聽王爺的吩咐。』

於是帶著原摺進見；慈禧太后第一件事就是問這一案，『他們的話，也不能說沒有道理。』她說：『當初是辦得太草率了一點。』

『是！』奕劻回頭望了一下。

『原摺自然言之成理，不過有些話是避而不談；江淮一帶，南北要衝，民風強悍，從前是出捻子的地方。漕督、河督兩標兵，加上淮揚鎮總兵的各營，亦不見得能應付得了；如今漕督一裁，漕標移撤，江淮之間，伏莽四起，將成大患，所以不能不設巡撫鎮守。至於江蘇雖分割爲兩省，就兩江總督而言，仍是整體，一切錢糧徵派，應該不受影響。地猶是也，民猶是也，倘以省份大小爲藉口，對徵派故意推諉規避，其心就不可問了！』

這番振振有詞的話，慈禧太后覺得亦很不錯，便即問道：『且不說誰對誰錯，江蘇京官既然有這麼一個奏摺，總得處置才是！』

『是！』瞿鴻禨答說：『原摺亦只是奏請會議商酌，並飭沿江督撫一體與議；本來亦是件從長計議，一時急不得的事！』

『好吧，你們先商量著看。』

一件大事，就這麼輕描淡寫地讓瞿鴻禨暫且敷衍過去了。接下來便該是奕劻去安撫江蘇京官了。他是採取的擒賊擒王的辦法，傳個帖子專請陸潤庠吃飯；席間只談閒話，不提正事。飯罷又看奕劻的收藏；到得起更時分，陸潤庠起身告辭，奕劻方始問道：『鳳石，我想起件事，你們遞那個摺子，是怎麼打算著來的？』

『王爺明鑒，茲事體大，總期斟酌至善，庶無遺憾。』

『誠然，誠然！不過，鳳石，我要請教，如果你我易地而處，我該怎麼處置？』

這句話將陸潤庠問住了；想一想答說：『似乎不能不召集會議。』

『召集會議的上諭怎麼說？要皇上認錯，收回成命？』

這一問不難回答！『召集會議就是。不一定要見上諭。』

『是了！謹遵台教。』奕劻拱拱手說：『鳳石，咱們就此約定，會議我一定召集，上諭可是不發了！』

『是！』

『只怕貴省有人等不得，又遞摺子來催，如之奈何？』

『請王爺釋懷！王爺肯全我江蘇的疆土，大家自然耐心等待，我回去告訴同鄉就是！』

『好！請你務必都通知到，尤其是貴省的那班都老爺，我實在惹不起。』

陸潤庠笑了，忍不住說一句：『王爺大概吃過都老爺的虧！』

『不談，不談！』

彼此打個哈哈，一揖而別。

克魯巴特金自遼陽撤軍後，屯守渾河；當旅順陷落時，正好有一團哥薩克騎兵開到，爲了振作士氣，他決定以這一團騎兵作一次奇襲。

選定的目標是牛莊、營口。克魯巴特金用了一條聲東擊西之計，佯攻『遼西中立地』——清軍助日攻俄，已成公開祕密；俄國且曾不斷提出照會抗議，而外務部及北洋兩皆不理，所以俄軍之攻遼西，被視爲兵敗遷怒常有之舉，日本亦不以爲應該加強戒備。

奉命守遼西的馬玉崐，卻不免膽戰心驚；正規軍不能渡河至遼東，唯有利用一稱『正義軍』、一稱『民團』的馮麟閣等人，以牛莊、海城以東的山地設防據守。此地名爲千山，岡陵起伏，地勢很好；但民團的火力不足，要想擋住以驃悍出名的哥薩克騎兵，仍不是一件容易的事。

於是馬玉崐的幕府中，有人建議設疑兵。用二十四輛大車，改裝成炮車，自北而南，分佈在千山的大小山頭上；其實，只有最衝要的兩處，設有老式的前膛炮，其餘二十二輛大車上，擺的都是木製的野炮模型。

及至哥薩克騎兵，一陣風似地捲了過來，自然不等迫近，便開炮示威。俄軍的前衛司令用望遠鏡一看，才知道部下已誤入敵軍炮兵陣地；急急下令後退。但不是退回原處，而是放棄了佯攻遼西中立地的任務，一脫出野炮射程，折而往南，由海城以北往西疾馳。守牛莊的日軍猝不及防，很吃了些虧。

接著，克魯巴特金動用八萬兵力，攻日本第一軍於遼陽附近的黑溝台；日軍調第二、第四、第八師團增援苦戰，才能守住原來的陣地。

經此兩仗，日俄兩國都調大軍馳援，俄國集中了可調之兵，總計四十萬；日本亦傾巢而出，與俄軍相差無幾。三十多萬兵，分爲五個軍；旌旗相望，自東北至西南的戰線，綿亙數百里之遙。

光緒三十一年的元宵節，日軍發動總攻，以新銳的第五軍攻瀋陽之東的撫順，以拊其背；另遣第一軍渡沙河，爲第五軍接應。正面則由第二、第四兩軍，自遼陽往北攻擊。克魯巴特金誤認日軍的主力，分兵大半，北向擊敵；同時堅守正面。南北兩陣地，打得都不算壞。

誰知攻旅順元氣大傷的第三軍，重整旗鼓，繞出俄軍西北，直撲瀋陽以西的新民，手到擒來；然後疾馳而東，在鐵嶺以南割斷了鐵路。

這一下，克魯巴特金才知道已爲敵軍大包圍；急急下令突圍。於是日軍先得旅順，後入瀋陽；這一場大會戰歷時二十天，俄軍死傷九萬有餘；日軍損失亦不相上下。

然而戰事並未結束，克魯巴特金兵敗被黜，左遷爲第一軍團長，總司令用李尼維齊接任。日軍則乘勝進據開原、鐵嶺；但強弩之末，無力再進，彼此成了僵持的局面。

其時報章喧騰，都道日本的民心士氣，如何興奮激昂；在奉天的日軍，必將乘勝而北，直搗俄京。此時中日休戚相關，京中的士大夫跟日本的人民抱著同樣的想法，以爲東三省收回在即，如何料理善後，應該及早籌劃。於是軍機處奏請，派署理戶部尚書趙爾巽，到天津跟袁世凱先作初步的商談。

抱著滿腔熱望的趙爾巽，興匆匆地到了天津；跟袁世凱一見了面，提到報上的那些話，見他是無動於衷的神氣，趙爾巽不由得洩氣了。

『次翁，』袁世凱說：『日本的勝局已成，誠然！若說直搗俄京，那是癡人說夢，而且戰事一時也還不能結束。』

『何以戰事還不能結束？莫非俄國還不服輸？』趙爾巽問道：『日本縱不能直搗俄京，逐俄軍出東三省的力量，綽綽有餘，俄國難道看不出這一點？』

『俄國的看法不同；日本當政者跟百姓的看法又不同。日本陸軍損失慘重，雖非強弩之末，可也動彈不得了，起碼要幾個月的休養整補，才能重整旗鼓。如今急於求和的，倒是日本，而非俄國。』

趙爾巽益發詫異；不信地問：『日本想求和？』

『是的。』袁世凱清清楚楚地答說：『日本的重臣都主張適可而止，及時謀和；明治天皇召開御前會議，打算請美國出來調停。不過，日本的民氣方張；這些決定，一時不便宣佈而已。』

『有這樣的話？』趙爾巽好半晌作聲不得。

『俄國不服輸，當然亦有它自己的盤算。陸軍，日本已無力再進，而俄國還有後備隊可調；海軍，俄國的第二、第三兩支艦隊，至少有五十條兵艦，從波羅的海往東調，要跟日本海軍見個高下。次翁，莫聽報上的浮議，俄國並非一敗塗地。』

『照此而言，戰事結束，遙遙無期？』

『反正不會近就是。』

『那麼，咱們收回東三省，亦是可望而不可及囉？』

『「可望而不可及」這五個字，形容入妙。不過，凡事豫則立，倘能有大才如次翁這樣的，能先啣命出關坐鎭；將來在接收方面，就會方便得多。』

『是的！』趙爾巽深深點頭；接著又問：『慰翁，我是不是就拿你這番話，據實覆命？』

『是！是！煩次翁面奏，東三省是本朝發祥之地，我絕不敢掉以輕心。』

果然，趙爾巽回京不久，駐日公使楊樞、駐美公使梁誠，分別有密電打回來，日本已將願與俄媾和的意向，告知美國。而美國的羅斯福總統，認爲做調人的時機尚未成熟，不願貿然出面，只是發佈了一個聲明，勸日俄直接談和；同時要求日本維持滿洲門戶開放，並將主權交還中國。

這些消息與袁世凱的話相印證，情勢已相當明瞭，收回東三省確是件可望而不可及的事；但有美國聲明中的仗義執言，收回東三省似乎也有把握。慈禧太后及軍機大臣，都像服了一粒定心丸，且不管東北，先管東南。

奕劻實踐他的諾言，主張裁撤江淮巡撫；但支持出自袁世凱而由署理江督周馥出面所奏的建議，另設統兵大員，鎭懾梟盜。上諭中說：『現據各衙門說帖：改設巡撫，諸多不便，擬改設提督駐紮者居多。復經查核周馥所奏，亦以分設行省，不如改設提督駐紮爲合宜。該署督身任兩江，更屬確有所見；擬請即照該署督所請，改淮揚鎭總兵爲江淮提督，文武並用，節制徐州鎭及江北防練各營。』

江淮提督之設，既然重在鎭懾梟盜，自必加重法治，因而又規定，『以淮揚海道兼按察使銜，凡江北梟盜重案，應即時正法；軍流以下人犯，歸其審勘，毋庸解蘇，以免遲滯。似此江北文武均有綱領，江淮巡撫一缺，自可無庸設立，舊有漕標官兵，即作爲提標，以重兵力。惟淮、徐各屬，向爲盜賊出沒之區，現既裁撤巡撫，改設提督，應即令該署督將營伍重新整頓，認眞訓練，以重地方。其餘未盡事宜，應由兩江總督、江蘇巡撫，悉心酌議，分別奏咨辦理。』

這道上諭擬得不甚高明，支離含糊，條理不清；加以這一天正碰上慈禧太后情緒不佳，因而大挑毛病。用字不妥的，自然即時改正；辦法有出入的，便很費一番口舌了。

『怎麼叫「文武並用」？』

爲了『文武並用』四字，在軍機處便起過一番爭執。『提督』的全名是『提督軍務總兵官』，尊稱爲『軍門』；依綠營編制，爲一省最高的典兵官。品級與總督、駐防的將軍相同，都是從一品；但身分職掌不但不能比總督、將軍，甚至連從二品的巡撫都不如。因爲總督、巡撫照例帶兵部尙書、兵部侍郎銜，掌管軍政，便可節制武將；提督見了比他低兩級的巡撫，亦需『堂參』，更無論總督。

總督、巡撫照例又帶右都御史，右副都御史，身分等於都察院的堂官；提督若有不聽指揮，不遵調度情事，可以指名參劾。封疆大吏參屬下文官，容有不准之時；如參武將，哪怕是戴紅頂子的提督、總兵，無有不准的。爲此，同治六、七年間，捻匪初平，宿將紛紛解甲，如已封男爵的直隸提督劉銘傳堅臥不起，就因爲覺得當武職官太委屈的緣故。

如今說是提督可以文武並用，在瞿鴻禨看，即等於文武不分，身分相等，是屈辱了文官；就像徐世昌以翰林帶獅子補子那樣，不倫不類，自貶身價，所以提出反對。

這『文武並用』的主意，是袁世凱想出來的，作用是：第一、幕僚中知兵的文士，亦可放出去自張一軍；其次，提高武職官的身分，亦就等於提高他這個並無功名，幾同行伍出身的總督的身分。有此兩層重要關係，所以奕劻堅持原議。瞿鴻機雖蒙慈禧太后賞識，到底敵不過奕劻是軍機領班，只得讓步。

此時慈禧太后亦以此爲問，瞿鴻機自是暗暗稱快，側耳聽奕劻答奏：『文武並用，不拘資格，調度比較靈活，亦容易獎進人才。』

這『不拘資格』四字說壞了，『任官當差，豈可不講資格？』慈禧太后問道：『文武異途，各有所長，混雜不分，將來要整頓吏治就吃力了！』

『回皇太后的話，』奕劻的口才亦不壞，從容說道：『文武異途，是因爲從前的武將，大多行伍出身，目不識丁，所以不能混雜。自新建陸軍以來，將弁都是學堂出身，留學東西洋的亦不少，不比從前的武職官。如今整軍經武，爲了鼓勵人才從軍，似不妨量予優容。再者，各省練兵，主事者雖爲武將，每每以道員任用，名實不副；無如文武並用，量才器使，反倒比較切實。』

這番話不易駁倒；慈禧太后以不再往下談此事作爲默許；但另外又挑了一個毛病，『江淮提督的轄區是哪些地方？』她問。

『西起徐州，東到海邊，都是江淮提督的轄區。』

『海州不包括在內？』

『包括在內。』

『海州是直隸州，既然包括在內，就不該叫作江淮提督。』慈禧太后振振有詞地質問：『這不也是名實不副嗎？』

奕劻語塞，唯有碰頭。於是瞿鴻機向上說道：『江淮提督名不副實；似乎可以改爲江北提督。』

『對了！』慈禧太后是嘉許的語氣：『這個名稱就醒豁了。』

這一關總算過去了。緊接著江淮巡撫裁撤，改設江北提督的上諭之後，先以淮揚鎮總兵署理江北提督；過不了幾天，奕劻奏請簡派練兵處軍政司正使，候補道劉永慶署理江北提督。賞給兵部侍郎銜，所有江北地方鎮道以下，均歸節制。武能管總兵，文能管道員，無異別設一巡撫。此人是袁世凱特保過的，自然算是北洋一系；袁世凱的勢力，彰明較著地伸入兩江地界了。

俄國的第二、第三兩支艦隊，自波羅的海繞好望角東來，到處不受歡迎；最後在黃海游弋，打算著俟機遁入海參崴。

日本的海軍司令東鄉平八郎，看出這兩支艦隊的動向；由黃海入日本海到海參崴，必須經過朝鮮與日本九州之間的對馬海峽。而九州西南方的佐世保、長崎、鹿兒島，皆為海港，可以停泊巨艦；稍後的福岡與廣島，又為兵站，因此，東鄉平八郎以逸待勞，決心一舉擊潰俄國海軍。

俄國的兩支艦隊，有家歸不得，十分焦灼；如果入東海，繞日本東面回海參崴，行程太遠，燃料、糧食都無法支持。迫不得已只有冒險越過朝鮮濟州島北向航行，進入對馬海峽，戰艦、巡洋艦、海防艦、驅逐艦及補給船等，大小二十九艘，首尾相接，以全速鼓輪北上。

於是日本海軍傾全力截擊，日夜兩戰，俄軍大敗，幾於全軍覆沒；司令官海軍中將羅哲斯特溫斯基投降，而日軍僅損失水雷艇三艘，同時日本並派兵佔領了北海道以北的庫頁島。

日軍的戰果頗為輝煌，但俄國的陸軍，正自西伯利亞鐵路，陸續增援。在俄無勝日之望，日無續戰之力的情勢下，美國總統羅斯福，認為雙方議和的時機，趨於成熟，因而出面調停。日本首先響應，俄國亦終於接受勸告，約定在美國的朴資茅斯舉行和議。

日本所派的全權代表是外務省大臣小村壽太郎；俄國則以總理大臣爲全權，正就是那個玩弄李鴻章父子於股掌之上的微德。他一到美國就發表先聲奪人的聲明：『俄國所損失的，不過是殖民地，並不影響本國的安危。日本的要求，如於俄國國威有損，絕不承認。』及至羅斯福親自陪兩國全權，乘『五月花』號遊艇，到達朴資茅斯開議；微德又宣示俄皇的敕令：『不割寸土，不賠一盧布，爲堅持到底的原則。』因此，和議幾度瀕於破裂。

在會議席上，微德咄咄逼人；小村忍不住出言譏刺：『聽閣下的發言，彷彿是戰勝者的代表。』微德立即回敬：『此間並無戰勝者！因之，亦無戰敗者。』日俄朴資茅斯條約，確實證明了日本未勝，俄國未敗；除了轉讓東三省的利益之外，俄國唯一的損失是，以北緯五十度爲界，割讓庫頁島南部與日本。但附帶約定，兩國不得妨礙宗谷海峽及韃靼海峽的航行；日本亦不得在南庫頁構築任何軍事設施。

當日俄醞釀談和之時；從天津到南京城，冠蓋往來，有好些大事正在發端。

這些大事都屬於新政。從辛丑回鑾以來，花了三四年的工夫，慈禧太后才被説服，實行新政爲奮發圖強的不二法門。但新政經緯萬端，有些可以不受局勢的影響而逐步推行的，如廣設學校、振興商務等等。而有些經世立國的大計，非局勢相當穩定，不能舉辦。

如今日俄戰爭形將結束，東三省的收回，在美國的仗義支持之下，更有把握。所以軍機處、北洋大臣衙門、湖廣總督衙門都大忙特忙，定方針、擬條陳、立計畫，函電交馳；這些被有意、無意所擱置的大事，開始發動了。

不過，在發動這些大事之先，估量前途，各有各的看法；也各有各的顧忌。袁世凱與張之洞的看法接近，實行新政，首需排除障礙，如王文韶在位，徹底廢除科舉即不可能；因而士林多觀望之心，學校難期普遍設立。結果是，王文韶被開去軍機大臣的差使；而徐世昌因爲瞿鴻機對他的印象還不壞，在奕劻的力保之下，成了『打簾子軍機』——在軍機大臣上『學習行走』；並署理兵部左侍郎。

另有些人，主要的是一班親貴及滿漢之見甚深的旗人，對袁世凱的疑忌，日深一日；但有奕劻爲他暗則撐腰，明則揄揚，動輒問說：『去了袁慰庭，誰能替他？尤其是練兵，更少不得此人！』這話很能塞人的嘴；想來想去，唯一的善策，是找一個可以接替袁世凱的人。當然，這個人要從旗人中去找。

於是，日本士官第一期出身的鐵良，得以脫穎而出。由未任實缺的道員，一躍而爲戶部右侍郎；上年四月轉任兵部左侍郎，不久便奉到密旨，在自京至江蘇各省中，清查庫藏及武備；歷時半年，經過江蘇、安徽、江西、湖南、湖北、河南六省，所至之處，盤查藩庫，校閱營伍，附帶考查炮台、水師及武備學堂，回京覆命時，上了一個數萬言的奏摺，細陳各省軍隊的實況，從慈禧太后到兵部的司官，沒有一個能把這個拖沓瑣碎的奏摺看完；但都有這樣一個印象：鐵良辦事很認眞。

此外，對於各省的收支，亦有詳細的奏報，且有整頓稅收的建議。最有關係的是，奏請就兩湖設在宜昌的土膏稅捐局，改組爲兩湖、兩廣、江蘇、江西、安徽、福建的八省土膏總局，徵收土產鴉片煙的統捐，『一稅之外，聽其所之』，如非『落地銷售』，不另徵稅；較之以前的釐金，逢關過卡，節節抽收，輕得太多。稅輕則私減；稅收必可大增。練兵處奏定，各省只照未設土膏總局以前的額數提撥；溢收之數，專案存貯，作爲練兵之用。

因此，鐵良又予親貴以一個印象：不但知兵，亦善理財。這便可以賦予練兵籌餉的重任；將來取袁世凱而代之。所以緊接著徐世昌的任命以後，慈禧太后派鐵良署理兵部尚書，與徐世昌會辦練兵事宜；而且已內定派在軍機大臣上行走。

除此以外，還有些緊要的差缺調動，最令人矚目的，一是趙爾巽外放爲盛京將軍，準備接收東三省；一是八省土膏總局總辦，簡派貴州巡撫柯逢時充任。

這個職位，一望而知是日進斗金的好差使。在鐵良的原奏中說：『總辦八省稅捐，責任綦重，現充該局總辦補用道孫廷林，雖稱熟悉情形，究恐難資統攝，應請特派大員管理。』話雖如此，總以爲所謂『大員』也者，無非外任監司、內任京堂的三品官而已。因此，自問有此資格的人，紛紛活動，削尖了腦袋往上鑽；卻未想到會落在當過封疆大吏的柯逢時頭上。

原來其中別有作用。這柯逢時是光緒九年癸未的翰林，字遜庵，湖北武昌人；做京官時，是個正人君子，但一任陝西學政，再遷兩淮鹽運司，素行頓改，揣摩風氣，多用心計，參劾屬員，條舉新政，一時有能員之稱。因此，岑春煊一到任，將廣西巡撫王之春攆走，朝廷即以柯逢時繼任。

其時岑春煊移節廣西，指揮剿匪。『督撫同城』往往勢如水火，何況是岑春煊當總督？

岑春煊當然不會將柯逢時放在眼裡，遇事獨斷獨行，根本就沒有巡撫參與的餘地。柯逢時心想，廣西巡撫不比廣東巡撫，自己的權柄，無端爲岑春煊所奪，這口氣實在有點嚥不下；一直在找機會，想辦法，要給岑春煊一個難堪。

辦法想出來了——岑春煊是貴公子出身；儘管動輒參劾屬下貪污，他本人只是不拿錢回家，起居享用，並不委屈。行轅中經常有宴會，亦經常傳戲班子以娛賓客。

柯逢時便是在這件事上想出來的辦法；有一天遇到岑春煊傳戲，他親自帶著撫標兵丁，守在路上，戲班子經過，問明去向，即以『時值用兵，宜禁戲劇』的理由，勒令戲班子中途折回。岑春煊得知消息，氣得暴跳如雷，可是一時竟無計可施。

睚眦之怨必報的岑春煊，由此開始，多方面打聽柯逢時的劣跡；準備拿住把柄，狠狠參上一本，不但革職，還要查辦；不但查辦，還要下獄，方解心頭之恨。

照他的估量，柯逢時必有貪墨之行；因爲他在未調廣西巡撫以前，曾以江西藩司署理過十一個月的巡撫，政聲甚劣。相傳他離任時，江西人以一聯一額贈行，對聯是集句：『逢君之惡，罪不容於死；時日曷喪，予及汝偕亡。』平頭嵌『逢時』二字。橫額則竟是大聲疾呼，群起而攻：『伐柯伐柯！』罵得刻毒，足以解恨。又有人說：這一聯一額出自王湘綺的手筆；柯逢時對他，亦猶如岑春煊之於柯逢時，恨之刺骨而無可如何。

但是，在廣西，竟抓不住他的把柄。於是有人爲岑春煊解嘲：『柯遜庵震於大帥的威望，想貪不敢貪。節杖所至，眞足以廉頑立儒。』這話自然能使岑春煊得意，但還是饒不了柯逢時，在奏報軍情時，夾了一個附片，說柯逢時『遇事執拗，不達軍情』，人地不宜，奏請開缺。這與貪污瀆職不同，只能調任，不能處分；便拿他與貴州巡撫對調。廣西是中省，貴州是小省，這一調無形中等於作了懲罰；在岑春煊當然快意，而柯逢時卻大感委屈，因而託病不肯到任，卻攜了在江西所積的宦囊，遠遊京津；由同年榮慶的介紹，搭上了奕劻的一條線。不過，他之能夠巴結上這個多少人垂涎的好差使，一半固得力於對奕劻的孝敬；一半卻由於他膽敢捋岑春煊的虎鬚，袁世凱認爲應該獎勵的緣故。

就在上諭：『大學士王文韶，當差多年，勤勞卓著。現在年逾七旬，每日召對，起跪未免艱難，自應量予體恤；著開去軍機大臣差使，以節勞勩』的第三天，由袁世凱領銜，會同湖廣總督張之洞、署理兩江總督周馥，聯名入奏，請於十二年後實行立憲政體。接著，下了一道上諭：『方今時局艱難，百端待理，朝廷屢下明詔，力圖變法，銳意振興。數年以來，規模雖具，而實效未彰，總由承辦人員，向無講求，未能洞達原委。似此因循敷衍，何由起衰弱而救顛危。茲特簡載澤、戴鴻慈、徐世昌、端方等，隨帶人員，分赴東西洋各國，考求一切政治，以期擇善而從。嗣後再行選派，分班前往。其各隨事諏詢，悉心體查，用備甄採，毋負委任。』

旨意中不提憲政，袁世凱等人奏請立憲的原摺亦留中不發，朝廷的意向就很明顯了。好些自命識時務的功名之士，爲了東西洋的立憲政體，尤其是日本明治維新，繼以立憲所獲致的實效，買了好些書日夜鑽研，『虛君制度』、『責任內閣』、『上下院議員』、『行使同意權』等等名詞，琅琅上口；滿以爲重臣會奏的摺子一發鈔，必是廣諮博議，那時應詔陳言，平步青雲，富貴可期。如今是都落空了。

幸好，上諭中有『嗣後再行選派，分班前往』的話，可見朝廷對遣官考察政治，視作經常應辦之事；不論如何，出洋去走一趟，總是好事。所以仍舊有些人很起勁，上條陳、上說帖，都在『洞達原委』這句話上大作文章。奉派考察的四大臣的書桌上，無不堆滿了這些文章。

可是沒有一個人肯下工夫去細看。因爲都知道朝廷此舉，是搪塞民意，根本沒有甚麼『還政於民』的打算。那些『離經叛道』的文字不看沒有事；看了難免印入腦中，一不小心，形諸口頭，尤其是在奏對之時，更爲不妙，所以是不理會的好。

因此，這一下各有各的打算，有的是巴結差使，有的爲了長身價，有的志在廣見聞；其中端方是想到海外去搜購古董，而載澤卻另有深心。

原來自載澧赴德謝罪歸來，談起瀛海之遊的見聞，親貴中都憬然有悟，歐洲的王室，安富尊榮，長享太平歲月，都有一套維繫地位的巧妙手段；譬如德國是由親貴典軍，將兵權抓在手裡，才能保持政權於不墜，所以載澧已經奏明慈禧太后，將他的兩個胞弟，老六載洵、老七載濤，送到德國去留學，一個學海軍，一個學陸軍。

除此以外，當然還有別樣方法，但非實地考察，不能明瞭；考察又非與王室交遊，不能悉其底蘊。而交遊必須地位相當；是故非派親貴不可。但派到載澤，卻別有緣故。

載澤是疏宗——聖祖第十五子愉郡王胤禑，四傳爲『奕』字輩，其中有個奕棖，有七個兒子；頂小的就是載澤。幼年隨母入宮朝賀，以偶然的機緣，頗得慈禧太后的憐愛。其時『老五太爺』惠親王綿愉的第四子奕詢，病歿無子；慈禧太后便指定以五服之外的載澤，爲奕詢的繼嗣。

這一來立刻就有好處。因爲載澤的爵位，照宗室封爵之例，最多只得一個『奉國將軍』，服飾同於三品武官，是所謂『閒散宗室』；一爲奕詢的嗣子，襲爵爲輔國公，入於『王公』之列，身分便大不相同了。

到得光緒初年選秀女時，載澤更蒙慈禧太后賞識，指婚都統桂祥之女；成了皇帝的連襟，皇后的大姐夫，也就是慈禧太后嫡親的內姪女婿，關係更自不同。

載澤的婚期在光緒十三年四月十九；佳禮以前已得知本生父奕棖病重，危在旦夕，可是載澤不敢奏請改期。及至喜事正日，這面抬進花轎，那面貼出殃榜；奕棖就死在這一天，而吉期不改。一時賀喜的漢大臣如翁同龢等，詫爲聞所未聞的奇事；而慈禧太后卻說他『孝順有良心』，越發另眼相看。這一次派出洋，在慈禧太后是替他混個資格；預備要好好用他了。

考察政治四大臣變了五大臣，輔國公載澤、兵部侍郎徐世昌、戶部侍郎戴鴻慈、湖南巡撫端方以外，另外又加了個商部右丞紹英。

選隨員、定旅程、辦行裝、訂船票，一切齊備，八月十九請訓，二十六黃道吉日啓程；乘火車南下，預備在上海坐太古輪船放洋。

鐵路局預備的專車一共五節，前面兩節供隨員乘坐；第三節是五大臣的花車；第四節僕役所乘；最後一節裝行李。一大早就停在前門車站；八點剛過，送行的人陸續到達。首先到的是徐世昌，接著是紹英、端方、戴鴻慈，最後到的當然是載澤。

送行的人自然分做三等，第一等的王公大臣，上花車寒暄：『一路順風』、『旅途保重』，說過了下車，川流不息地此來彼往；第二等的站在車窗外的月台上，得便才能陪笑跟五大臣表達送行之誠；第三等的便只是遠遠站班，但望車中人能一顧盼，發覺他也來送別，便不虛此行了。

『各位大人！』專車的車長在花車門口高喊：『專車準九點鐘開，還有一刻鐘；送行的大人們請下車吧！』

此言一出，紅頂花翎來送行的人，紛紛下車；而前面的隨員，後面的僕役，或者巴結上司，或者侍候主人，便紛紛湧向花車。前面還好，後面卻有載澤所攜的侍衛，守住車門。有個瘦瘦小小、三十來歲的漢子，身穿藍布薄棉袍，足登皀靴，頭上戴頂紅纓帽，兩手虛虛護著腰間，正待跨過兩車相接之處的鐵板，爲侍衛攔住了。

『你是幹嘛的？』

『徐大人的跟班。』那漢子是安徽安慶府的口音。

『這會兒快開車了，別往裡擠吧！』

『不行啊！我家大人會找我。』那漢子說：『剛才我上錯車了』

後面這句話令人不解，『你該上哪一輛車？』侍衛問。

『自然是花車，我得跟著我家大人。』

『那麼，剛才怎麼不跟了上去呢？』

『月台上人多，擠散了。』

侍衛起疑了；瞪著眼一打量，指著他腰際問：『你懷裡揣著甚麼？』

一語未畢，『哐啷』一響；倒退的車頭接上了車廂，力量猛了些，五節車一齊大震，『吭啷啷』一連串的響聲。站著的人都立腳不住，侍衛亦倒向那人身上；就這時砰然巨響，車廂頂上開了花，硝煙之中飛起來碎木片、碎布片、鮮血、斷手、斷足，嘩啦嘩啦地落在車廂頂上，好一會才停。

五大臣魂飛天外；載澤用一隻受傷的血手，摸著自己的脖子問：『我的腦袋呢？』

此行當然中止了。五大臣之中，只有載澤、紹英受輕傷；死了三個五大臣的隨從。刺客死得最慘，下半身炸掉了，卻留著上半身，嵌在兩節車廂之間。臉上血肉模糊；卻看得出一雙眼睛鼓得銅鈴似地。

刺客的姓名不知道。只是有內行指出，刺客所帶的炸彈，簡陋異常；並無引線，一撞即炸，所以有此結果。

『兇手是誰啊？』從慈禧太后到閭巷小民都在這樣問；卻無答案。而有個人，卻非找到答案不可。這個人叫趙秉鈞，字智庵，直隸人；出身不高，據說幼年是官宦家的書僮。為人極工心計，且善逢迎；因而以一個佐雜官兒，為袁世凱所賞識，連連升官；五六年工夫就當上了道員。

他這個道缺叫作『巡警道』。義和團之亂以後，袁世凱創辦警政；由天津推及京城，收編聶士成的潰卒，訓練成巡警，即由趙秉鈞主持其事。

在京師的巡警，隸於工巡局，歸肅親王善耆管理，實際上是趙秉鈞在當家。如今輦轂之下，有此用炸彈謀害大臣的情事發生，自然朝野震驚，非追究個水落石出不可；而居然連兇手的姓名都不知道！這件事如果沒有交代，趙秉鈞自知丟官是丟定了；所以親自策劃監督，寢食俱廢地展開搜索。

幸而刺客的面目猶自完好，用藥水洗淨了，攝成照片，印了數百份，分發給所有的便衣偵探，到客棧、會館、廟宇，以及任何可以作為旅客逗留之處去查、去問。

問來問去，終於問出結果來了。在桐城會館有個小女孩，認出他就是在會館裡住過的『吳老爺』——桐城的世家子吳樾。

於是，桐城會館的執事被捕，帶到工巡局，由趙秉鈞親自審問。這個執事自道叫吳士祿，從照片中認出吳樾的小女孩就是他的女兒。

『這吳樾是幹甚麼的？』

『不知道。』吳士祿答說：『同鄉很多，沒法子去問底細。』

『他平日來往的，有些甚麼人？』

『這吳老爺孤僻得很，沒有甚麼朋友來往的。』

『哼！』趙秉鈞冷笑一聲，『你倒很夠義氣，同鄉同宗，處處替人家瞞著。不過，義氣兩個字也不是那麼容易得的；我教你嘗嘗講義氣的滋味！』

說罷，吩咐行刑——最輕的一種，掌嘴五十；套上皮手套的五十巴掌，打得吳士祿滿嘴流血，不能不說實話了。

『常來的是一位張老爺，關外口音。八月廿五那晚上，跟吳老爺睡一屋，兩個人悄悄談了半夜。第二天一早一起出去，從此沒有回來過。』

『是這個人不是？』趙秉鈞取出一張從吳樾屋子裡搜出來的照片，讓吳士祿指認。

『不錯！就是這位張老爺。』

『還有呢？』

還有一個『楊老爺』。吳士祿問過他的車伕，知道這『楊老爺』名叫楊篤生，湖南長沙人。現任譯學館教員，乃是戶部尚書張百熙所推薦；他也常到軍機大臣瞿鴻禨家。五大臣考察憲政，他又是隨員之一。這樣一個有來頭的人物，將他牽涉入內，吳士祿認為可以惹上殺身之禍。所以斬釘截鐵地答說：『有是有，一兩個，來過兩三回，我不知道姓甚麼？』

見此光景，趙秉鈞覺得不必再問。最要緊的是抓住這個關外口音姓張的人；與吳樾悄悄談了一夜，第二天一早又相偕出門，自然是一案共犯。抓住此人，眞相自然水落石出。

於是拿這張照片，翻印了許多，分發各處，懸賞查緝。天津探訪局當然也接到了。

這個探訪局的總辦，名叫楊以德；原來是天津老龍頭火車站的司事，職掌剪票。拳匪之亂，趁火打劫，很發了些財；一時官興勃發，捐了個佐雜官兒，派到探訪隊當差。其時袁世凱正在大抓革命黨，楊以德知道唯此邀功，爲升官的捷徑，所以自己花錢，廣佈耳目，只要行跡稍微可疑，立即逮捕到局，動刑拷問，冤枉的雖多，眞正革命黨人死在他手裡的亦不少。因此，大得袁世凱的賞識，不過三四年工夫，連捐帶保升到了道員，當上了探訪隊的管帶。及至探訪隊改組爲探訪局，楊以德居然擁有總辦的頭銜了。

由於久任車站剪票，一天不知道要看多少陌生面孔，因此楊以德養成一樣特長，識人之面，過目不忘；只要看過這張臉，是胖是瘦，是圓是方，有何特徵，立即深印腦中。在他的『簽押房』裡，書桌對面懸著好些照片，孫中山、黃興、康有爲、梁啓超、章炳麟等等，閒來無事，諦視不休，一面看，一面在想：這裡面只要抓住一個，三品京堂指日可待。

從五大臣被炸一案發生，楊以德便已怦怦心動，認爲這是一個絕好的立功的機會，所以早就派出人去，明查暗訪，看看有甚麼行跡詭祕的人出現。及至姓張的照片到手，一經入眼，不覺狂喜；原來他已經查到了四個來歷不明的人，在暗中密密監視。這姓張的便是其中之一。

楊以德有個得力的手下，是探訪第三隊的隊長，姓麻，恰好又是麻子；因而麻麻子的外號，格外響亮。那四個來歷不明的人，就歸這一隊監視；所以楊以德便找了他來問。

『你看！像不像姓余的？』

『像！』麻麻子答說：『余本強一定是化名。』

『現在還在不在？』

『怎麼不在？剛才還有報告來，中午在侯家后的窯子裡。』

『那還等甚麼？』楊以德問。

『不行！這傢伙扎手，會把式。沒有五六個人，動不了他。』麻麻子說：『而且腰裡總是鼓鼓的，說不定也揣著個炸彈，逼急了一鍋煮，抓不住活口，反饒上幾個，不合算。』

『那麼，你說該怎麼辦呢？』

麻麻子認爲只可智取；到深夜突出不意，悄然掩捕，方能成擒。楊以德自然同意。這晚上親自出馬，翻牆入內，將這個酒後酣臥的『要犯』從床上揪了起來。

『何必如此！』那人神色泰然地說：『我又不是鼠盜狗竊，跟你們走就是。』

『好！你是條漢子。不過，朋友，聽說你手底下很來得；咱們只好先小人後君子了。』楊以德吩咐手下，將張榕雙手反剪；外面替他罩上長袍，扶上車直駛探訪局。

在楊以德的簽押房中，姓張的坐著受審；他說他叫張榕，字蔭華，撫順的土著，還是個漢軍，累世充任福陵的『守護役』。他也承認跟吳樾是好朋友，知道他的一切計畫——吳樾向主暗殺；這次進京本想不利於鐵良，其後因爲朝廷決定立憲，怕民心受了蠱惑，不願革命，所以改爲向考察政治五大臣下手。

『八月廿五晚上，你們是不是談了一夜？』楊以德問。

『是的。』

『第二天一大早一起出的門？』

『不錯！』

『那麼，行刺五大臣當然也有你的份囉？』

『不！』當時在場接應的張榕，從容不迫地否認：『沒有我，我前一天勸了他一夜，不必用此手段；我哪裡會跟他一起去幹這種傻事？』

『既然你知道吳樾有這種計畫，而且你也不贊成，那麼，為甚麼不去自首呢？』

『那不是出賣朋友了嗎？』張榕露齒而笑，態度輕鬆得很。

楊以德語塞。再問他炸彈的來源；張榕知道是譯學館教員楊篤生所製，卻搖搖頭不答。

一半由於袁世凱覺得大事化小，小事化無為妙，一半因為趙秉鈞、楊以德等人，發現革命黨不怕死，逼急了反會遭受報復，所以謀炸五大臣一案，將張榕下獄，便不了了之了。

考察政治之事，自然照常進行，只是紹英嚇破了膽，託病告假，再也不肯出洋；徐世昌亦復如此。不過，他的手段高妙，利用議設巡警部的機會，活動奕劻保他為尚書；等上諭一下，奕劻復又面奏：巡警設部、官制、章程，均待釐訂。此外，科舉已准袁世凱、張之洞等人奏請，自丙午科起，永遠廢止，以前舉貢生員，需分別籌謀出路。再則，日俄和議已成，中日亦需會議，訂立接收東三省的條約。軍機處事務正繁，徐世昌不宜遠離。就此豁免了他這個出洋考察的差使。

朴資茅斯條約成立，日本國內大譁，在東京竟致發生暴動，小村壽太郎成為眾矢之的。在嚴密保護下，回國不久，即又奉派來華，談判東三省交接事宜。

日本的全權代表一共兩人，除小村外，另一名由駐華公使內田康哉充任。中國的全權代表是慶親王奕劻、軍機大臣瞿鴻禨、北洋大臣袁世凱；另派唐紹儀爲參議，可在會中發言。

第一次會議，彼此校閱了全權證書，由小村與袁世凱作了一番開場白；奕劻隨即站起來說：『本人年紀大了，事情又多，不能常川出席；一切由瞿、袁兩位全權負責處理。』說完哈一哈腰，退出會場。

於是正式開議；小村首先發言：『這次日俄不幸開戰，且在中國領土之內，日本政府深表歉疚。日俄和約已成，俄國讓給日本的旅大租借權，以及東清鐵路由長春到奉天一段，又在中國領土之內，所以特地來請求中國政府承認。應該訂立的條約，只此一項，至於日本自俄國獲得的戰利品不必列入條約。議定事項如由雙方全權在會議錄上簽字，與條約有同等效力，或換文亦可。請選定一種方式。』

照預先的約定，中國方面應該由袁世凱作答覆——奕劻曾經面奏：歷來對外交涉，都由北洋大臣出面；而且關於東三省的軍事、政事及地方情形，以及對日本的政情，袁世凱都很熟悉，所以這一次會議，不妨由袁世凱去應付；倘或發言有失，瞿鴻禨以『軍機大臣外務部尚書會辦大臣』的身分，猶可及時糾正。這個說法頗切實際，而又並不貶損瞿鴻禨的地位，所以慈禧太后表示同意。奕劻一到會即託病，原因亦即在此。但此時當袁世凱還在考慮如何作答時，瞿鴻禨卻違反了這個不成文的規定，作了明確的答覆。

這亦因爲各人的處境不同，才有想法的相異。袁世凱從瞿鴻禨還在當翰林，做考官時，便已跟日本人打過不可開交的交道；深知小村壽太郎這一次在朴資茅斯搞得灰頭土臉，失之東隅，定要收之桑榆。在這次會議中，自要想種種辦法，佔盡便宜，回國才有交代，所以他步步爲營，必得先體味出話中貞意，才談得到如何應付。

瞿鴻機則是熟於軍機辦事的規制，知道用『換文』一法，必須奏請上裁；已成之議，或許就能推翻。即使本意無改，辭句之間無謂的推敲，必不可免，麻煩甚多，避免爲宜。

這樣想著，不由得便點點頭答說：『簽字於會議錄，彼此省事，就照這個辦法好了。』

這一下，袁世凱自然有話也不能說了。但不管他的意見對不對，約定違反了，所以當晚便向奕劻以發牢騷爲『抗議』。

『瞿玖公這樣子勇於任事，我就變成多餘的了。而且，他說話也欠考慮，萬一將來有喪權辱國的承諾，我既不能贊成，又不能反對；與其到頭來陪他一起受處分，不如急流勇退，明哲保身，請王爺面奏上頭，准我回任！』

『這一層你別煩！我自有處置的法子。』奕劻想了一下說：『我有兩個稿子，你倒看一看，有甚麼意見？』

他取出來兩個上諭稿子，第一個與立憲有關，寫的是：『……前經特簡載澤等出洋考察各國政治，著即派政務處王大臣設立考察政治館，延攬通才，悉心研究，擇各國政法之與中國體治相宜者，斟酌損益，纂訂成書，隨時進呈，候旨裁定。所有開館一切事宜，著該王大臣妥議具奏。』

第二個亦與立憲有關——等於說明了立憲的目的，在安撫百姓；上諭中說：『我朝自開國以來，政尚寬大，朝野上下，相與久安；近復舉行新政，力圖富強，乃竟有不逞之徒，造爲革命排滿之說，煽惑遠近，淆亂是非。察其心跡，實爲假借黨派陰行其叛逆之謀；若不剴切宣示，嚴行查禁，恐譸張日久，愚民無知，被其矇惑；必致人心不靖，異說紛歧，不特於地方有害治安，且於新政大有阻礙。

著各將軍督撫，督飭地方該管文武官吏，明白曉諭，認眞嚴禁。自此次宣諭之後，倘再有怙惡不悛，造言惑眾者，即重懸賞格，隨時嚴密訪拏，詳細訊究，除無知被誘，不預逆謀，准其量予末減，及改過自首，並能指拏魁黨者，不惟免罪，並予酌賞外，其首從各犯，應按照謀逆定例，盡法懲治。如有拏獲首要出力之員弁，准擇尤優獎；惟不得株連無辜，致滋擾累。倘該文武瞻徇顧忌，緝訪不力，由該將軍督撫據實嚴參，以期杜絕亂萌而維大局。』

等袁世凱看完，視線離開紙面，奕劻方始開口道明緣由：『現在南邊鬧得很厲害，說要還政於民；派人出去考察，可又無緣無故來個炸彈。上頭詫異得很，不知道百姓到底要甚麼？有人上個奏摺，說百姓是好的，無非望治而已，都是革命黨在胡鬧。所以瞿子玖出這麼一個主意，一面安撫百姓，一面申明約束。上諭擬了上去，上頭說要拿給你看看，因爲立憲是你領銜奏請的。』

聽得這話，袁世凱一則以喜，一則以懼。喜的是慈禧太后對他的看重；懼的是『領銜奏請立憲』這句話，隱隱然視之爲『新黨』魁首了！

別樣風頭好出，這個風頭出不得！好在奕劻面前說話不需顧忌，當即加以辯白：『王爺，對立憲最熱心的是張香濤，只爲直隸總督忝居疆臣領袖，所以在名義上領銜；這件事除了老而天眞的張香濤以外，也沒有哪個熱心。開館纂書，亦無不可；不過我有個拙見，此館的提調，切需愼選，莫讓康梁之徒混進來，散播邪說。』

『嗯，嗯！』奕劻深深點頭，『我明白，我明白。你的心跡，上頭一定嘉許。』

『只要上頭能知道臣下的心跡，累死了亦無話說。不過……』袁世凱遲疑了一會，終於說了出來：『除王爺以外，頗有幾位親貴對我不諒。這一點，提起來教人洩氣。』

奕劻閉著嘴不作聲，吸了半天的水煙，才慢條斯理地說：『不盡是親貴，也不盡是旗人。雙目盯緊了你看的，大有人在！』

袁世凱把每一個字都聽進去了。『不盡是親貴』，意指還有鐵良等等；『不盡是旗人』更爲明顯，漢人中相嫉的也很多。『雙目』自然是指瞿鴻機。袁世凱心想，有此人當政，終是自己的一大隱患，如果要假手奕劻以攻瞿，先得教他切齒於瞿。這有一個人可以利用。

於是他說：『王爺的話，眞是入木三分。不過光是外頭有人跟我爲難，我不怕；說句狂話，同爲督撫，做了些甚麼事，是有目共睹的；就怕裡頭有人在發號施令，勾結起來蒙蔽上頭，那就危乎殆哉了！』

『啊！』奕劻睜大了眼問：『你是說那條瘋狗的亂咬，是有人指使的？』

奕劻口中的『瘋狗』是指岑春煊，所謂『有人』，彼此也都能默喻。袁世凱看話已生效，反不肯明白承認，只說：『王爺多留點兒心就是了！』

奕劻緊閉著嘴想了好一會，突然一拍茶几，『不錯，怪不得！就說周榮曜那件事好了，頭一天見上諭，當天瘋狗就上摺參了，也不能這樣子快法；明明是先通了消息，早就擬好了奏稿在那裡的！』

原來周榮曜是奕劻一手扶持，以候補三品京堂，任爲駐比國公使。丹詔晨頒，白簡夕至，說周榮曜原爲粵海關管庫的書辦，侵蝕公帑，積資數百萬，在廣東與官紳往還，儼然大人先生。當譚鍾麟督粵時，與不肖官吏勾結，益自驕縱，因而納賄京朝，廣通聲氣。接著列舉周榮曜蠹國病肓之罪，奏請革職查抄。

電奏一到，瞿鴻機力主嚴辦，周榮曜求榮反辱，做了未出國門的幾天公使，反落得個傾家蕩產的結局。瞿鴻機最陰損的一著是，周榮曜簡派爲公使，由外務部奏保，他以外務部尙書的身分，坦承失察，自請處分。其實，這是奕劻以外務部總理大臣的資格，所作的決定；瞿鴻機這麼說，等於指槐罵桑。雖然『上頭』並無處分，但奕劻這下子搞得灰頭土臉，也就很夠受了。

『這條瘋狗，原來是有人放牠出來亂咬的！』奕劻氣得直吹鬍子：『走著瞧吧！』

『王爺別動氣！若鬧意氣，有害無益。』袁世凱突然問道：『廣西剿匪的軍費，聽說已經銷了？』

『是啊！報銷三百多萬。』

『按說，三年工夫，花三百多萬也不多。不過報銷總是報銷，要報了才能銷。』

這話中就有深意了。按常情來說，軍費報銷是例案，只要戶、兵兩部打點好，照例規送上一筆爲數可觀的『部費』，軍費報銷就無有不准的；但話雖如此，畢竟審核准駁之權在朝廷。奕劻懂得袁世凱的意思，是不妨拿廣西剿匪的軍費報銷來跟岑春煊爲難。

『可是，』奕劻問說：『他有奧援在，能不准嗎？就駁了他的，也不能請旨派大員查辦啊！』

『一定有辦法的！王爺不妨找人問問。』

不必找人去問，奕劻自己就想通了。這有兩個步驟，第一步是拖。軍費報銷的冊子很多，隨便找些疑義，咨請查覆，一來一往就是幾個月的工夫；這樣三、五次下來，兩三年工夫輕而易舉地拖了過去。

第二步是找機會將岑春煊調開，然後翻那樁軍費報銷的案子，派人到廣東徹查，結結實實找些侵吞兵餉的證據出來。那時候瞿鴻機固無能爲力，慈禧太后亦不便公然庇護；縱不能將岑春煊下獄治罪，至少要打得他翻不起身來。

這個辦法是在轎子裡想出來的。下了轎不到軍機處，先到外務部的朝房找那桐；不是爲了跟他商議，是有這麼一件很得意的事，心癢癢地非告訴那桐不能寧貼。

聽奕劻講完，那桐一翹大拇指說：『王爺這一著眞高。到那時候，給他來個降三級調用，那就送了他的忤逆了！』

『對！』原來大員獲譴，不怕革職，只怕降級。因爲革職的處分，只要找到機會，譬如有人奏保，或者慶典覃恩，一下子就可開復；降了級就要按部就班往上爬，得好幾年才能官復原職，所以奕劻很起勁說：『對！降三級調用；拿個從一品的現任總督弄成正三品的候補道，那才好玩兒吶！』

『這還不算好玩兒！』那桐笑道：『拿這個候補道發交土膏總局總辦柯逢時差遣。王爺，你道如何？』

奕劻縱聲大笑，笑得涕泗橫流，沾滿了花白鬍子；笑停了說：『琴軒，你可眞是損透了！』

『慢點！』那桐放低了聲音說：『王爺，你剛才的話，是說著玩兒的吧？』

『怎麼？』奕劻笑容盡斂，『你從哪一點上，看出我是在說笑話？』

『如果王爺不是說笑話，可得趕快進行。軍費報銷，到底還是以戶部爲主；張冶秋最聽瞿子玖的話，一下奏准核銷，還玩兒甚麼！』

『嗯，嗯！不錯！』奕劻矍然，『琴軒，你出個主意，該怎麼把它拖下去？』

那桐沉吟了好一會答說：『只有在鐵寶臣那裡下手。我有一整套辦法，回頭到王爺那裡細談。』

下了朝，奕劻關照門上，訪客一律擋駕：『除非是那大人、袁大人。』

那桐很早就到了。圍爐傾談，從從容容說了一套辦法；主要的一點是，讓鐵良眞除戶部尚書。鐵良——鐵寶臣的底缺是戶部右侍郎，但卻署理著兩個尙書：兵部與戶部。這是親貴揄揚，所以慈禧太后加以重用；那桐認爲不如送個人情，保他眞除。然後叮囑他切實整頓軍需，嚴杜浮濫。話既冠冕堂皇，加以鐵良喜與漢人作對，這一下自然就不會輕輕放過岑春煊的軍費報銷了。

奕劻欣然同意。問起鐵良的底缺，該給甚麼人？那桐乘機爲柯逢時說話。奕劻笑了，『琴軒，你糊塗了！』他說：『那是個滿缺，柯遜庵怎麼能當？』

『不到任辦事，掛個銜頭，漢缺、滿缺似乎不生關係。』

一則是那桐說項，再則柯逢時的孝敬甚豐，奕劻終於點點頭，『好吧！』他接著說：『回頭慰庭要來，你就在這裡便飯，替我陪陪客。』

那桐遲疑未答。他繼承了內務府的遺風，精於肴饌，喜好聲色；這天約了兩個『相公』在家吃飯，一味魚翅花了廚子三天工夫，一想到便覺口中生津；但奕劻相邀，又是陪袁世凱，似乎亦不便辭謝。

奕劻看出他的爲難，也知道他的家庖精美，便即笑道：『怎麼著，有甚麼美食，何妨公諸同好？』

那桐很見機，急忙陪笑說道：『正在想，有樣魚翅，不知道煨爛了沒有？』說著，招招手將王府中侍候上房的大丫頭喚來，『煩你傳話給跟來的人，回去叫廚子把魚翅送來，還有客……。』

那桐沉吟著不知如何措辭，奕劻卻又開口了，『還有客？』他問：『是誰啊？若是要緊的，我放你回去。』

『不相干。』那桐只好實說了：『是三田。』

『二田？』奕劻想了一下問：『二田必是架子比老譚的田桂鳳，還有一田呢？』

『田際雲。』

『原來是「想九霄」！』奕劻笑道：『也是個脾氣壞的。算了，算了，不必找他們吧！』

那桐亦不願多事，告訴傳話的丫頭說：『你告訴我的人，有兩個唱戲的來，每人打發二十兩銀子，讓他們回去。』

於是一面等袁世凱、等魚翅，一面閒談，奕劻忽然問道：『文道希的近況如何？』

『文道希？』那桐答說：『去年就下世了。』

『下世了？』奕劻不由得嘆息：『唉！可惜！』

『王爺怎麼忽然想起他來了呢？』

『我是由「想九霄」想起來的。』

『原來如比！』那桐笑了。

原來『想九霄』的脾氣很壞，得罪過好些士大夫；有一次惹惱了文廷式，信口罵了句『忘（王）八旦』，與『想九霄』恰成絕對。於是便有人說：才人吐屬，畢竟不同，連罵人都有講究。而『想九霄』的名氣，經此一罵，卻愈響亮。

於是由文廷式談到翁同龢，由翁同龢談到戊戌政變，奕劻不勝感嘆地說：『琴軒，宦海風濤，實在是險。載漪、剛毅那班混小子在的時候，我都差點老命不保！唉，談甚麼百日維新，談甚麼國富民強。你我還有今天圍爐把杯的安閒日子過，眞該心滿意足了。』

『王爺的話是不錯，無奈有人不讓你過安閒日子！』

『你是說岑三？』奕劻又憤然作色：『騎驢看唱本，走著瞧吧。』

談到這裡，只聽門外高聲在喊：『袁大人到！』

於是那桐起身，迎到門口；簾子掀處，袁世凱是穿著官服來的，正待行禮，奕劻站起來，大聲吩咐：『侍候袁大人換衣服。』

袁世凱的聽差原就帶了衣包來的。更衣已畢，重新替奕劻請了安，同時說道：『多謝王爺！』

『咦！謝甚麼？』

『多承王爺周旋。』袁世凱答說：『今天一到會，瞿子玖就說：慶邸託病不到，以後會議都請你主持，這是上頭交代，請你不必客氣。上頭交代，當然是王爺進言之故。』

『不錯！我面奏太后了。』奕劻答說：『太后道是，原該如此！』

『慰庭，』那桐提醒他說：『瞿子玖可不是「肚子裡好撐船」的人噢！』

這又何待那桐提示，袁世凱早就知之有素。點點頭答說：『是的。所以我在會議桌上，每次發言，都問一問他；如果有不周到之處，請他改正。』

『那還罷了！』那桐忍不住又說：『慰庭，你可得知道，親貴中不忌你的，只有王爺。』他指一指奕劻，又指自己，『族人中不忌你的，怕也只有我了。』

『這話也不盡然！』奕劻接口：『端老四總不至忌慰庭吧？』

『端老四應該歸入漢人之列。』那桐想跟袁世凱說話，一轉臉不由得詫異，『慰庭，你怎麼啦？』

袁世凱這才知道，自己的臉色必是大變了。那桐是一句無心之言，根本沒有覺察到這句話的分量；在袁世凱卻大受衝擊，果如所言，未免過於孤立；而在親貴中如爲衆矢之的，更是一大隱憂！不出事則已，一出事可能性命都不保。轉到這個念頭，自然不知不覺地變色了。

當然，這是件必須掩飾的事，『得人之助不必多，只要力量夠。』他故意裝得很輕鬆地，『我有王爺提攜，琴軒照應，還怕甚麼？』

『裡頭不怕，就怕裡外勾結。』奕劻耿耿於懷的是岑春煊，此時很起勁地說：『慰庭，你昨天說的那句話，我想通了，而且也可以說是辦妥，這都是琴軒的功勞！』

『喔，』袁世凱很關心地問：『是何辦法？』

『一面吃，一面聊吧！』

那桐摩腹而起，做主人的便吩咐開飯。袁世凱一面大嚼魚翅，一面聽那桐細談如何利用鐵良以制岑春煊，只覺得那家廚子做的魚翅更美了。

也就是剛剛談完，袁世凱還未及表示意見時，聽差悄悄掩到主人身邊，低聲說了兩句，奕劻隨即笑道：『巧了！說到曹操，曹操就到。』

『鐵寶臣來了？』那桐問。

『是的。』奕劻略有些躊躇，『擋駕似乎……』

『王爺，』那桐搶著說：『何不邀來同坐？』

奕劻想了一下說：『好！』

於是聽差便去延客，另有一名聽差來添杯箸。鐵良一進屋，先向奕劻請安，然後與起身相迎的那桐與袁世凱分別招呼。

『請坐下吧！』奕劻說道：『琴軒家的魚翅，名貴之至；你甚麼話別說，先多吃一點兒。』

說著親自舀了一小碗魚翅，放在客人面前。

鐵良也就不說甚麼，兩大匙下嚥，趕緊把酒杯送到唇邊；不然，魚翅的膠質會將上下唇黏住。

『眞好！上次到南邊去，學了一句俗語：「吃到著，謝雙腳」』今天正用得上。』

『你眞行！』奕劻笑道；『連南邊的俗語都學會了！』

『足見寶臣肯隨處留意。』袁世凱說：『那個奏報抽查營隊的奏摺，纖細不遺，觀察入微，整整花了我幾天工夫才能細細看完。說常備軍以湖北最優，河南、江蘇、江西次之，大公無私，已成定評。』

於是話題轉到不久之前的『河間秋操』，鐵良對新建的北洋四鎭陸軍，亦有一番很中肯的批評。

奕劻聽完了，又扯到岑春煊身上。

『岑三每次奏報剿匪，鋪張揚厲，彷彿天下只有他帶的才是精兵。寶臣，你看怎麼樣？』

『未曾眼見，不敢說。』

『總聽別人談過吧？』

『是的。』鐵良想了一下說；『聽人傳言，他帶兵有一樣可取的長處，頗重紀律。』

聽得這話，袁世凱不服氣了，脫口詰問：『莫非北洋陸軍，就不講紀律？』

『我是指綠營而言，不能與新建陸軍相比。』鐵良大搖其頭，『綠營太腐敗了！不知道出多少笑話。』

『可也有兩廣綠營的笑話？』奕劻問說。

『有！』鐵良答說：『我也是聽來的，不知眞假。』

『管它是眞是假？』奕劻慫恿著：『只要好笑，能助酒興就好！』說著，還親自爲鐵良斟了杯酒，一個勁催他快說。

『岑雲階到了廣西，是駐紮在梧州，柯遜庵仍舊住在省城……』

廣西的省城是桂林。督撫雖不同城，但廣西的政事，本可由柯逢時作主的，變成需事事取得總督的同意；而所謂『督撫會奏』，事實上皆由岑春煊主稿，柯逢時不過列銜而已，因而督撫勢成水火，互不信任。柯逢時最擔心的是，土匪攻打省城，岑春煊會坐視不救，甚至三面圍剿，獨留向桂林的一面，作爲土匪的出路，等於驅匪相攻，豈不危乎殆哉？

因此，柯逢時在巡撫衙門的大堂上，架起一尊大炮；遠近相傳，當作笑談。其後，又從江西調來一名導員，是他署理江西巡撫時，所識拔的幹才。

此人籍隸皖南，名叫汪瑞闓，雖是文官，頗能帶兵。柯逢時調他到廣西後，讓他統領五個營，專負護衛巡撫衙門之責。岑春煊看他這五個營，器械充足，人亦精壯，很能打一兩場硬戰；心裡在想，汪瑞闓以知兵自詡，千里遠來，或者急於有所表現，不妨利用。

打定了主意，便處處加以詞色，希望他能自告奮勇。但汪瑞闓論兵之時，儘管侃侃而談，頭頭是道，只是到了緊要關頭，不肯說一句慨然請行的話。岑春煊自不免失望，但仍不肯死心。

慢慢地，他看出來了，汪瑞闓不是不想立功，更不是不會打仗，只是膽量不足。如果能逼出他的勇氣來，一上了陣，也就義無反顧，拚命向前了。

於是，擇日發帖，大宴將士，席間特意向汪瑞闓不斷勸酒。汪瑞闓的酒量很好，但酬勸頻頻，逾於常度，就不免使人懷疑了。汪瑞闓很機警，酒到杯乾，而腦子卻很清醒，看看是岑春煊快要激將的時候了，開始鬧酒，有意自己拿自己灌醉，席間當場出彩，吐得一場糊塗。

到得第二天，柯逢時把他找了去，很不高興地說：『你怎麼醉得人事不知，出那麼大一個醜？連我的面子都給你丟完了！』

『回大人的話，』汪瑞闓俯身向前，低聲答說：『職道是迫不得已。爲了保護大人，只好自己委屈。』

『此話怎講？』

『制台跟大人過不去，千方百計，想把職道調出去打土匪；職道帶兵一出省城，萬一有警，制台一定留住我不放。倘或我回師來救，說我擅自行動，不服調度，那是個要腦袋的罪名。大人請想，能救得了職道不？』

『啊！啊！原來他是這麼一個打算！』

『不是這麼打算，以他的崖岸自高，爲甚麼要那麼敷衍我？』汪瑞闓緊接著說：『說起來，這一支精兵不出仗，也是不對的；所以職道應付甚苦，務必不讓他有開口的機會。等他一開了口，我不能說，我的兵是專爲保護巡撫的，只好答應。那一來，大人又怎能留得住我？』

『不錯，不錯！倒是我埋沒了你這番苦心，錯怪你了！』柯逢時想了一下又說：『不過岑三的居心太可惡，我倒要跟他碰一碰！』

柯逢時『碰』岑春煊，不止一回；奕劻是很清楚的。聽鐵良談到這裡，拊掌稱快，『原來柯遜庵那次參他，是這麼一個內幕！』他說：『論起來，倒是岑三吃了啞巴虧。』

『怎麼？』那桐問道：『柯遜庵的摺子上怎麼說？』

『說他「軍中酗酒，強沃屬員，以致醉不能興！」』

『那也是汪瑞闓的主意。』鐵良接口說道：『若非如此先發制人，岑雲階很可能參汪瑞闓一本；那就吃不了兜著走了！』

『不過，』鐵良提出疑問：『柯遜庵此舉，對他自己來說，得失亦頗難言！』

原來當時是照通例，以下劾上，皆令被劾者『明白回奏』。岑春煊當時在回奏時，自是盡情反擊，柯逢時因而落職，所以鐵良有那樣的質疑；只是他不知道奕劻與袁世凱，對柯逢時已因此而另眼相看。塞翁失馬，安知非福，其間的得失，在座的人自然都不願意跟他談。這個有關岑春煊的話題，到此便算結束了。

會議開始有爭執了！所爭的是幾條鐵路。

依照中俄密約，雙方設立華俄道勝銀行，建築一條鐵路，自俄國的赤塔向東南伸展經哈爾濱至海參崴，實現了俄國前皇亞歷山大三世，要求以最短的路程，連接濱海省與俄國中部交通的願望。這條鐵路全長二千八百里，俄國稱之爲『中東鐵路』；中國則或名『東省鐵路』，或名『東清鐵路』。到得光緒二十三年，德國與俄國勾結，利用中俄密約，佈置了一個類似地痞欺侮鄉愚的騙局。先由德國以曹州教案爲藉口，強佔膠州灣；而俄國公使則向李鴻章暗示，基於條約互助之義，願爲代索膠州灣。李鴻章此時雖到過『通都大邑』，而且也會打幾句『痞子腔』，但畢竟還是個『鄉愚』，不知這年初秋，德皇威廉二世與俄皇尼古拉二世相晤，已有成議。明明是一個吊死鬼的圈套，而漆黑懵懂的李鴻章，看出去是一面圓圓的氣窗，窗外一片清光，忍不住探頭出去透氣，就此上了圈套。

當時是翁同龢當政。書生昧於世事，而理路是清楚的，加以有張蔭桓相助，看出李鴻章要上大當，所以一面面奏皇帝飭慶王奕劻轉告李鴻章求助於俄，同時急電駐俄公使，用極委婉的措辭向俄國政府說：中國不願俄國因而與德國失歡，請俄國暫時不必派海軍來華；一面由張蔭桓及蔭昌向德國交涉，亦即是情商，不佔膠州，另作補報。

中德會議不下十次之多，德國始終不肯讓步；而俄國則以急人之急的俠義姿態，出兵到了旅順、大連。此來是為『助拳』，當然要求地主供應一切；由於李鴻章的堅持，特派負鎮守山海關之責的宋慶，供應俄國海軍一切『應用物件』，並撥二百萬銀子修築旅順炮台。不久，聲明『暫泊』的俄國，竟開口要求租借旅、大。李鴻章知道中了圈套，但想擺脫，已辦不到了。

結果丟了膠州灣，也丟了旅順、大連！英國與日本本已有結盟的意向，見此光景，為了抵制俄、德，更為了本身的利益，英國趁火打劫，要求租借尚在日本佔領之下的威海衛，而以承認閩海地區為日本的勢力範圍，作為交換。三國干遼之一的法國豈甘落後？要求租借廣州灣，義大利來湊熱鬧，要求租借三門灣。一時列強瓜分之說，竟有見諸事實之勢。

事急，總理大臣全體集會，帝師翁同龢慷慨陳言，主張開放各口岸，許各國屯船之處；然後定一『大和會之約』；不佔中國之地，不侵中國之權，而中國則不壞各國商務。

這樣，庶幾開心見誠，一洗各國之疑。這雖是書生之見，卻與美國國務卿海約翰所主張的『門戶開放政策』，不謀而合。但所有的總理大臣，包括翁同龢恃之為左右手的張蔭桓在內，無不保持沉默；據說張蔭桓此時已等於出賣了翁同龢，與李鴻章一起接受了俄國代表賄賂的期約，如果幫助俄國實現了租借旅大的要求，可以各得五十萬兩銀子的酬勞。

於是光緒廿四年春天，繼二月初四李鴻章、翁同龢與德國公使海靖，訂立『膠州灣租借合約』，允德國租借九十九年，建築膠濟鐵路，開採鐵路兩旁三十里內礦產之後；三月初六復由李鴻章、張蔭桓與俄國署理公使巴布羅福訂立了『旅順、大連租借條約』，以廿五年爲期，並允俄國建築南滿鐵路。

第二天——三月初七，德皇電賀俄皇取得旅順、大連；而恭親王奕訢自此病情轉劇，終於不起，薨於四月初十。四月廿三，下詔更新國是，變法自強；又四天，手擬定國是詔的翁同龢被黜；八月初五袁世凱告密，第二天慈禧太后臨朝訓政，發生了『戊戌政變』。這個『地痞欺侮鄉愚』的騙局，害慘了皇帝與翁同龢；而中圈套的李鴻章與見利忘義的張蔭桓亦沒有落得好下場，變成害人而又害己。

南滿鐵路的正式名稱，叫作『東省鐵路南滿洲支路』，是由哈爾濱開始，向南直通旅順，縱貫吉林、奉天；蘇俄的勢力，因此而能到達渤海。及至朴資茅斯和約成立，俄國將從長春至旅順這一段，約有一千五百里，割讓給日本；這一段鐵路歷經名城沃土，日本視作擊敗俄國最大的一項戰利品，認爲其中有許多生發，所以在會議中提出要求：爲了確保既得利益起見，中國不能再建與南滿鐵路平行的鐵路。

袁世凱想了一下，提出相對的條件：『如果中國不能造跟南滿平行的鐵路，日本亦應如此，否則，一樣有損利益。而且所謂「平行」，亦應該有個限度，相去十里是平行，相去百里亦是平行，不可一概而論。』

『滿洲地方遼闊，人煙稀少，經營一條鐵路不容易，所以即使隔得很遠，一樣也有妨害。』小村緊接著說：『至於日本亦不造平行線，可以同意。不過，與南滿連接的鐵路，即是南滿支線；將來看地方發達的情形，可以添造。』

『不！』袁世凱立即反駁：『日本繼承的權利，限於長春以南的南滿鐵路，並不包括任何支路。如果逾此範圍，是另一件事，不能併爲一談。我再提醒貴大臣，當年中國許與俄國的，只是東清鐵路，沒有包括其他支路。』

小村語塞，便由日本的另一名全權內田康哉接口說道：『添造鐵路，爲了開發地方；交通便利，地方就會繁榮，這是與中國有利的事。』

『如果是爲了開發地方交通，彼此應該同意，但不能與南滿鐵路混在一起來談。』

『照這樣說！』小村緊盯著問一句：『貴大臣是同意添造的了？』

『如果爲了開發地方，中國亦可隨時斟酌情形，添造鐵路。』

『不然！在南滿範圍內添造鐵路，總是妨害南滿鐵路的利益，有與南滿競爭之嫌，中國自不應隨時添造。』

聽翻譯將這段話譯了過來，袁世凱認爲小村最後的一句話，有漏洞可鑽，所以很快地問：『彼此同意，總可以了吧？』

小村認爲這句話很難回答，與接座的內田小聲商議之後，方始答說：『如果日本同意，中國可以添造，但不能與南滿鐵路平行。』

這在交涉上是一大收穫，日本已承認中國有在南滿鐵路範圍之內，建造支路的權利；雖需日本同意，但至少有了要求權。倘或日本拒絕，相對地，日本想添造支路，中國亦可拒絕。所以小村的答覆，等於是爲他人提供了一項牽制的工具，自然是失策。

正當小村在悔恨不迭之際，名居參議而亦有發言權的唐紹儀，忽然畫蛇添足地說：『造鐵路，有關中國主權，日本方面如不得中國同意，不能隨時添造。』

『自然要同貴國商量，日本絕不至像當年俄國對待貴國的情形，貴國不必顧慮。』

這時唐紹儀已發覺自己的話有語病。本來照袁世凱與小村的折衝來說，權利是同等的，誰都可以在南滿的範圍內添造鐵路，唯一的條件是徵得對方同意。而照他所說，彷彿南滿鐵路添造支線是日本的權利，不過需徵得中國的同意。但是唐紹儀雖已發覺失言，卻拙於彌補；倘或見機，只要複述小村的話，敲釘轉腳，成爲定論，依舊不損利權。而他只是重複聲明：造路而不得中國許可，總是礙及主權。語氣中越發明顯，添造南滿支路，只是日本人的事，與中國無關。

小村想不到遇見這樣一個對手，大喜過望，立即用快刀斬亂麻的手法，大聲說道：『我只著重在南滿鐵路利益有關這一點上。所以如有與南滿鐵路利益有衝突的任何支線，中國不應該添造。』

就這一句話，推翻了原來的承諾；而唐紹儀懵懵懂懂，只覺得話不大對勁，卻說不出個究竟。默爾而息，遂成定案。

交涉由此落了下風，因爲日本方面已看出底蘊，瞿鴻機並不懂國際公法，利害出入，不甚了了；袁世凱雖然機警且肯用心，但究竟不能如李鴻章當年辦交涉那樣，動輒視對手爲後輩，以氣勢懾人，話說錯了，亦可設法收回或彌補；隨員中倒有些留學生懂得交涉的要領，無奈中國官場尊卑的觀念甚深，人微必然言輕，發生不了作用。

能發生作用的，只有一個曾國藩第一批選送留美幼童之一的唐紹儀；他是袁世凱辦洋務的『大將』，官拜外務部侍郎，聲名甚盛，誰知是浪得虛名，無需忌憚。

就因爲這一轉念，小村與內田的態度便變得強硬了；第二天接議安奉鐵路，小村提出了『改造』的要求。

原來日本陸軍自朝鮮渡鴨綠江增援，在奉天、吉林境內造了好幾條輕便鐵路，其中最重要的一條是，由朝鮮義州對岸的安東，到奉天省域的安奉鐵路。日本事先已經揚言，希望繼續經營這條鐵路；此是與中國主權有關的事，怕遭到強烈反對，遲遲未發，此刻悍然不顧地提了出來，名爲『改造』，當然包含『改造』完成，繼續管理經營的意思在內。

因此，袁世凱這樣答說：『這條路是築來軍用的，軍事完了，就應撤掉，何必改造？』

這又是袁世凱失策了！如果說，當初造安奉鐵路專供日本軍用，而未收任何地租；如今日本既已獲勝，理當將此路贈與中國，作爲酬勞。或者至少由中國貼補建路的工料費用，收回自行處置。至不濟亦可提出合辦的要求，日本是沒有理由拒絕的。

只是袁世凱一向好用權術，以爲你說『改造』，我便用無需改造來駁你；爾虞我詐，針鋒相對，豈不省事？哪知小村不上這個當，索性挑明了說道：『奉天與安東之間，早有通鐵路的必要了！以前曾與貴國外務部提過，未有結果；軍事忽起，所以匆忙造一條輕便鐵路。除軍用以外，對地方的商務振興很有益處，應該造成一條永久性的鐵路。因此，這次實在不是改造，而是重造。』

一提到曾與外務部接過頭，話就不容易說了。袁世凱不知其事，瞿鴻禨亦記不起有這交涉；唐紹儀到外務部的日子不多，更爲茫然。因而袁世凱竟無以爲答。

但日本的代表卻不放鬆，小村與內田輪番鼓吹，築成這條路如何與中國有利；最後只好許他改造，只是有個條件，路軌的寬度應與關內外鐵路相同，不能照南滿鐵路尺寸；表示將來可以收回成爲中國鐵路的一部分，而非南滿鐵路的支線。

除此以外，還有許多吃虧的地方。但比起當年李鴻章在馬關議和的情況，卻有霄淵之別；所以不常出席的慶王奕劻，經常出席的瞿鴻機，都認爲議約能有這樣的結果，已是差強人意了。

其中有個隨員，卻忍不住有一肚子話說。此人是上海土著，名叫曹汝霖，字潤田，祖父兩代都在曾國藩所創設的江南製造局供職，家境小康；所以曹汝霖能夠自費留學日本，學的是法律。

畢業之時，正好新設商部；有許多商事法需要擬訂，並決定借鏡於日本，因而曹汝霖被延攬入部，官居主事，派在商務司行走，兼商律館編纂。中日北京會議的隨員，多在外務部及商部調充；曹汝霖因爲學的是法律，兼以精通日文，因而入選。小村的發言，他不需經舌人傳譯，語氣呑吐迎拒之間，了解較深，每每爲當事人誤解對方的眞意，該爭的地方不爭，不該爭的地方又咬文嚼字，虛耗工夫而著急。他在會中無權發言，亦無法遞個條子去提示糾正；唯有嚥口唾沫，聊以滋潤乾燥發癢的喉頭而已。

到得那一天散會，他可眞忍不住了。向例散會以後，除了瞿鴻機逕回公館，其餘的大部分都隨袁世凱在北洋公所晚餐，商量應該提出的文件及次日會議應該注意的要點；這天居於末座的曹汝霖，看著唐紹儀問道：『唐大人，我有一點不明白的地方，要請唐大人指教。小村本來已經同意，得日本同意後，中國亦可添造鐵路。後來因爲唐大人提出主權的主張，小村立即改口，光說中國不能在南滿添造鐵路，不及其他，作爲定議。那時，唐大人爲甚麼不駁他？』

話說到一半，低頭在吃飯的袁世凱，倏然抬眼；但他很機警，知道唐紹儀要受窘了！爲了不使他過分難堪，立刻又低下頭去，假裝進食，其實一口飯在口中緩緩嚼嚥，側著耳朵在細聽他跟曹汝霖的問答。

唐紹儀有些老羞成怒了，『外交上說話不在乎多！』他操著生硬的廣東京腔，大聲答說：『我提出主權的主張，是扼要的話。他既承認我的主權，自然不能單獨行動，這些道理你不懂。』

曹汝霖見此光景，敢怒而不敢言；但也沒有好臉色給他看，微微冷笑著偏過臉去。這頓晚飯，吃得便有點不歡而散了。

到了第二天上午，曹汝霖剛剛到部，已有一名北洋差官，持著袁世凱的名片來見；說是：『大帥請曹老爺在今天開議之前，早點請到北洋公所；大帥想跟曹老爺談談。』

開議是下午三點鐘，曹汝霖兩點鐘就到了。一到便被請入簽押房；袁世凱起身迎接，就請他在書桌對面落座。

『潤田兄貴處是？』

由此一句話開始，袁世凱細問了曹汝霖的家世、學歷，在日本幾年，何時到部，是何職司；最後提到昨天飯桌上的事。

『昨天聽潤田兄向少川質疑，實在佩服！』

經過昨天那一番質問，曹汝霖氣平了許多；唐紹儀盛氣凌人，固然風度欠佳，自己在那樣的場合，直揭長官的短處，亦未免少不更事。所以略有些不安地答說：『是我太輕率，出言欠檢點。』

『當年我也是如此。』袁世凱說：『年輕倒是要有銳氣才好。』

『是！請大人多指點。』

『不敢當！倒是這次議約，我要請教的地方很多。』袁世凱略停一下說：『可惜，大部分都已經定議了！不過前事不忘，後事之師；願聞高見，將來好有遵循。』

『大人言重了！』曹汝霖很不安地，『我亦只是一得之愚，不定對不對。』

『對不對，要說了再研究。有意見，總是好的！請不必客氣，有不妥之處，儘管請指出來。』

『是！』曹汝霖想了一下說：『安奉鐵路不是戰利品，日本要重建，應該是可以要求他們合辦的。』

『是！是！這是我疏忽。』

聽袁世凱引咎自責，曹汝霖頗爲惶惑；照此說下去，事事都是他的輕許，變成專門來指責他了！那豈不大違本心？

袁世凱看出他的心意，便又說道：『潤田兄，若說聞過則喜，我還沒有那樣的修養。不過，我請教足下，並不是想聽幾句恭維的話。我幕府中筆下好的人很多，我有自己動手的東西請他們改，總要改得多，改得好，我才歡喜。這一點，知道的人也不少。潤田兄，請你了解我的誠意，儘管直言。』

有此一番說明，曹汝霖才能暢所欲言：『除安奉路以外，南滿路方面，可以爭取利權的地方也還多。譬如撫順煤礦，附設煉鋼廠，規模甚大，不管於軍需、度支，都有很大的關係，何不要求合辦？』

他停了一下說：『光是限制礦區，不准超出鐵路沿線多少里以外，並不是好辦法。再說，事實上怕也限制不住；尤其是礦穴，只朝有礦的地方去開，在地面上或許並未逾界，地底下就另是一回事了。』

『嗯，嗯！高明之至！』袁世凱很想了一會才問：『還有呢？』

『還有，我國割南滿路一段給日本，照道理說亦需經中國同意。』

『喔，』袁世凱很注意，但也有些將信將疑，『這是甚麼道理？』

『中東路是中俄合辦的。我國由華俄道勝銀行出面，中國有五百萬兩銀子的股本；說起來中國對中東路亦有一半的權利，如今要割讓給日本，當然要中國同意。否則，不就是慷他人之慨了嗎？』

聽得這一說，袁世凱好半晌作聲不得，『潤田兄，』他說：『你的道理不錯。不過關於中東路的權利，我們早就在無形之中放棄了。』

『此所以需要交涉！』曹汝霖脫口答說，情緒顯得有些激動了，『當時爲了中東路，楊、許兩星使，與俄國財政大臣商量得舌敝唇焦。楊星使因爲受氣而暈倒，以致命喪異國，可以想見磋商之激烈。如今俄國是戰敗國，中國正該趁此機會，舊事重提，切切實實提出收回利權，重新合辦的要求。至於華俄道勝銀行，當時是否一併議及，我不甚清楚。好在事隔未久，外務部必有檔案，大人何不調出來看一看。』

『潤田兄，你的見解十分高超。不過，唉！』袁世凱嘆口氣說：『雖然事隔未久，已幾歷滄桑。對俄交涉是李文忠一生勳業中的一大敗筆；當時的內幕，想來你亦必有所聞，我們後輩，不便批評；何況李文忠賢良寺議和，積勞殞身，說起來跟陣亡是一樣的，更何忍批評。如果翻中東舊案，勢必有傷李文忠的清望；再者，如今的國勢，亦還不是能翻舊帳的時候。潤田兄，我是肺腑之言，請你細察。』

『是的！』曹汝霖以諒解的心情，接受袁世凱的看法。

『至於這次對日交涉，說起來我的苦衷亦不止一端。我跟潤田兄一見如故，不妨談談。第一是撤兵。朝廷對收回東三省，屬望甚殷，日本人看出我們的弱點，隱隱然以撤兵這一點作爲要挾。這，想必你亦看得出來。』

『是！』曹汝霖承認他說的是實話。

『其次，北洋很想多辦點事。』袁世凱也有些激動了，『中國從甲午到如今十二年，先是鬧政變，後來又鬧拳匪，不但元氣大喪，而且浪擲韶光，我們落後人家太多了，一天當兩天用，猶恐不及，所以我在北洋只要力之所及，總是盡量多做；可是有人以為我攬權，尤其是……唉，不提也罷！』

曹汝霖恍然大悟，怪不得他每次發言，總要向瞿鴻禨問一句：『是這樣嗎？』或者：『不知道這樣做行不行？』原來樞廷已有疑忌之意，所以不能不如此委屈綢繆。

『中日新約』終於定議了，計正約三條，附約十二條。前後不滿一個月，照會議日期來說，算是順利的。

最後一次會議，奕劻自然要出席；簽字既畢，攝影留念。第二天，袁世凱在北洋公所設宴為小村餞行；敬陪末座的曹汝霖，恰好坐在作主人的袁世凱旁邊，自然而然地成了主客之間的舌人；他那一口流利的日本話，以及要言不煩的措辭，大為小村所注意，因此，席散以後，特別向主人要求，希望能跟曹汝霖談談。

袁世凱當然表示同意，而且特意將他專用的會客室讓出來，供他們單獨談話——眞正是單獨，並無第三者在座。

『這次我抱有絕大希望而來，所以會議上，竭力讓步。』小村說道：『哪知道是失望了。』

所謂『讓步』是比較而言：較之馬關條約，這一次的『中日新約』在日本算是很客氣的，但仍得了便宜，總是事實。曹汝霖不願與他爭辯這一點，只問：『請問貴大臣，此來所抱的絕大希望是甚麼？』

『我原以爲袁宮保必有遠大的見識、眼光，在會議之後，想跟他進一步討論兩國如何聯盟；哪知道袁宮保過於保守，會議席上，只在文字枝節上講究，斤斤計較，徒費光陰而已。』

『兩國聯盟？』曹汝霖問道：『自然是對付俄國？』

『是的！』小村的表情是凝重之中有憂色，『俄國的野心甚大，我在朴資茅斯議和時，已經看出來了。俄國將來定會捲土重來，如果貴我兩國，不早爲之備，一定同受其害。倘能彼此聯合，整軍經武，力圖自強，兩國或可免受其害。』

『既然如此，貴大臣何不向袁宮保直接提出這一番意思？』

『袁宮保不從大處著眼，聯盟之意，此時不宜表示，免得反而引起他的猜疑。』

『那麼，』曹汝霖問：『貴大臣的意思，是不是希望我能夠轉達？』

『是的！有機會請你轉達，倘或袁宮保有意討論，我可以專程前來。』

『好！我一定設法轉達。不過，』曹汝霖想了一下說：『我聽說政府方面對袁宮保亦有疑忌之意；這一層，貴大臣在會議席上，大概也可以看得出來。關於聯盟一節，即或袁宮保亦有同感，恐怕一時亦未便向政府進言。這是我個人的私見，提供貴大臣作參考，幸勿爲外人道！』

聽得這番話，小村半晌作聲不得，最後嘆口氣說：『我想不到中國政府內部亦有矛盾！』

等小村辭去以後，袁世凱自然要找曹汝霖詢問談話的內容。曹汝霖將小村的意思，據實相告，只隱去了他自己向小村說的那一段話。

『唉！』袁世凱嘆氣的神情，跟小村一樣，『我又何能作爲？只好辜負他的盛意了。』

『外人的看法不同。』曹汝霖說：『莫說是日本人不明內情，就是京外各地，也誰不以爲大人受朝廷尊重信任、言聽計從，有一番大大的作爲？哪知事實並不如此。』

袁世凱默然半晌，才說了句：『大家越是如此，我的處境越難！』

他一直覺得應該有所表示，到得此時，認爲以退爲進的手法是非施展不可了。因而回到天津，便密密關照張一麐替他預備一個『請開去各項差使的』奏摺。

張一麐對袁世凱的待人處世，已有很深的了解，知道他此舉的用意，所以這個奏摺寫得冠冕堂皇，但見表功之意，並無固辭之心。袁世凱深爲滿意，但卻遲遲未曾拜發，要挑個最適當的日子。

幾經諮詢，接納了楊士琦的意見，在封印之前一天拜發。因爲就表面而論，這個辭差的奏摺，到達御前，已在封印之後，如果邀准開去各項兼差，則封印開印，天然就是一個交接的絕好時限。至於談到實際，辭差既是一種知道的人越少越好，反正這個奏摺是寫給慈禧太后一個人看的，若以爲有挽留的必要，發一道慰留的上諭即可。趁封印期間，了掉這重公案，不會有人留意，便不受任何影響。

等奏摺一上，慈禧太后頗感意外；在召見軍機時問道：『袁世凱爲甚麼好端端地，忽然要辭差？』

奕劻是知道這回事的，卻故意裝作詫異的神情答說：『是！奴才亦莫名其妙！』

『你們倒想想看，總有原因吧？』

這下是瞿鴻禨答奏：『袁世凱兼的差使很多，因爲精力照顧不到，難免有疏忽的地方，言路上嘖有煩言，想來袁世凱是爲了這個緣故，所以有倦勤的表示。』

『那也難怪他。』慈禧太后問道：『你們看，應該怎麼辦？』

由於有『難怪他』這句話，瞿鴻禨看出慈禧太后的意向；自己也覺得還未到能扳倒袁世凱的時候，便很見機地說：『論到才具，袁世凱自然是好的，有幾樁差使也少不了他！合無請旨慰留，或者酌量開去幾項差使？』

『要慰留，就一項差使都不必開。』慈禧太后說，『我並沒成見，只覺得「疑人莫用，用人莫疑」這句話，一點不錯。如果酌量開去幾項差使，就有疑人的意思在內，大可不必！』

『是！』瞿鴻禨很勉強地答應著。

『皇帝有甚麼話？』

皇帝能有甚麼話？照例答一句：『一切請皇太后作主。』

於是決定慰留。由軍機章京擬旨：『袁世凱奏摺開去兼差一摺，現在時事艱難，正資整頓，該督公忠夙著，仍著統籌兼顧，妥爲經理，以副委任。所請應毋庸議。』

『達拉密』擬的旨稿，照例『呈堂』核定，瞿鴻禨將最後一句改爲『毋庸固辭』。原來『所請應毋庸議』是表示辭差之事，根本不必談起；此時一改，意思頗不相同，『固』辭之『固』，意味著辭亦不錯，只是一時尚無替手，不能不暫維現狀。這些語氣上的吞吐出入，在早年的慈禧太后是很講究的，如今正如瞿鴻禨說袁世凱的，『精力照顧不到，難免疏忽』，竟未看出仍有『疑人』的意味在內。

邸抄剛發，袁世凱在天津就接到了電報；慰留在意中，最後那句話卻大出意外，不免錯愕。及至打聽到這句話出於瞿鴻禨所改，袁世凱想到『一葉落而知天下秋』這句成語，知道自己跟此人勢不兩立了！

考察憲政五大臣是十二月中旬到日本的。初適異國，目迷五色，看不出甚麼地方是實施憲政的功效，又從何考察起？

唯一的例外，是補紹英的缺的李盛鐸，他做過駐日公使，此番舊地重遊，一切都還不太陌生，而也唯有他稍知憲政是怎麼回事。心想，此事頭緒紛繁，如果不先提綱挈領，揀要緊之處下手，只怕漫遊全球，三、五年也考察不完。必得找個人來參贊一番，先定個考察的章程出來才好。

『參贊』現成；五大臣帶的隨員很多，首席參贊名叫熊希齡，湖南鳳凰人氏，與南通狀元張謇一榜的翰林。戊戌政變時因爲有新黨的嫌疑，『交地方官嚴加管束』；哪知湖南巡撫趙爾巽倒頗欣賞他的才氣，幾次奏保，已當到了候補道。這次隨五大臣出洋，原有一套應付公事的辦法，所以等李盛鐸一提起，隨即拍胸答說：『我有辦法！諸公儘管去觀光；逛厭了換地方，反正返抵國門之日，必有交代。』

『秉三！』李盛鐸喊著他的別號說：『你先別大包大攬，倒說我聽聽看，是何辦法？』

『當今中國精通憲政的，只有兩個人，一個是梁卓如……』

卓如是梁啓超的別號，李盛鐸一聽這個名字，急忙亂搖雙手：『不行，不行！這個人萬萬惹不得！』

『木公！』李盛鐸字木齋，所以熊希齡這樣叫他，『我當然不會找梁卓如。另外還有一個是我們湖南同鄉楊皙子，木公總聽說過這個人吧？』

李盛鐸知道楊皙子就是楊度，他是王湘綺的得意門生，曾應經濟特科，初試高中一等第二名。但以一等第一名梁士詒，爲瞿鴻禨誤認作梁啓超的兄弟，又說他的名字是『梁頭康尾』——康有爲名祖詒，末字相同，『其人可知』。因此梁士詒不敢再應複試；而楊度亦有『康梁餘黨』的嫌疑，同樣地自己絕了這條進取之路，買舟東渡，成了中國留學生中很出風頭的人物。

『怎麼，楊皙子精通憲政？』

『是的！湘綺自負有王佐之才，他的得意門生，自然也要研究這套帝王之學。皙子是君主立憲派，如果請他做幾篇考察報告，一定處處顧到君主的地位與尊嚴，奏報到朝廷，一定不會出毛病。』

『那好！準定請他做槍手；請你趕快去找到他，好好跟他談一談。』

『找他容易，不過有兩件事，我先要請示木公。第一，考察報告，似乎要定幾個題目；如果開流水帳似地，只敘旅途所見所聞，似乎難有結論。再者，有了題目，將來在報章上發表也比較方便。』熊希齡說：『憲政初步，在啓迪民智，這些文章將來是一定要佈諸國人的；同時這也是諸公萬里之行的一個交代。』

『說得是！』李盛鐸連連點頭，『一客不煩二主，題目索性也請皙子自己去定，只要扣住「考察」這回事就行了。』

『好！』熊希齡又說：『第二，總要送一份潤筆，而且應該從豐。』

『這好辦！我跟澤公來說。你看送多少？』

『總得一個整數。』

『一千？』李盛鐸說：『似乎少了點。』

『是的，一千太少了，總得一萬銀子。』

李盛鐸想了一會說：『這總好商量，你就快去辦吧！』

於是熊希齡興匆匆去找楊度。他住在東京飯田町；由他擔任會長的『東京留學生會』的招牌，就掛在他家大門上。既是會址，自不免有會員往來，不便密談；所以熊希齡將他約在一家『料亭』中相唔。

『近況如何?』熊希齡問說。

『「座上客常滿,樽中酒不空」,很好啊!』

『只怕一樣不好。』熊希齡笑道:『錢不夠花。』

楊度笑笑,然後又說:『聽說你要來,我跟房東太太說:不要緊了,有人送錢來給我過年了!』

『不錯,可以讓你過個肥年。不過,你要作文章。』

楊度不答,從口袋中取出一張紙來,遞了過去;熊希齡接來一看,上面寫著三行字:『世界各國憲政之比較;憲政大綱應吸收各國之所長;實施憲政程序。』

看完,兩人相視而笑,真有莫逆於心的愜意。熊希齡將那張紙摺起來收入口袋,『這三個題目很好!』他說:『潤筆總有萬金之譜,回頭我先送兩千過來。皙子,過個肥年在其次,你平生的抱負,正好借五大臣這個軀殼,大大展佈一番。這是絕好的機會,請你珍視。』

楊度點點頭答說:『話我要說在前面。論見解,卓如未必趕得上我;不過以腹笥之寬,行文之暢,我不能不讓他出一頭地。所以這三篇文章,我要分一兩篇給他做。』

『那都隨你!不過,卓如的筆鋒太犀利,不要帶出甚麼有忌諱的話,那可不是鬧著玩的事。』

『不要緊!我跟他說明白,如果有這樣的情形,我要改他的稿子。』

『那,我也要跟你說明白,若有這樣的情形,我要改你送來的稿子。』

『儘改不妨。』楊度問說:『何時交卷?』

『大概半年吧!』

『那還早得很。』楊度很高興地說：『閣下此來，無異放賑；今年有好些留學生可以舒舒服服過年了。』

一件大事說定，熊希齡十分高興，在料亭中當著濃妝豔抹的藝妓，大捧楊度。這倒也不盡是作假，熊希齡有樣好處，待人厚道而且誠懇。所以在趙爾巽之前，爲湖南巡撫陳寶箴延入幕府，便頗受器重，亦就在他那誠懇二字。有一次延經學家皮鹿門講學，熊希齡親自搖鈴，召集聽眾入講堂，便有人戲撰一聯：『鹿皮講學，熊掌搖鈴』。又有人妒嫉他是陳寶箴面前的紅員，用『熊』、『陳』兩姓以拆字格做一副對聯，將他連陳寶箴一起罵在裡面，道是：『四足不停，到底有何能幹；一耳偏聽，曉得甚麼東西？』卻不知熊希齡的『能幹』，正因他『四足不停』之故。

這次五大臣在日本，更得力於熊希齡的『四足不停』。原來革命黨人將有不利於五大臣的舉動，勞動日本警察，晝夜守護。

載澤等人，嚇得步門不出，一切需要對外接洽的事務，全靠熊希齡奔走。直到陰曆二月初一，五大臣自橫濱上船赴美，才得鬆一口氣。

到得美國，分道揚鑣，端方、戴鴻慈考察德國；載澤、李盛鐸、尙其亨由英轉法。一路逍遙，到得五月下旬，先後回到上海，但槍手的文章尙未寄到。於是熊希齡又出一個主意，以『考察東南民氣、徵集各省意見』爲名，留人在上海守候；一面派專人趕到東京飯田町楊度寓所坐催。當時商定，端、戴留守，載澤等人先回京覆命。

不多幾日，派到日本的專差回來了，攜來一大包文件，奏摺、論說、條陳，一應俱全。其中有個論立憲應從改革官制著手的說帖，端方大爲欣賞；趁戴鴻慈正好不在，將這個說帖悄悄抽下，攫爲己有了。

及至坐輪船到了天津，自然做了北洋衙門的上賓；盛筵既罷，戴鴻慈回行館休息，端方便在袁世凱的簽押房裡，將那個說帖取了出來，說一聲：『四哥，你看這個主張如何？』

袁世凱只一看頭幾行，便很起勁了，『深獲我心！』他拍著大腿說：『我早就有此意了。好些衙門只剩一個空架子，吃閒飯的官兒，虛耗俸祿，還影響了他人的士氣，非徹底改革不可。還有那些都老爺，遇事生風，不辨是非；眞正敗事有餘，成事不足！都察院這個衙門，也該取消。』

『四哥，你沒有細看說帖，看了你才知道，其中妙用無窮。』

聽這一說，袁世凱聚精會神地細看說帖；看到一半，便即明白，原來這個改革官制的辦法，主張採取責任內閣制，內閣總理大臣欽派而提交國會通過，閣員由總理大臣遴選奏請敕命。與日本的內閣，一式無二。如果照此辦法施行，內閣總理大臣當然是慶王奕劻。大權在握，要排去瞿鴻禨方便得很。即使仍爲閣員，上奏是總理大臣一人之事，不必像軍機大臣那樣全班進見，瞿鴻禨亦就無法從中操縱，『挾天子以令諸侯』了。

『這，』袁世凱遲疑地說：『只怕上頭不肯放手。』

『自然要有個說法，才能讓上頭照辦。』

『喔，陶齋，你倒說來我聽聽。』

『我是一條苦肉計，此刻不必細說。四哥，我只問你一句話，如果責任內閣制實行，你願意不願意入閣？』

『這……』袁世凱沉吟著。

『曾湘鄉說過：「辦大事以找替手爲第一」，大老也沒有幾年了。』

『大老』是指奕劻。端方的意思，奕劻告老，必定保薦袁世凱接任總理大臣。意會到此，袁世凱自不免怦怦心動。

『陶齋，你還是先說說，是怎麼一條苦肉計？』

『四哥，如果你打算一輩子在北洋，這條苦肉計使不得，不能自己搬石頭砸自己的腳！』端方說道：『反正要入閣的，就無所謂了，我想覆命時這麼回奏：立憲規模，宜仿日本。至於改革官制，可以裁抑督撫，集權中樞；庶幾無外重內輕之嫌，方爲長治久安之計。』

『這話也沒有甚麼說不得。督撫有權無權，全看自己的作法。』

『那就是了，我準定照此回奏。』

到了京裡，端方先跟載澤見面，將楊度的文件都交了出去，然後提出改革官制之議，作爲他自己的考察心得。

載澤大爲贊成。對於中央官制，他沒有甚麼意見，只覺得藉此『削藩』，是絕妙之計。因此，在五大臣一起回奏考察政治經過時，他跟端方是站在一邊的。不過，端方著重在仿照日本的憲政規制，意思是必得設置責任內閣；而載澤則極力陳述改革地方官制的必要，說是『照此不變，唐朝的藩鎭、日本的藩閥，將復見於今日。』

慈禧太后對立憲一事，本持反感，如今聽了載澤、端方的話，深爲訝異，也改變了過去的想法。立憲是數年以後的事，而以立憲先改官制爲名，削奪洪楊以來積漸而成的督撫權力，尤其是藉此消除了袁世凱手握兵柄，可能形成肘腋之患的隱憂，先就贏了一注，又何樂而不爲？

只是畢竟茲事體大，她覺得如果不細想一想，遽作裁決，未免放不下心；所以一切蔚成風氣，紛紛建言，有關立憲的奏摺，包括袁世凱所奏：『立憲預備，宜使中央五品以上官吏，參與政務，爲上議院基礎；使各州縣名望紳商，參與地方政務，爲地方自治基礎。』的建議在內，一律發交軍機處存檔，不作任何處置。

五大臣環海萬里，考察政治歸來，如果落得這麼一個『無疾而終』的結果，未免於心不甘。尤其是載澤，一方面是面子下不來，一方面正謀大用，全心全意要借考察政治作個直上青雲的梯階，所以更爲焦急。

『澤公，』端方想到了一個說法，但必須是跟慈禧太后極親密的人，才便於進言；而載澤的福晉，是皇后的胞姐，慈禧太后嫡親的內姪女，恰是最宜於進言的人。所以這樣含蓄地建議：『皇太后七旬萬壽，沒有能好好兒熱鬧一番；去年日俄還不曾停戰，東三省在人家手裡，興致差了，想熱鬧也熱鬧不起來。今年可不同了，東三省總算祖宗保佑，一定可以收回；倘或再幹一兩件大得民心的事，錦上添花，今年十月初十的萬壽，可有得熱鬧了。』

果然，載澤遣他的妻子入宮，說動了慈禧太后。第二天便交代軍機，特派醇親王載灃主持，籌商預備立憲事宜。除了軍機大臣、政務處大臣、大學士以外，北洋大臣袁世凱亦在與議的名單之內。

一接到北京的電報，袁世凱專車進京，隨帶兩名幕僚，一個是張一麐；一個是在日本學法律的金邦平。

專車到京，已在午後，先到宮門請安；次謁醇王載灃，然後回北洋公所，端方已等在那裡了。

『四哥，有個很好的機會，可以拿岑三攆到雲南。』端方很興奮地說：『大老特地叫我來跟四哥商量，這個上下家的位子應該怎麼搬才合適？』

原來雲南極西，有個內地人從來沒有聽說過的地名，叫作片馬，爲由緬甸入藏的要地，英國虎視眈眈，想奪片馬的野心，日顯一日。果然以兵戎相見，自然要調一員名將去鎭守；奕劻想藉這個名義，將岑春煊調爲雲貴總督。

這就牽涉到原任的丁振鐸了。倘能對調，自無話說，只是丁振鐸的資望不夠，而奕劻亦不願將兩廣總督這個好缺，便宜了丁振鐸，所以又要牽涉到第三者。

這第三者便是端方。他從上年十二月奉旨調爲閩浙總督，旋即出洋考察，從未履任。丁振鐸以雲貴調閩浙，缺分相當，是適當的安排；端方由閩浙調兩廣，亦無不可，但他意猶未足；因而便又牽涉到第四者：袁世凱的親家周馥。

原來端方志在兩江，希望袁世凱能同意，將周馥由江督轉爲粵督。他的理由是，李鴻章入京議和前，原爲兩廣總督，北洋舊人在廣東的很多，周馥都能籠罩得住。

袁世凱自是欣然同意：『陶齋，兩江是你舊遊之地，此去人地相宜，政通人和，再好沒有！不過，』他說：『這個位要分兩次來搬，才不落痕跡。』

袁世凱的辦法是，周馥跟端方上下家對調；第二次搬位時，端方不動，其餘三家轉個圈，岑春煊去雲貴，丁振鐸去閩浙，周馥去兩廣。

由載灃主持的會議，只召集了兩次，便已定局；奏准兩宮，即時頒發上諭。照例用『欽奉懿旨』開頭，鋪敘慈禧太后深體民心的功德。第一段是由祖宗的規制，談到立憲乃是自強之道，說是『我朝自開國以來，列聖相承，謨烈昭垂，無不因時損益，著爲憲典。現在各國交通、政治法度，皆有彼此相因之勢；而我國政令，積久相仍，日處阽危，受患迫切，非廣求智識，更訂法制，上無以承祖宗締造之心，下無以慰臣庶平治之望，是以前簡派大臣，分赴各國考察政治。現載澤等回國陳奏，深以國勢不振，實由於上下相睽，內外隔閡，官不知所以保民，民不知所以衛國，而各國之所以富強者，實由於實行憲法，取決公論，軍民一體，呼吸相通。博採眾長，明定政體，以及籌備財政，經劃政務，無不公之於黎庶。又在各國相師，變通盡利，政通民和，有由來矣！』

第二段入於正題，決定立憲，而以改官制入手：『時處今日，唯有及時詳析甄核，仿行憲政，大權統於朝廷，庶政公諸輿論，以立國家萬年有道之基。但目前規制未備，民智未開，若操切從事，徒飾空文，何以對國民而昭大信？故廓清積弊，明定責成，必從官制入手。亟應先將官制分別議定，次第更張，並將各項法律，詳愼釐訂，而又廣興教育，清釐財政，整頓武備，普設巡警，使紳民明悉國政，以預備立憲基礎。著內外臣工切實振興，力求成效，俟數年後規模粗具，查看情形，參用各國成法，妥議立憲實行期限，再行宣佈天下，視進步之遲速，定期限之遠近。著各省將軍督撫，曉諭士庶人等，發憤爲學，各明忠君愛國之義，合群進化之理；勿以私見害公益，勿以小忿敗大謀。尊崇秩序，保守和平，以預儲立憲國民之資格，有厚望焉！』

只隔得一天，派定『更定官制』的『編纂』人員，以鎮國公載澤爲首，以次是東閣大學士世續，體仁閣大學士那桐，協辦大學士榮慶，商部尙書載振，吏部尙書奎俊，戶部尙書鐵良、張百熙，禮部尙書戴鴻慈，刑部尙書戴寶華，巡警部尙書徐世昌，工部尙書陸潤庠，左都御史壽耆。部院堂官中獨缺兵部，卻補上一個北洋大臣袁世凱，意思便是當他兵部尙書了。

同時又規定兩江、湖廣、陜甘、四川、閩浙、兩廣諸督，『選派司道大員來京，隨同參議。』而『總司核定』之責者，派了慶親王奕劻、文淵閣大學士孫家鼐、協辦大學士軍機大臣瞿鴻機。

看了這道上諭，袁世凱心裡不免抑鬱，儘管北洋權重，到了京裡卻只能陪部院大臣末座；與『總司核定』的瞿鴻機一比，更覺見絀。不過，他也有値得安慰之處，第一是端方與周馥對調的上諭，已見明發；排岑的計畫，初步實現了。其次『編纂官制局』的提調，照他所提名，派的是孫寶琦與楊士琦。他的隨員張一麐、金邦平，還有他所欣賞的曹汝霖，都被派爲『編纂員』。

『編纂官制局』設在海淀的朗潤園。頭一次集會，由載澤主持，先議辦事章程；提調已擬了個說帖。分立法、司法、行政三部；先議中央，後議地方。載澤唸完了這個說帖，環視問說：『諸公有意見，請提出來！』

類此會議，照例以官位大小，定發言先後，世續對『立憲』不但不感興趣，亦弄不清楚是怎麼回事、用鼻煙壺指一指那桐說：『琴軒，你說一點兒甚麼吧？』

那桐要說的話，卻不止『一點兒』——前一天在慶親王府密議，已商定了策略，由他來對付載澤；所以此時從容不迫地說：『立憲是所謂「三權分立」，不過，立法在目前還談不到，所以我主張只分「司法」、「行政」兩部就可以了。』

『不錯！』載澤點點頭。

『其次，』那桐又說：『上諭說的是「操切從事，徒飾空文，何以對國民而昭大信？」意思是應該早早見諸實行，始足以昭大信；如果遷延日久，與「徒飾空文」沒有甚麼兩樣。倘或草草議定，又不免犯了「操切從事」之戒。所以，我主張目前只議中央官制，因爲地方官制由督撫到未入流的典史，官制複雜瑣碎，只怕一年也議不完。如果只議中央官制，以兩月爲期，在皇太后萬壽以前，核定頒佈，成爲朝廷曠代的恩典，豈不甚好？』

這番說詞，明眼人都看得出來，是在維護北洋大臣的權力；無奈說得振振有詞，不易駁倒，何況又有慈禧太后萬壽這頂帽子扣在上面，更叫人動彈不得，唯有同意。

『再有件事，』那桐又說：『新官制的編纂，下有司員，又有提調；上面有三位總司核定的王大臣，我輩居中，承上啓下，如果每次都要集會才能定案，未免曠時廢事，得要定個總其成的章程才好。』

『這無非兩個辦法。』鐵良接口說道：『一個是推定專人，一個是輪流值日。』

『輪值似乎不妥。』那桐慢條斯理地說：『這不比帶領引見，可以由各部堂官值日，反正只要禮節不錯就行了。但編纂官制，是整套的東西，前後銜接，錯不得一點；倘或一案出來，頭一天值日的看不完，第二天值日換了個人，別生意見，第三天又有別樣主張，這豈不是讓下面的人爲難？』

『中堂說得是！』鐵良自動撤回原議，『輪流值日的辦法行不通。』

『可還有第三個辦法？』載澤問說。

大家都不說話，便確定了『推定專人負責』的宗旨，接下來就要公推這個『專人』了。

『我要言之在先，』世續忽然開口：『我內務府的公事實在忙不過來，諸公公推，請把我先剔除在外。』

『我看，』徐世昌故意先推載澤，『領袖群倫，自然是澤公！』

『澤公有御前的差使！』載振說了這麼一句；語氣中不贊成，但也並不表示反對，只像是提醒。提醒了載澤本人；就在這天方有上諭：『御前大臣禮親王世鐸，於出入扈從，並不跟隨，殊屬非是！著開去御前大臣差使。鎮國公載澤加恩著在御前大臣上學習行走。』這是大用的徵兆，載澤自然要巴結。再按實情來說，世鐸既因『出入扈從，並不跟隨』而開缺，載澤便當格外警惕，扈從左右，片刻不離才是。

這個道理很簡單，不必等載澤自己開口，便知他絕無法來負專責。於是那桐在載澤辭謝以後說道：『我看，在座的，都有本身的公事分不開身，只有慰庭是例外。』

『對了！』世續對立憲不表興趣，而對袁世凱卻有好感，所以附和著說：『慰庭本是奉旨特召來京議官制的，正該專負其責。』

編纂員共十七個，皆是一時之選；而大部分是調自外務部與商部的東西洋留學生，風頭最健的四個，號稱『四大金剛』：汪榮寶、章宗祥、陸宗輿，還有個曹汝霖。

這四個人都是日本留學生，學的是法科，論到憲政，當然以孟德斯鳩三權分立為堅執不移的宗旨。立法還談不到，唯有暫設資政院，備皇帝顧問，作為國會的代替。行政、司法兩者，堅持依照憲政常規，釐訂官制，不稍遷就。

先是司法獨立，便有人大表反對，認為侵削了行政權；而行政採取責任內閣制，倒沒有多少人反對——也不是沒有人反對；總司核定的孫家鼐和瞿鴻機，早就與以載灃、載澤爲首的親貴，取得了協議，另有釜底抽薪之計，此時不必反對。

內閣之下爲各部院，『四大金剛』遞了一個說帖，認爲『名爲吏部，但司籤掣之事，並無銓衡之權；名爲戶部，但司出納之事，並無統計之權；名爲禮部，但司典儀之事，並無禮教之權；名爲兵部，但司綠營兵籍、武職升轉之事，並無統馭之權。名實不副，難專責成。』主張裁撤歸併。

說帖由提調轉到袁世凱那裡，因爲切中積弊，言之成理。當然批示『照辦』。

哪知消息一傳，流言四起。那桐趕到朗潤園，神色張皇地向袁世凱說道：『慰庭，你住在園裡不知道，外面對你很不諒解呢！』

『喔，』袁世凱是不在乎他人諒解不諒解的，很沉著地問：『是爲甚麼？』

『你不記得戊戌那年，爲了裁通政司、光祿事、鴻臚寺等等衙門，鬧出軒然大波？那些衙門的官兒，如今都認爲你有意要敲掉他們的飯碗，群情憤慨，怕要出事。』

『這話我就不懂了！如果不是這麼實事求是來編纂官制，我們來幹甚麼？』

一句話將那桐堵得好半晌開不得口。

『哼！』袁世凱微微冷笑：『反正惡人是做定了，索性做個徹底；只怕都察院也要裁。』

『這，慰庭，』那桐神色越顯惶惑，『你可得三思而行！你說吏、禮兩部名實不副，很有些正途出身的老輩在罵你，怎麼還可以得罪言路。』

『我是按照憲政常規行事。三權分立，監察是議院之權，何需單獨設立都察院。只要言之成理，持之有故，得罪言路我不怕！』

這幾句話傳了出去，對袁世凱不滿的輿情，如火上澆油，越發熾烈。而住在朗潤園中，對外面情形，多少有些隔膜，只是敢作敢爲而已；在發知單召集下次的會議，註明議題是研究都察院當裁與否。

會議那天，載澤未到，託病的也很多。

與會的人則在聽了袁世凱的意見之後，面面相覷，不發一言。

就在這難堪的沉默中，陸潤庠掏出一封信來，慢條斯理地說道：『我剛接到壽州相國的一封信，唸來請大家聽聽。』

『壽州相國』是指孫家鼐，他的信很短。警句是：『台諫爲朝廷耳目，自非神奸巨慝，孰敢議裁？』

一聽這兩句話，袁世凱如兜頭挨了一悶棍，神色大變；不但開不得口，頭都抬不起來了。

『壽州相國』是咸豐九年的狀元，距離作爲中國一千三百年科舉結局的光緒甲辰正科，已有二十科之久。

在士林中，眞正是十三科之前的『老前輩』，自李鴻藻、翁同龢下世以後，隱然冠冕群倫，爲清班的領袖。

經他這一罵袁世凱爲『神奸巨慝』，等於登高一呼。言路上本就因爲袁世凱膽敢擅議裁都察院，將他恨之切骨；此刻有『壽州相國』的號召，自然下手痛擊了。

大概自和珅、穆彰阿敗事以來，從未有這麼多『白簡』指向一個人；幾乎是眾口一詞，說袁世凱議裁台諫，志在削朝廷的耳目，居心叵測，殆不可問。措辭激烈的，甚至指他『謀爲不軌』。

袁世凱到底覺得言路可畏了，但還力持鎮靜，在朗潤園中，不動聲色。

張一麐少年新進，不免害怕，便悄悄地向袁世凱提出忠告，應該速謀補救之計。因爲外面的流言甚盛，說京城裡怕會激出變故，釀成暴亂。膽子小的人，鑒於義和團之禍，甚至帶了川資在身，爲的是一看情況不好，連家都可不回，逕自出城避亂。

到了晚上，唐紹儀微服相訪，勸袁世凱趕快出京。

可是，他是奉旨進京的，不奉旨又何能出京？

正在相顧束手之際，軍機處派了人來通知：第二天一早，慈禧太后在頤和園召見。

『袁世凱，你鬧得太離譜了！』慈禧太后從御案上抓起一束白摺子，揚一揚說：

『你看見沒有，參你的人有這麼多！』

『臣死罪！不過，言路上……』

『不要再辯了！』慈禧太后厲聲說道：『趕快回任！參你的人太多，我亦沒法子保全你了！』

『是！臣遵懿旨！』袁世凱『咚、咚』地碰了幾個響頭。

這個釘子碰得不輕！袁世凱形容慘淡地回到朗潤園，都有些怕見人了。館中有那得到風聲的，免不了私下議論，一傳兩，兩傳四，都知道袁宮保栽了大跟斗。孫楊兩提調，原以爲袁世凱必會立即找他們去商議，誰知竟無動靜；孫寶琦還能忍得住，楊士琦卻認爲不能聽其自然。

『慕韓，』他說：『總得找項城去問一問吧？是怎麼回事？』

『還不是很明白的一回事，親貴、權要、言路，都欲得之而後快，偏偏項城又不肯收斂。如今正在風頭上，碰都碰不得。』

『不碰也得有個不碰的辦法，走！』楊士琦拉著他說，『去看看！』

『慢慢！去了就得有辦法拿出來，先想停當了再說。』

楊士琦想了一下說：『這件事少不得東海，他的作用很要緊。先送個信進城，請他趕緊來。辦法我有，且先見了項城再說。』

『東海』是指徐世昌，他的身分地位也到了可以用郡望、籍貫作代名的時候了。孫寶琦也認爲這件事非跟徐世昌商量不可，當即派人進城送信；然後與楊士琦一起到了袁世凱所住的那個院落，剛進垂花門就看到一個矮胖的背影，在走廊上負手蹀躞、腰彎得很厲害，彷彿背上不勝負荷似的。

『呃哼！』楊士琦特意作了一聲假咳嗽。

袁世凱聞聲回身，看了一下沒說話，轉身往裡而去；孫、楊二人隨即默默地跟了進去。

『你們都知道了吧？』

『聽說了。』孫寶琦的聲音中，不帶任何感情。

『沒有甚麼！』楊士琦是很不在乎的態度，『責任負得重了，不免有這樣的遭遇。從前李文忠、恭忠親王都經過的，到後來還不是慈眷優隆。』

『後來是後來！』袁世凱說：『眼前先要保住面子才好。首先，我怎麼才能回任，這個摺子該怎麼措辭，我就想不出。』

『不！』楊士琦立即接口：『絕不能自請回任。得想法子弄個冠冕堂皇的理由，明發上諭派宮保出京。』

『啊，啊！』袁世凱精神一振，『想個甚麼理由呢？』

『這得問問東海，看軍機處有沒有甚麼大案要派人去查辦。』

『已經著人去請東海了。』孫寶琦接著楊士琦的話說。

『如今最要緊的一件事，是言路上要想法子趕緊安撫。』楊士琦說：『只要此輩肯放鬆一步，我想老太后亦必不爲已甚的。』

『說得是！』袁世凱深深點頭，『上頭的意思，亦是因爲言路上太囂張，怕壓不下去，所以要我避一避。看樣子，倒並不是要跟我爲難。』

『還有，』孫寶琦說：『親貴的讒言，也不可不防。』

『這還在其次。杏城的話不錯，如今以安撫言路爲先。』袁世凱說：『菊人以翰苑前輩的資格，出來打個招呼，應該是有用處的。』

『是的，我也是這麼想。』楊士琦又說：『還有一位也有用處，陶公以地方長官的身分，拿江蘇、安徽、江西三省的京官通請一請，想來大家不能不買他們這位「老公祖」的帳吧！』

『嗯，這個主意好！杏城，就煩你跟陶齋說一說，或者請客的事，就煩你替他提調。』

『吃喝玩兒，陶公哪樣不精通，何用我替他提調？我馬上告訴他就是。』

『好！』袁世凱覺得心情比較舒暢了些，定神想了一下說：『照你們看，新官制甚麼時候可以議定？』

『那難說。只要都察院不裁，吏、禮兩部一仍其舊，我想，』孫寶琦估計著說：『大概九月中旬，一定可以完工。』

原來袁世凱還希望在官制議定之時，能夠參與，如果此事定案在十月初，則藉爲慈禧太后祝嘏的名義，再次進京，託慶王奕劻相機進言，能再到朗潤園來住幾天，說來始終其事，已失的面子便可挽回。如今聽說九月初即能定局，就得另想別法了。

這個法子要徐世昌來想。他細細思索了最近軍機處收到的摺報，並無重大事故，可派袁世凱出京處理；最後，仍是袁世凱自己悟得一策。

『我想今年來一次大規模的秋操，跟鐵寶臣一起出京校閱。菊人，你看如何？』

徐世昌本性持重，又學了榮祿的訣竅，凡有重要事故，哪怕一言可決之事，亦必先通前徹後考慮過，此時垂眼靜思好一會，方始開口。

『這個脫身之計很好！不但冠冕堂皇，而且可有所表。不過，』他放低了聲音說：『慰庭，從前年大將軍有個故事，你總聽說過？』

『年羹堯的故事很多，不知老兄指的是哪一個？』

『他班師回京的故事。』

袁世凱思索了一下，搖搖頭說：『倒沒有聽說過。』

據說雍正即位以後，召年羹堯自青海班師；雍正親自郊迎，目睹軍容如火如荼，極其壯觀，心內已生警惕。其時正逢盛夏，雍正爲示體恤，傳旨命士兵卸甲休息，誰知年羹堯的部下，置若罔聞。後來年羹堯本人知道了，謝恩過後，從懷中取出一面小旗，晃動了幾下，頓時歡聲雷動，卸甲如山。雍正心想，聖旨不及軍令，如果年羹堯此時有篡位之心，自己的性命必已不保，所以從此一刻起，便下決心要殺年羹堯。

聽徐世昌講完這段故事，袁世凱憬然有悟，『你是說上面想收兵權？』他問。

『是的！』徐世昌答說：『親貴的疑忌之心，由來已非一日。不過本來能拖還可以拖，如今舉行大規模的秋操，鐵寶臣一看那種情形，回來一說，不把澤公他們嚇壞了？』

聽得這話，袁世凱既安慰，又傷心，『誠然！』他說：『我這六鎮北洋新軍，自信在海內已是所向無敵，也難怪他們疑忌。此事遲早會發作，拖亦不必拖，等秋操過後，我們好好再商量。』

『既然你決定這麼做了，明天我跟慶邸、子玖去說，一奏必准。可是總也得有個辦法啊！』

『那好辦！今天是來不及了，明天晚上就有辦法交給你。』袁世凱喚人將張一麐請了來，『請你打個電報給仲遠，現在要舉行一次大規模的秋操，請他作個初步籌劃。明天一早，請他專車進京，等著他的辦法出奏。』

張一麐答應著走了。袁世凱便又談如何疏通言路，特別要籠絡東南各省的京官。徐世昌一諾無辭，起身說道：『我得趕進城去，把這些辦法，先跟慶邸、陶齋去說一說。仲遠一到，立刻通知我。』

『仲遠』姓言，名敦源，是孔門高弟子游的八十一世孫，世居常熟。言敦源從小隨父宦遊直隸，是桐城派古文名家吳汝綸的得意弟子，亦頗受翁同龢的賞識；無奈才氣雖高，場運不佳，以監生的身分，六試北闈不第。光緒二十三年，袁世凱在小站練兵，爲了巴結翁同龢，多方設法接近，便將言敦源羅致入幕。本意要借他作一條結交『常熟相國』的通路；誰知成了徐世昌須臾不可離的左右手。

徐世昌是袁世凱在小站的幕僚長，差使的名稱叫作『總辦參謀營務處』，一切規章制度，都需出自這一部門。雖有從德國與日本翻譯過來的《步兵操典》、《陣中勤務令》之類，但文字生澀，不可卒讀。徐世昌日坐愁城，不知如何措手，聽說言敦源是保定蓮池書院的高材生，便姑且將這一堆『天書』交給他去整理。言敦源細心尋繹文氣，不懂之處找原譯者去請教，通得其意，另行改寫，結果不但通順，而且精要。

徐世昌大喜過望，袁世凱亦傾心相許。兩人與年未三十的言敦源函札往來，不是稱『仲兄』，便是稱『遠公』，尊禮始終不替。

戊戌告密，袁世凱一躍而爲山東巡撫，言敦源自然是必攜的僚佐；他的官銜是『武衛軍右翼參贊』，與宿將龔元友共守義和拳不敢越雷池一步的德州。及至袁世凱從李鴻章督直，言敦源亦已保升到了道員，充任督練公所兵備處總辦。

從回鑾至今，又已五年的工夫，北洋大將王士珍、段祺瑞、馮國璋、曹錕等人，都因爲賞給『副都統』銜，換上了紅頂子。袁世凱覺得不能委屈言敦源，特意保他署任大名鎭總兵；以文員而任鎭守方面的武職，一破成例。言敦源頂戴已換，尚未上任，一接到張一麐的電報，隨即專車到京，大規模秋操的腹案，在火車中便已擬定了。

這天，袁世凱已遷回北洋公所，等言敦源一到，一面通知徐世昌，一面先談起來。言敦源聽他說完，隨即振筆疾書；及至徐世昌應邀趕來，他的秋操計畫綱要，已經脫稿了。

『慰庭，有道上諭你看看！』

這道上諭不到三十個字：『以岑春煊爲雲貴總督，調周馥爲兩廣總督，丁振鐸爲閩浙總督。』

袁世凱看完，隻言不發，只說：『菊人，你看看仲遠的辦法。』

徐世昌接來一看，只見寫的是：『查會操宗旨，在使各軍官之調度指揮，各軍士之動作服習，一一實驗；而平日督練之成績，各部伍教育之程度，亦得粲然畢備，殿最分明。東西各國不惜繁費，歲歲舉行者，誠以多一次戰役，必多一次改良；經一次合操，必增一次經驗，非苟然也！』

『很好！』徐世昌深深點頭，『說得很動聽。』

『你再看下面。』袁世凱說：『還有好文章。』

徐世昌接著往下看：『上年徵調近畿陸軍各鎮，會操河間，風聲所樹，固已聳動環球；此次若能舉南北數省之軍隊，萃集一地而運用之，使皆服習於中央一號令之下，尤爲創從前所未有，允足繫四方之觀聽。』

『不錯，說得好！隱然有耀武揚威之意，皇太后一定中意。』徐世昌放下計畫綱要，望著言敦源說：『看不如聽！仲遠，我聽你講。』

『先談編制，想分南北兩軍對抗。北軍抽調山東的第五鎮、南苑的第六鎮、直隸的第四鎮以及京旗第一鎮的兵力，合編而成；南軍以湖北第八鎮全軍及河南的混成協合組。總人數三萬四千。』

『我想，南皮一定贊成。』徐世昌笑道：『他也早就躍躍欲試了。兩軍的統制，南軍當然是丫姑爺；北軍呢？』

袁世凱與言敦源都笑了。所謂『丫姑爺』是指湖北新軍的首腦張彪，他的妻子是張夫人的丫頭，認作乾女兒，所以張彪有『丫姑爺』的外號。

『北軍統制！』袁世凱徵詢著，『段芝泉如何？』

『我贊成！』徐世昌說：『綜理這次會操的一切事務，自然非仲遠莫屬。』

『仲遠，』袁世凱問道：『你的意思怎麼樣？』

『義不容辭。』

『那好！就這樣定案。我與慶邸、子玖都談過了，無不同意。』

果然，一奏便准，而且慈禧太后頗爲嘉許。那些『都老爺』見此光景，自覺佔了上風；加以徐世昌與端方的疏通，亦就不爲已甚。

袁世凱一出京，編纂新官制就順利了，到了八月底，大致已經定局。徐世昌因爲袁世凱希望始終其事，便替他在瞿鴻機面前活動；同時說動鐵良，奏請頒發『閱兵大臣』關防，並召袁世凱陛見，面諭此次會操應該如何認眞辦理，以示朝廷整軍經武，重振雄風的期望。慈禧太后一一照准，於是，袁世凱九月初一重新進京。

九月初二召見，談會操以外，少不得也要談到新官制。袁世凱不敢多說，而奕劻則乘機面奏：袁世凱亦係奉旨共同編纂的大臣，可否趁他請訓之便，讓他細看一看草案，如有不盡之處，還來得及改正。

這亦並無不可，慈禧太后同意了。於是，奕劻以『總司核定官制』的資格，在朗潤園召集一次會議；名爲審定，其實只是讓袁世凱亮個相。而袁世凱則早就發了請帖，在北洋公所設宴款待編纂官制局的同事，上自王公，下至錄事，一視同仁，無不邀請。

這樣的場合，設宴照例演劇，但應傳的戲班，不是徽班，不是秦腔，而是『春柳社』的新劇，俗稱『文明戲』，戲名叫作《朝鮮烈士蹈海記》。

這齣戲的劇情是：朝鮮的頑固黨爭名奪利，搞得烏煙瘴氣。有一烈士對頑固大臣進言，以爲朝鮮如不變法，即將亡國；頑固大臣只顧既得利益，不肯改革。有一大臣調停其間，一面勸烈士不宜魯莽；一面勸大臣，強敵當前，如不變法，何以圖存？大臣不聽。其後日本進兵，朝鮮王被迫退位；烈士痛哭流涕地演說了一場，跳海而死。

這齣戲當然是意有所指的。演員都經指點，悟得其中之意，演來絲絲入扣，十分感人。文明戲中，照例有個重要角色，名爲『言論老生』；扮演蹈海的烈士，那場演說，慷慨激昂，聲容並茂，席間確有人感動得掉眼淚，而袁世凱卻始終保持笑容，是報復的快意使然。

彰德會操一共舉行了四天。第一天操練馬隊，第二天南北兩軍『遭遇戰』，第三天考驗士兵的戰技，第四天大閱。中午大宴中外參觀賓客及兩軍將佐；第五天袁世凱就回天津了。

一到便接得報告，載振與徐世昌奉旨出關『查辦事件』。原來東三省地大物博，一向富庶，苛捐雜稅甚多；自從由日、俄兩國接收過來，派趙爾巽爲奉天將軍以後，他任用了一個當過廣西巡撫，素以精刻知名的揚州人史念祖整頓稅務。這一來，上下其手的蠹吏貪客，大感不便，因而策動了一個工科給事中張世培奏上一本，倒也沒有太離譜的攻擊，只說奉天捐稅煩苛，商民頗以爲苦。其時已決定東三省將改行省。趙爾巽本已內定爲第一任總督，如今有此一奏，慈禧太后決定派人去看看。奕劻內舉不避親，主張派載振去查辦；因爲苛稅病商，自與商部有關。而況，所查的是封疆大吏，向例不是派大學士，便是派親貴，載振的身分亦相符合。

不過，載振到底更事不多，還得派一個老成人作爲輔佐，而徐世昌看出新官制一施行，軍機處有大更動，自己不一定還能保得住眼前的位子，不如出關去看看，有何機會。所以向奕劻自告奮勇，瞿鴻機亦不反對，事情便定局了。

接待欽差，在地方官是件大事，何況載振又是換帖弟兄，袁世凱覺得於公於私，都必得格外盡心才好，所以指定督練公所參謀處總辦段芝貴，專爲載振辦差。

段芝貴別無所長，只是善於侍候貴人。他在天津聲色場中，是個闊客，袁世凱是知道的；而載振是頭號紈袴，更是人所皆知。然則派段芝貴爲載振辦的差使是甚麼？亦就彼此心照不宣了。

於是，段芝貴特意去找一個朋友。此人是長蘆的鹽商，捐了個兵部候補郎中的官銜，名叫王錫瑛，字益孫，跟段芝貴一起玩兒，結成臭味相投、彼此利用的好朋友。當時便將袁世凱交辦的任務，細說了一遍，問王錫瑛：『有甚麼好主意，能讓振貝子玩兒得痛快？』

『振貝子喜歡甚麼？』

『他？』段芝貴突然想起來了，『從前有個謝珊珊，你知道吧？』

『不是唱髦兒戲的嗎？』

向來伶人皆爲男角，俗稱『相公』，又稱『像姑』。洪楊以後，始有女伶，起於上海，稱之爲『髦兒戲』。謝珊珊是蘇州人，以伶而妓，三、四年前在京城裡很紅過一陣子。

『不錯！』段芝貴說：『謝珊珊唱過髦兒戲，還跟振貝子配過戲。』

『著！』王錫瑛猛然一拍腦袋，『怎麼這檔子事就會想不起來？』

他想起的是三年前，出在北京東城餘園的一件新聞。餘園本是慈禧太后同族，做過兩廣總督的瑞麟的舊居；庚子之亂遭了災，荒廢不復可住。及至回鑾以後，市面漸漸恢復，東城修了大馬路，起了大洋樓，繁盛勝於往時；於是有人買下餘園，修葺樓台，補植花木，開了一家大館子。載振是餘園的常客，經常在那裡流連終日；也經常邀了一班少年親貴在那裡串戲，『侗五爺』溥侗、『七爺』載濤的玩藝是連內行都佩服的。每逢彩串，常有名角來把場；如果遇到肅親王善耆粉墨登場，那就更熱鬧了，起碼有四五個名角到後台來『侍候』。

看看鬧得太過分了，台諫之中頗有人表示憤慨；恰好載振跟謝珊珊合演了一齣《彩樓配》，便有位『都老爺』張元奇上摺參劾，上諭飭載振自加檢點。餘園風流，頓時消歇，謝珊珊不知所終；載振每一提起來，總有餘憾莫釋之慨。

『振貝子不喜像姑，那好辦！』王錫瑛說：『我已經看中一個人了，就怕段三爺你老心裡覺得不是味兒。』

這一說，段芝貴知道他指的是誰，反唇相譏地笑道：『莫非你心裡就不犯酸？』

原來段、王二人都捧一個叫楊翠喜的坤伶。這楊翠喜是畿南文安人氏，從小父母雙亡，爲族叔賣給一家姓楊的作養女，取名楊翠喜。這姓楊的是戲班子裡的『文場』，其時正當髦兒戲開始風行，便將楊翠喜送去學戲，應的花旦這一行。

到得十六七歲，楊翠喜出落得玉立亭亭，色勝於藝。喜歡聽髦兒戲的，本就選色重於徵歌，因此，楊翠喜在天津天仙茶園，露演未幾，便即大紅大紫。捧她的客人，不知凡幾；但論貴則段芝貴，論富則王錫瑛。有此兩人護法，他人便只好望而卻步了。

段、王雖同捧楊翠喜，卻並不爭風吃醋；這是因爲楊翠喜受了養母的教，手腕頗爲高明，對兩人都是不即不離，若拒若迎，而又銖兩相稱，不讓誰覺得受了委屈，而又總存著一個遲早得親薌澤的想頭，才得以相安無事。

也就因爲如此，王錫瑛出這麼一個主意，段芝貴心裡不會犯酸。不過，他也不願將可居的『奇貨』輕易『脫手』，思量著得好好把握這個機會，從載振身上，大大地弄一注好處。

『段二爺，我們買賣人是發了財才升官，你老是貴人，就得升官，才能發財。何不弄個督撫做做？』

段芝貴心想王錫瑛畢竟是商人，對宦途經歷，不甚了了。一個候補道想一躍而爲督撫，簡直是在作夢！就算是實缺道員，亦得先放臬司，再轉藩司，經過『監司』這個階段，才有升爲巡撫的希望。當然，這話可以不必跟他說；丟開一邊，只談如何侍候得振貝子稱心如意。

就在載振與徐世昌到達天津的前一天，新官制案正式見諸上諭。事先，已有電報預告，所以袁世凱關照，電旨一到，隨即譯送。由於這是清朝開國，至少是雍正七年設立軍機處以來，破天荒的大舉措，所下上諭長達三千言；抄碼譯文，頗費工夫，只能一段一段送閱。

這道上諭分爲兩部分，前面是總司核定的奕劻、孫家鼐與瞿鴻禨的會奏，引敘共同編纂新官制的上諭之後，先有一段頌聖表功的引敘：

仰見皇太后、皇上力拯時艱，通變宜民之至意，率土臣庶，感頌同聲；實中國轉弱爲強之關鍵。茲事體大，臣等仰稟聖謨，總司核定，斷不敢草率從事，亦不敢敷衍塞責。月餘以來，准釐定官制大臣載澤等陸續送到草案，臣等悉心詳核，反覆商榷，間有未協，次第更定。京內各官，現已竣事。

緊接著是談改定官制的準則，以及現行官制的缺失：

竊維此次改定官制，既爲預備立憲之基，自以所定官制與憲政相近爲要義。按立憲國官制，立法、行政、司法三權並峙，各有專屬，相輔而行。其意美法良；則諭旨所謂廓清積弊，明定責成，兩言盡之矣！蓋今日積弊之難清，實由於責成之不定，推究厥故，殆有三端：

一則權限之不分。以行政官而兼有立法權，則必有藉行政之名義，創爲不平之法律；而爲協輿情，以行政官而兼有司法權，則有徇平時之愛憎，變更一定之法律，以意爲出入。以司法官而兼有立法權，則必有謀聽斷之便利，制爲嚴峻之法律，以肆行武健，而法律寖失其本意。舉人民之權利生命，遂妨害於無形。此權限不分，責成之不能定者一也。

一則職任之不明。政以分職而理，謀以專任而成。今則一堂而有六官，是數人共一職也，其半爲冗員可知；一人而歷官各部，是一人更數職也，其必無專長可見。數人分一任，則築室道謀，弊在玩時；一人兼數差，則日不暇給，弊在廢事。是故賢者累於牽制，不肖者安於推諉。是職任不明，責成不能定者二也。

第一次送來的電文，到此爲止。袁世凱與張一麐各推敲久久，認爲大端之一的『權限不分』，講司法獨立，或可邀准；大端之二『職任不明』這一條就很難說了。

顯然的，說『一堂而有六官，其半爲冗員』，則各部滿漢兩尚書、四侍郎定會裁掉一半；平空敲掉許多人的飯碗，必定有人切齒痛恨地在罵，『始作俑者，其無後乎？』袁世凱倒有些失悔於鼓吹改官制一舉了。

第二次送來的電文，接敘大端之三：

一則名實之不副。名爲吏部，但司籤掣之事，並無銓衡之權。名爲戶部，但司出納之事，並無統計之權。名爲禮部，但司典儀之事，並無禮教之權。名爲兵部，但司綠營兵籍，武職升轉之事，並無統御之權。是名實不副，責成之不定者三也。

有此三積弊，因此釐定官制，即以『清積弊、定責成』爲指歸。首先是『分權以定限』，除立法暫設資政院外，行政、司法兩權的區分是：

行政之事，則專屬之內閣各部大臣。內閣有總理大臣，各部尚書亦爲內閣政務大臣，故分之爲各部，合之皆爲政府，而情無隔閡；入則同參閣議，出則各治部務，而事可貫通。如是，則中央集權之勢成，政策統一之效著。司法之權，則專屬之法部。以大理院任審判，而法部監督之，均與行政官相對峙，而不爲所節制。此三權分立之梗概也。此外有資政院以持公論，有都察院以任糾彈，有審計院以查濫費，亦皆獨立，不爲內閣所節制，而轉能監督閣臣，此分權定限之大要也。

司法果然獨立了，看樣子，上諭必會允准；但內閣制，則在未定之天。

袁世凱急於想知道結果，無奈原奏還有『正名以核實』與『分職以專任』兩大條，不能不耐心看完：

次正名以核實。巡警爲民政之一端，擬正名爲民政部。戶部綜天下財賦，擬正名爲度支部，以財政處、稅務處併入。兵部徒擁虛名，擬正名爲陸軍部，以練兵處、太僕封併入，而海軍部暫隸焉。既設陸軍部，則練兵處之軍令司，擬正名爲軍諮府，以握全國軍政之要樞。刑部爲司法之行政衙門，徒名曰刑，義有未盡，擬正名爲法部。商部本兼掌農工，擬正名爲農工商部。理藩院爲理藩部，太常、光祿、鴻臚三寺，同爲執禮之官，擬併入禮部。工部所掌半已分隸他部，而以輪路郵電併入，擬改爲郵傳部。此正名核實之大要也。

次分職以專任。分職之法，凡舊有各衙門與行政無關係者，自可切於事情，首外務部、次民政部、次度支部、次禮部、次學部、次陸軍部、次法部、次農工商部、次郵傳部、次理藩院。專任之法，內閣各大臣同負責任；除外務部載在公約，其餘均不得兼充繁重差缺。各部尚書只設一人，侍郎只設二人，皆歸一律，至新設之丞參，事權不明，尚多窒礙。故特設承政廳，使左右丞，任一部總匯之事。設參議廳，使左右參議，任一部謀議之事。其郎中、員外郎、主事以下，視事務之煩簡，定額缺之多寡，要使責有專歸，官無濫設。此分職專任之大要也。

看完這兩條，袁世凱不由得脊梁上一陣一陣發冷，知道親貴疑忌與瞿鴻禨的有意作對，都非傳言，而是信而有徵了。

所謂『除外務部載在公約，其餘均不得兼充繁重差缺』這句話，明明是說，除了他本人仍舊可以當軍機大臣以外，其餘都不能以尚書在軍機大臣上行走了。徐世昌出軍機，已是勢所必然，究其實際，袁世凱認為是為了要翦除他的羽翼。而『正名以核實』這一條，更是專門指著他而來的。

他算了一下，除直隸總督的本缺以外，他還有九個銜頭；如今大部分都不保了。練兵處併入陸軍部，當然不再有『會辦大臣』的名目；新設郵傳部，而以輪路郵電併入，這就一下子去了『鐵路』、『電政』兩個『督辦大臣』的銜頭。最可憂的是，海軍部暫隸陸軍部，則南北洋大臣的名義，或許都會裁撤。

想到這裡，心亂如麻，只得暫且丟開，再看下文。

下文是上諭了。仍用『欽筆懿旨』開頭，首先談軍機處，說它是『行政總匯』，在『雍正年間，本由內閣分設』——這『行政總匯』、『內閣分設』八字，與『內閣總理大臣』這個銜頭，針鋒相對，包得緊緊地，袁世凱的心更涼了；寄託於新官制，能繼奕劻而獨柄大政的希望，到此已可確定，是完全落空了！

果然，上諭明示：軍機處『相承至今，尚無流弊，自毋庸編改內閣。軍機處一切規制著照舊行。其各部尚書，均著充參與政務大臣，輪班值日，聽務召對。』

最使得袁世凱不服的是：『除外務部堂官員缺照舊外，各部堂官均改設尚書一員，侍郎二員，不分滿漢。』此外還有相關的上諭五道：

第一道：『各直省官制，著即行陸續編訂，妥核具奏。』

第二道：『此次裁缺之堂官，均著以原品食俸，聽候簡用。』

第三道：『此次改定官制，除民政部、學部、農工商部尚書、侍郎均毋庸更換外，吏部尚書仍著鹿傳霖補授；度支部尚書著溥頲補授；禮部尚書仍著溥良補授；陸軍部尚書著鐵良補授；法部尚書著戴鴻慈補授；郵傳部尚書著張百熙補授；理藩部尚書著壽耆補授；都察院都御史仍著陸寶忠補授。』

第四道：『鹿傳霖、榮慶、徐世昌、鐵良均著開去軍機大臣，專管部務。』

第五道：『慶親王奕劻、協辦大學士外務部尚書瞿鴻禨均著仍爲軍機大臣；大學士世續著補授軍機大臣。』

其時有好些幕賓集中在袁世凱的簽押房內，傳觀著一道一道的上諭；等袁世凱看完，大家亦隨即看完了，面面相覷，表情凝重，每個人心頭都似有一塊鉛壓在那裡，透不過氣來似地難受。

『大清朝的氣數，只怕要盡了！』袁世凱的聲音低沉而帶嘶啞，『我沒想到，改官制改成這個樣子！』

『改官制是爲立憲作預備，最主要的是建立責任內閣制度；這一點不能實現，精神全失。』金邦平憤憤地說：『我們都讓人利用了。』

『是的。』袁世凱說：『我們讓人利用了。而利用我們的人，又是讓人家給利用了！只圖保一己的祿位，斷送了漢人上進之路。天下只怕從此要多事！』

大家或多或少地明白，他所指的是瞿鴻機。此中恩怨，只有他們自己明白，旁人無從置喙，只覺得他所說的，『斷送了漢人上進之路』這句話深可注意。

『你們看，十二個部院，表面上好像滿漢均分，其實不然。第一、外務部總理大臣慶王、會辦大臣那琴軒，跟尚書是三對一之比，所以實際上掌部的滿漢大臣是八對六之比。第二、十二部院中，度支部、陸軍部都是旗人，甚至陸軍部兩侍郎都是旗人！財權、兵權旗人都抓在手裡了；外交權亦是旗人佔優勢，漢人處處相形見絀；不平則鳴，而且不鳴則已！』袁世凱搖搖頭，有不忍卒言之勢。

『這兩個姓溥的，大概都是宗室吧？』金邦平問。

『是的。』張一麐答說：『度支部尚書溥頲，字仲路，屬鑲紅旗；禮部尚書溥良是高宗胞弟和親王之後，字玉岑，屬正藍旗。』

『加上振貝子，親貴佔了三個部，這是從來少有的事！』金邦平亦不勝感歎地：『親貴用事，且又是少不更事的親貴，這不是好現象。』

『這一次改官制，漢人是吃虧了！』張一麐平心靜氣地說：『倒不如以前的制度，滿漢六堂，平分秋色；目前尚書、侍郎算起來人數也還相當，可是以後就難說了。如果旗人有猜忌之心，朝廷有收權之意，則各部堂官，滿多漢少，勢所必然；而且看樣子親貴用事的還會增加。凡此流弊，都是始料所不及，如今要談補救，只怕很難。』

『大局令人灰心！』袁世凱看著他說：『仲仁，請你檢點一下，不該我兼的差缺，究有多少？請你擬一個稿子，盡快電奏，免得人家說我攬權戀棧。』

『瞿子玖這一著眞狠！』袁世凱對徐世昌說：『莫非漢人之中，只有他一個人能當大軍機？他這樣作法，遲早會引起公憤，落個灰頭土臉的下場。』

『你說他狠，還有狠的呢！』徐世昌壓低了聲音說：『子玖「獨對」過兩次，盡情攻擊『大老』，想撵他出軍機。上頭對「大老」亦頗不滿，只是替手難找，所以擱著再說。』

袁世凱大驚，『有這樣的事？』顯然的，他有些不信其爲眞。

這確是件難以置信的事！以漢大臣膽敢與懿親作對，而且在『上頭』訐告，乃是從清朝開國以來所未有的事。然而，徐世昌有確實的消息，一點不假。

『是李蓮英跟我說的。』徐世昌解釋李蓮英跟他忽然接近的緣故，『李蓮英家的子弟，跟人爲房產涉訟，我幫了他很大一個忙，所以他告訴我的話，絕不會假！』

『那可是太可怕了！』袁世凱自問似地說：『除了慶王，還有誰能掌樞呢？』

從同治登基以來，由親貴領軍機，已成牢不可破的慣例；奕劻如果被逐，接手的當然亦是甚麼親王，或者郡王。但環顧親貴，不是老邁昏庸，便是年輕識淺，只有肅親王善耆，勉強可算大器，但支派太遠，而且過於接近漢人，亦難中慈禧太后的意。看來，奕劻還可在夾縫中苟延幾時。

『就爲難得有人能接替，所以暫安現狀；不過，事情也許會有突變。』徐世昌放低了聲音說：『西林的意向很難測。』

『西林』是指岑春煊，自從奉旨由兩廣調雲貴，頗有人勸他告病；而岑春煊在表面上擺出忠君愛國的姿態，慨然表示：『世受國恩，雖天南地北，何處不是報恩之地？』照常辦理移交，準備赴新任。但暗底下，他卻另有打算。因爲瞿鴻禨早有信告訴他，調任非出兩宮本意，是奕劻與袁世凱的陰謀。岑春煊心想，果眞到了雲南，天高皇帝遠，交通又太不便，想見慈禧太后一面都難。因而以就醫爲名，到了上海，想找個機會，突出不意地到了京裡，宮門請安，慈禧太后自然即時召見。只要爭取得這樣的一刻，他決定當面痛劾奕劻；將奕劻扳倒了，就是袁世凱的靠山已倒。

這番算計，多少亦在袁世凱估量之中；所以岑春煊在上海的一舉一動，都有袁世凱的密探，隨時用密電報告北洋。原以爲岑春煊會跟革命黨人接近，所以偵探的目標，亦放在他交遊的情形上面；如今由徐世昌的話，袁世凱被提醒了，不由得失聲問道：『莫非瞿子玖還有援引他入樞的妄想？』

『也不能說是妄想。以西林所受慈眷之隆，這不是不可能的事。而況，軍機一向是五位，如今還差兩個位子在那裡。』

袁世凱聲色不動地想了好一會，說一句：『非動手不可了。』

『最好，你能跟慶王先談一談。』

『那當然！不過此事非世伯軒協力不可。這趟回京，請你替我格外致意。』

袁世凱所說的『伯軒』，就是新任軍機大臣世續，徐世昌點點頭說：『當然，當然！』

就在這時候，聽得簽押房外面的走廊上，有人高唱：『振貝子到！』

袁世凱與徐世昌相將出迎，只見載振由段芝貴陪著，神色閒豫地走了進來；他一見了袁世凱的面便問：『四哥，我去看了你的馬了，都不怎麼樣嘛！』

他們是奉了奕劻之命，換過蘭譜的，不過，載振雖可稱袁世凱爲『四哥』，而袁世凱卻不敢託大；載振字育周，便以『育公』相稱。

『育公！』袁世凱答說：『你要好馬容易！只不知你愛甚麼樣兒的馬？是要快，還是穩，或者樣子好看？』

『要樣子好看。』

『那得洋馬。』袁世凱問：『給你找四匹，夠了吧？』

『夠了！不過得要一個顏色。』

『好！棗騮，還是菊花青？』

『要全白的。』

『育公，』徐世昌插嘴相勸：『全白的四匹，即是所謂「純駟」，太招搖了！我看不必吧！』

『是的。』袁世凱也勸：『如今台諫上遇事生風，喜歡說閒話的人很多，不必招這個麻煩。』

載振也醒悟了，『純駟』乃王輦所御；上次到日本看博覽會，正逢明治天皇閱兵，騎的也是一匹白馬。不過話雖如此，卻仍有點賭氣的意味：『那就全黑的好了！』他說。

『好！好！全黑四匹。等育公你從關外回來，就可以帶進京了。』袁世凱接著問段芝貴：『香巖，晚上怎麼樣？』

『都預備好了。』

袁世凱點點頭，轉臉向載振說：『育公，我先得跟你聲明，回頭我跟菊人陪你吃飯，吃完了，我跟菊人得先走一步，讓香巖陪你好好玩兒。行不行？』

載振明白，袁世凱是怕有他與徐世昌在座，未免拘束，所以特意避開；其實，他亦希望如此，只是『不敢請耳』！所以立即笑嘻嘻地答說：『四哥還跟我客氣甚麼？回頭你跟菊人有事，儘管先請！』

盛筵未半，戲也只聽了兩齣，袁世凱與徐世昌便相偕辭去。爲了尊重載振的身分，袁世凱事先吩咐：總督動止的儀注，諸如『站班』、『鳴炮』一律不用。到得載振面前，彎著腰低聲說了兩句客氣話，悄悄退下。載振反客爲主，直送到滴水簷前，經袁世凱再三辭謝，方始轉身回座。

時間拿得很準，等袁徐一走，孫菊仙的一齣《上天台》已到尾聲，接著便是楊翠喜的《三本虹霓關》；一出場便向載振飛了個媚眼，到得與王伯黨眉來眼去時，眼風亦總照顧著台下首座的貴人；將載振看得停杯不飲，眼都直了。

見此光景，段芝貴與『忝陪末座』的王錫瑛作了個會心的微笑，隨即又向貼身聽差作了個手勢，抬來一籮筐簇新的龍洋，五十枚一封，共計四十封。

戲一完，載振鼓掌喝采，段芝貴便大聲宣佈：『振貝子放賞！』

語聲一落，四名穿藍布大褂，戴紅纓帽的聽差，將籮筐飛也似地抬到台前，立即動手拆開龍洋的封皮，往台上一撒；但見銀光耀眼，滿台響聲，『嘩啦、嘩啦』地響過好一陣，方始住手。

其實，響得雖熱鬧，只拆了十封；段芝貴便又高聲說道：『振貝子吩咐，再賞楊翠喜五百兩！』於是響聲又起。這齣戲的腳色與文武場面，已一字排開，等放賞完了，就在台上請安，打鼓佬扯開嗓子高喊：『謝賞！』

等清掃台面，撿完了一千個銀洋，楊翠喜已卸了裝，由王錫瑛陪著，單獨來謝載振。

『謝謝振大爺！』楊翠喜一面盈盈下拜，一面說道：『你賞得太多了！』

『不多，不多！』載振笑道：『你唱得實在好！』

『多謝振大爺誇獎。』楊翠喜站起身來，走到載振身邊，提壺替他斟滿了酒。

『你敬振大爺一杯！』段芝貴說。

『是！』楊翠喜拿起載振面前的酒，一飲而盡；接著又斟滿，方始說一句：『振大爺請！』

那細瓷酒杯邊沿，留著濃豔的朱痕；載振毫不遲疑地，連酒帶楊翠喜的口脂，一起呑入喉中了。

這時已有聽差端來一張方凳，楊翠喜在王錫瑛手勢暗示之下，坐在載振的身後，低聲問道：『振大爺是哪天到的？』

『今天剛到。』載振半側著身子跟她答話，同時開始細細打量。

在載振眼中，楊翠喜佔得三個字：黑、白、活。黑的是眉髮，白的是皮膚，活的是眼睛。想到她在『小放牛』中的身段，裊娜腰肢，靈活非凡，不由得便湧起無數綺念，竟有些心跳氣喘了。

老於花叢的段芝貴，能從他的眼裡看到心中，隨即說道：『貝子只怕有點兒倦了。這裡另外備得有休息的地方，很隱祕的。』

最後四個字說得很輕，但很清楚，載振會意欣然；『是有點兒倦了。』他說：『能略微躺一躺最好。』

『是！我來引路。』

於是段芝貴引著載振離席；楊翠喜起身目送，『臨去秋波那一轉』，在載振心中便彷彿聽得她在說：『大爺先請，我馬上就來。』

這是特爲佈置的一間臨時藏嬌之處；一個小小的院落，南北相對，各有三間平房。南屋漆黑，北屋卻是燈火通明；掀開棉門簾，暖氣撲面，滿室如春，立刻就覺得皮袍子穿不住了。

『好暖和！』載振四面看了一下，感覺中似乎少了一樣東西，多想一想才記起，北方入冬，沒有一家不生火爐的，只要一進屋就看得見，唯獨此屋不然，所以他奇怪地問：『爐子生在哪兒啊？』

『沒有生爐子。』段芝貴說：『是用的洋人的法子，安上暖氣管子，比爐子來得乾淨，也沒有火氣。』

『喔！』載振問道：『暖氣從哪兒來呢？』

『外面用鍋爐燒水，用管子把熱氣接進來就是。』

『這好！』載振毫不思索地說道：『府裡也得裝。香巖，這件事，就託你了。』

『是！馬上就辦。貝子請裡屋坐。』

段芝貴一面說，一面掀開西屋的門簾；一個梳著條長辮子，約莫十八九歲的丫頭，當門請了個安，笑吟吟地喊一聲：『振大爺！』

載振的感覺立刻又不同了，似乎到了八大胡同第一流的清吟小班裡。跨進去一看，靠裡擺一張大銅床，衾枕俱全；床前是梳妝台，對面壁上懸著一堂屏條，題名『四美圖』，是乾嘉時仕女名家改七薌的手筆。靠窗擺一張條案，不過上面不是花瓶、香爐之類的陳設，而是乾濕果子、各種洋酒。此外屋子正中還有張通稱爲『百靈台』的獨腳圓桌，雖是紫檀大理石的桌面，但摸上去溫潤如玉，自然是因爲有暖氣管子的緣故。

『她叫錦兒。』段芝貴指著丫頭對載振說：『讓她招呼吧！我不打攪了。』

『費心，費心！』載振說：『我息一會就出去。』

『請貝子儘管休息，外面我會安排，就說貝子已經回行館了。護衛隨從，我亦會好好招呼，不必讓他們等了。到時候，我親自送貝子回去。』

『那可是再好也沒有！』載振再一次拱手道謝：『一切費心，領情之至。』

『不敢當，不敢當！』段芝貴請安回禮，然後退後兩步又關照錦兒：『你可好好招呼。』

『是！』錦兒答應著，轉臉說道：『振大爺，寬寬衣吧！』

『對了！』載振說道：『你叫人把我的衣包拿來。』

達官貴人出門，照例有貼身聽差，攜著衣包，以便飲宴時換著便衣；如果逗留時間較長，或者『三、九月，亂穿衣』的天氣，攜的便衣還不止一套。至於載振之流的頭號紈袴，半天作客，要帶個大衣包，因爲不定玩兒甚麼，譬如興致來了，粉墨登場，戲眼裡面就得看天氣襯緊身的短衣。就是不玩兒甚麼，文文靜靜地飲酒談心，到了時候，也得換套同樣質料的衣服，顏色、花樣，粗看無異，細察才知不同，譬如『歲寒三友』的花樣，梅花必已由蓓蕾變爲盛開。這也是『擺譜』；不過擺在暗處，就比明擺更透著高一等了。

段芝貴辦這趟差使，是有整套佈置的，載振的衣包早已取了來了；錦兒侍候著爲他卸去紫貂『臥龍袋』，狐嵌皮袍，換上一套夾襖褲，外罩一件極薄的絲棉袍。更衣既罷，滿身輕快；載振走到條案邊，親自倒了半杯白蘭地在敞口的水晶大酒杯中，雙手捧著，一面搖晃，一面慢慢啜飲，視線卻只隨著錦兒的身影在轉。

『你今年多大了？』

『一過年就是整數了！』錦兒答說，同時轉過身來；勢子太猛，長長的辮梢一甩，幾乎打著載振的眼睛。

『這麼說，你今年十九。』載振問道：『可有了婆家？』

『不知道。』錦兒的聲音很低、很快，而且又回身去做事了；是抹淨了百靈台，安設杯筷，共是兩副。

『怎麼？』載振笑著問：『錦兒，你打算陪我喝喝酒？』

『錦兒哪有這個福氣。』

『我看你長得很體面，是挺有福氣的樣子；我替你做個媒好不好？』

說著，載振一手將她拉了過來，一手放下酒杯，便去摸她的臉。錦兒掙扎著，但只是用手護著她的頭髮，怕碰毛了。

『你乖乖的，讓我香一個！』載振抓住了她的弱點威脅：『不然，我弄亂你的頭髮！』

錦兒無奈，閉著眼，撮起嘴唇，讓他親了一下；然後一躍而起，遠遠躲開。

載振哈哈大笑，從荷包裡摸出一枚金錢，揚一揚說：『來！給你。』

錦兒遲疑了一下，終於走了過來；載振拉住她的手，把金錢塞在她手心裡，沒有再嚕嗦。

『是金的不是？』

『你連金子都分辨不出來？』

『不是分辨不出。』錦兒說道：『從來沒有見過這種錢。』

『別說是你，就大官兒家的太太、小姐也沒有幾個人見過。這是宮裡老佛爺用來賞人的。』

『原來是老佛爺賞的！』錦兒既驚且喜，『老佛爺賞了振大爺，振大爺你又賞給我，是不是？』

『也可以這麼說吧！』

『那，我可眞是夠面子了！』錦兒把那枚金錢，緊緊閤在雙掌之中，笑著說道：『我得拿回家，讓我娘供在佛堂裡。』

聽這一說，載振打算再給她一個；剛要伸手去探荷包，只聽外面有腳步聲響，接著有人輕聲說道：『你自己進去吧！好好兒侍候，有你的好處。』

語聲未完，錦兒已搶上去打簾子；載振定睛注視，但覺一片豔光，令人不可逼視——楊翠喜進屋，先跟錦兒道謝：『謝謝你。』

錦兒微笑不答，只推一推她的身子，於是楊翠喜才轉臉對著載振。未曾說話，先抿嘴笑一笑，頰上現出兩個極深的酒渦。

『你一定會喝酒。來！』載振指著條案說：『你愛喝哪一種，自己挑。』

『我哪兒會挑？我也不會喝酒；捨命陪君子，有那味兒淡一點的，勞振大爺的駕，給我來一小杯。』

『最淡的就是葡萄酒，紅、白兩種，你愛哪一種？』

『我說不上來。』楊翠喜看著那些洋酒說：『紅的、綠的、黃的、白的，把我眼都看花了。』

『要不你來杯薄荷酒。』

載振從葫蘆形的酒瓶中，倒了一小杯翠綠的薄荷酒遞給楊翠喜。錦兒已將果碟子移到百靈台上；

『楊姑娘陪振大爺到這兒來喝吧！』她說：『有幾樣熱菜，我去端了來。』

說完，長辮子一甩，錦兒掉身而去；楊翠喜便放出渾身解數，侍候載振喝酒。等四個熱炒，一個白魚紫蟹火鍋都端了上來，錦兒又有話了。

『楊姑娘儘管陪振大爺慢慢兒喝，我在對面屋裡。』她指著屋角一根絲繩子說：『招呼我，拉鈴就行。』

於是長辮子一甩，雙扉緊闔，錦兒翩然消失。楊翠喜便將門門插上，等回過身來時，爲載振迎面一把抱住，倒嚇了一跳。『我的大爺！』她嗔責地：『你摸摸，我的心都快跳出來了。』

『你的膽子眞小。』載振卻之不恭地去摸她的胸前；如磁引鐵，那隻手就此黏住在她胸前。

『是不是，心跳得很厲害？』楊翠喜背一躬，手一撐，從他懷抱裡脫出身來，『大爺，你不要喝酒嗎？請這兒來坐。』

『酒是要喝，得有個喝法。你依我的法子我才喝！』

『喝酒還有法子？』

『當然！』載振涎著臉說：『賞我一個皮杯，怎麼樣？』

楊翠喜搖搖頭說：『我不會！』

『容易得很，我教你！』

說著含了一口薄荷酒，將嘴唇湊過來，要哺到她嘴裡。楊翠喜不願，載振便用強。兩個人扭來扭去，扭到床上，到底讓他灌了她一個皮杯。

『這你該會了吧？』載振笑道：『剛才算我敬你，這會該你回敬了。』

『我不來！』楊翠喜裝作受了委屈似地，『倒不如不要你教；這麼一來一往，搞成兩個，我太吃虧了！』

『就要兩個才好！』載振甩掉腳上的拖鞋，順勢飛起一腳，踢得帳鉤一聲響，半邊帳門隨即卸了下來。

聽完段芝貴的話，袁世凱沉吟好一會，方始開口：『振貝子要你當隨員，自無不可；如說要保你補個實缺，也還不難；至於一省巡撫，我看你不但所望過奢，而且近乎夢想了。』

『回大帥的話，事在人爲。只要大帥肯栽培我，一定可以成功。』

『我怎麼栽培你？』袁世凱說：『我不能爲你去討個沒趣。你知道的，我不能再碰釘子了。』

『當然不敢讓大帥去討沒趣，碰釘子。我的意思是：第一、請大帥讓我去試一試；第二、倘或慶王問到大帥，求大帥說兩句好話。』

『如果問到我，當然替你說好話。』袁世凱答說：『你願意試一試，我更不必攔你；不過，我看你是枉費心機。』

聽這一說，段芝貴笑嘻嘻地請個安說：『只要大帥准我去試一試，就行了。』

辭出北洋衙門，段芝貴隨即去訪王錫瑛。在座還有個姓王的，名叫王賢賓，字竹林，底子是個候補道，分發河南；也是走了段芝貴的門路，得以由北洋調用，現充商務局總辦。北洋衙門凡是不能出公帳的開銷，都由王賢賓設法向商家去攤派，算得是段芝貴的一個財東。

『大帥已經點頭了。』段芝貴很興奮地說：『就看兩位老哥怎麼捧我了！』

『翠喜的事，歸我負責。』王錫瑛答說：『我已經跟她的養母說過，獅子大開口要三萬銀子，慢慢兒磨吧！』

『也不能太慢……』

『請放心！』王錫瑛搶著說：『我有把握，反正振貝子從關外回來，事情必已成了。』

『還有一點，』段芝貴又說：『振貝子對錦兒亦很中意，最好一起辦。』

『這怕有點難，不過，總有辦法好想，大不了多花幾吊銀子。』

『對了！請你多費心。』段芝貴轉臉問道：『竹林，你這面怎麼樣了？』

『這個數目是大了點。』王賢賓情商似地：『香公，能不能少一點？』

『少是絕不能少！少了不管用，等於扔在水裡。』段芝貴想了一下說：『我也知道數目是大了點，這樣吧，一半作爲我暫借如何？』

『只要有，香公的事，還能不盡心？實在是銀根緊，利息又重，要借都很爲難。』

『談利息就好辦了。準定我借一半吧！來，來，我立筆據，益孫作見證。』

『益孫』是王錫瑛的別號；他當然幫著段芝貴，毫不遲疑地說：『好！我作見證。』說著，便親自去揭開墨盒，等段芝貴來寫借據。

『益孫，』段芝貴說：『你替我寫，我親筆簽押就是。』

於是王錫瑛取一幅花箋，提筆寫下一張借據：『借到庫平伍萬兩整，以供籌建行省之用；儘本年一年內完清不誤。』接著，段芝貴坐下來簽押，所署的銜名是：『黑龍江巡撫段芝貴』。

這近乎兒戲了！然而此又是何事，而可兒戲？王賢賓聽說過，買槍手中舉人，酬金是一張借據，署名『新科舉人』某某；槍手有功，自可憑據索債，否則，『立據人』既非『新科舉人』，這張借據自當視之爲僞造。如今段芝貴略師其意，寫下這麼一張借據，看他下筆略無踟躕，竟是十拿九穩的模樣，王賢賓不覺大受鼓舞，決定投注大賭一次。

因此，當段芝貴將這張借據遞過來時，他斂手不接：『香公簡直罵人了！承香公抬舉，我怎麼樣也得把那個數兒湊出來。』他故意想了一下說：『家母手裡有三萬銀子，是打算將來捐一品誥封用的，我跟家母去商量，先挪了來湊數再說。』

『這就承情不盡了。』段芝貴說：『請轉告令堂，一品誥封，我包她老人家如願。竹林，跟你說實話，東三省不設省則已，設省，少不了有我一個巡撫，那時你跟益孫倆，要甚麼差使，隨你們自己挑。』

這個心願一許，王賢賓更爲起勁；多方張羅，湊足了十萬銀子去覆命。段芝貴做事倒也有分寸，仍舊請王賢賓保管，因爲這筆鉅款是送奕劻的壽禮——明年二月廿八，是他七十整生日，爲時尚早。當然，也要看看情形，萬一東三省改制一事，不易實現，這一大筆銀子就不妨省下了。

徐世昌與載振出關不久，王錫瑛就跟楊翠喜的養母談好了，身價銀子一萬二千兩。另外打首飾、做衣服，連帶買房子、置家具，總共花了兩萬銀子，爲載振在天津築成一座金屋。

這一切都故意不讓載振知道，因此等他回天津，在北洋總督衙門吃了袁世凱的洗塵酒，送到行館時，不覺詫異。因爲桌椅床帳，式式皆新；而顏色十分俗氣，大紅大綠，似乎只有在洞房中才有這樣的佈置。

『這是甚麼地方呀？』
『振大爺怎麼連自己的小公館都認不出來？』王錫瑛陪著笑說。
載振一時被矇住了，正在咀嚼他這句話時，只見屏風後閃出一條影子，人面未見，辮梢先揚；這下他恍然大悟了。
『原來是錦兒！』
『大爺可回來了！』錦兒請個安，走上來接過載振手中的帽子，特意看一看說：『大爺又黑又瘦，可知是吃了辛苦了。』
載振想伸手摸她的臉，顧忌著有客在，因而縮手。見此光景，段芝貴跟王錫瑛交換了一個眼色，取得了默契。
『振貝子請休息吧！』段芝貴說：『我明天再來請安。』
『慢著！香巖，』載振一把拉住他說：『這是誰出的主意？』
『主意是我出的；不過全仗他一手經營。』段芝貴指著王錫瑛說。
『效勞不周！』王錫瑛笑嘻嘻地躬身說道：『請大爺包涵。』
載振感動的心情，完全擺在臉上；躊躇了一下，拱拱手說：『多承費心，一切心照不宣。』
等客人告辭，錦兒掀開臥室的門簾，只見紅木梳妝台上，點著明晃晃的一對花燭；床沿上端坐著盛裝的楊翠喜，看見載振，慢慢站起身來，垂著頭，低聲說道：『拿紅氈條來！』
聲音雖低，載振聽得很清楚，知道這話是跟錦兒說的；拿紅氈條來，自然是要行大禮，覺得大可不必。

『算了！算了！』他說：『明兒個進了京，給王爺、福晉磕個頭就是。』

『王爺、福晉面前，自然要磕頭，不過……』

楊翠喜的聲音很低，說得『不過』兩字，再無下文；載振只以爲自己沒有聽清楚，便追問著：『不過甚麼？』

『回頭再說吧！』楊翠喜顧左右而言他地：『錦兒，你還是把紅氈條拿來。』

『不必，不必！』

『大爺，你也別客氣了。頭一回，就受姨奶奶一個頭吧！』

一個辭、一個讓，虧得有錦兒從中撮弄，場面才不至太尷尬；等草草行了禮，錦兒卻又開口了。

『大爺，你也不能白受這個頭，是不是？』

『是啊！』載振摸著額頭，茫然地問：『我該怎麼著呢？』

楊翠喜與錦兒看他那傻傻的神氣，不由得都『噗哧』一笑；這使得載振更糊塗了。

『大爺，』錦兒終於明說了，『給見面禮兒啊！』

『喔！喔！』載振被提醒了，『事先不知道，沒有預備怎麼辦呢？』

『原是個意思。大爺不拘甚麼給一樣，有那麼一回事就行了！』

載振身上掛的小零碎不少，但金錶之類，不是不宜於婦人佩戴，便是禮輕了些；想了一下把在外國買的一個鑽戒，從小指上卸了下來，拉起楊翠喜的左手，親自替她戴在無名指上。

楊翠喜喜出望外，那枚戒指上的鑽石，足有黃豆那麼大；又經名工切割琢磨，『翻頭』特佳，只要一伸手，沒有一個人不是耀眼生花。楊翠喜不止想過一次：人生在世，能有一天戴上這麼大的一個鑽戒，那就眞不算白活了。

夢想成眞，反不易信；她定睛看一看鑽戒，又看一看載振，不自覺地問：『大爺，我在作夢不是？』

『這算得了甚麼！』載振話一出口，才想起語氣近乎輕視，怕傷了美人的心，便緊握著她的手說：『這個戒指才七克拉多一點兒，幾時我再替你買個大的。』

『我都不知道再大是甚麼樣子？』她將白得欺霜賽雪的一隻手轉動了兩下，望著晶光亂射的鑽戒說：『就這翻頭，只怕瞎子也得睜開眼來看。』

載振正要答話，覺得眼前彷彿有影子閃動，這才意會到有錦兒在，急忙喊住她說：『錦兒，你別走，我有東西賞你。』

『是！』錦兒站住腳，臉上綻開了笑容。

載振卻爲難了，一時想不起有何物堪供賞賜之用，因而微帶窘笑地問：『你想要甚麼？』

『我甚麼都不要，只要大爺給我一張紙。』

『一張紙！』載振愕然，『甚麼紙？』

『契紙。』

『是她的賣身契。』楊翠喜已知載振對錦兒亦頗眷戀，正好藉此將她攆走，還賣一個人情，所以不慌不忙地說：『錦兒是有婆家的……』

原來錦兒是王錫瑛家雇用的一個丫頭，只爲善伺人意，所以當時才派來招呼載振。及至一段兩王定計，爲載振構築金屋，便仰承意旨，羅致錦兒爲綠葉之助。錦兒是有婆家的，自然不願；王錫瑛託人去交涉，威脅利誘，費了好大的氣力，才以兩千銀子換得了錦兒父母蓋指印的一張賣身契，如今是存在楊翠喜手裡，也算得是她的嫁妝之一。

兩千銀子在載振是小事，已入樊籠一頭百靈鳥，讓牠振翅飛去，卻有些捨不得。見此光景，楊翠喜故意說道：『大爺，我看這麼著，讓錦兒跟我姐妹相稱吧！』

一聽這話，載振知道自己的心事已為人窺破了，急忙掩飾地說：『不行，不行！我沒那麼大的豔福。』

『我是眞心話！』楊翠喜特意再叮一句。

『我的話也不假。』

『大爺眞是這樣，那也就等於賞了錦兒兩千銀子。』

『這不是兩千銀子的事，她的契紙還不知道在哪兒呢？』

『在我這裡。』楊翠喜脫口相答，立即開梳妝台抽斗，將一張墨跡猶新的契紙取了出來，交到載振手裡。

『好吧！』載振無奈，自嘲似地說：『這也算積了一場功德。』說著，將錦兒的契紙就著燭火燒掉了。

這好像有點煞風景；但悵惘亦只是片刻間事，因為楊翠喜了解他此時若有所失的心情，加意賣弄風情，輕顰淺笑，處處有餘不盡，把載振的一顆心鼓盪得熱辣辣地，從來沒有那麼興奮過。繾綣終宵，直到第二天午後才見他露面。

這一天晚上少不得還有一番熱鬧；除了袁世凱與徐世昌，天津官場中夠得上跟『振貝子』說句話的官兒，差不多都到齊了，段芝貴還特意讓他的太太招呼楊翠喜。與載振關係特別密切的一些官紳，亦早由段芝貴分別通知，不妨帶女眷來賀喜。所以廳上筵開五席，裡面亦有兩桌堂客，個個濃妝豔抹，但誰也比不上楊翠喜的顏色；個個珠圍翠繞，但誰也比不上楊翠喜那只七克拉的鑽戒來得令人眩目。這就不但楊翠喜始終有如夢似幻的感覺，載振亦是得意非凡，以致酩酊大醉，語無倫次，抱住段芝貴直喊：『二哥！』

當載振沉醉在溫柔鄉時，袁世凱與徐世昌卻連日深談，決定了好幾件大事。徐世昌告訴袁世凱說，奉天官庫蓄積之富，出於任何人的想像，總數不下一千萬之多。只是盛京的官制特殊，既有六部，又有將軍，彼此不相統屬；如今六部雖裁，事權並不全歸於將軍，而官庫分散，度支出納並無一個綜其成的專官，所以東三省究竟有多少公款，誰也不知道。這次是徐世昌一處一處考查，暗中記數，才能探知底蘊。他本有意出任東三省第一任總督，至此心意益堅，坦率要求袁世凱玉成其事。

『當然，東三省有那麼多錢，與我姓徐的個人不相干。我只覺得東三省地大物博，頗有可爲；不過開發非先下資本不可，既然有現成的財源在，爲甚麼不好好運用？』徐世昌又說：『北洋與東三省關係密切，只要東三省有辦法，首先北洋的協餉，是不必愁的了。』

『我在北洋，只怕亦不久了。』袁世凱說：『不過於公於私，我都應該效勞。菊人，除了瞿子玖那一關，要你自己設法以外，此外，都歸我負責。』

『有你這句話，我的事可算定局了。』徐世昌略停一下說：『我想借重唐少川，保他當奉天巡撫。第一，俄國、日本虎視眈眈，這個外交，非唐少川不能辦；第二，將來東三省大興鐵路，唐少川亦是內行，集事比較容易。』

『唐少川對鐵路並不內行，內行的是梁燕孫，這且不去說它；菊人，我倒想問，除了奉天以外，吉、黑兩省，你夾袋中有人沒有？』

『沒有。』徐世昌說：『如果慰庭你沒有人，我想把這兩個缺留給大老跟瞿子玖。』

『瞿子玖不會薦人給你的。如果你敷衍得不好，說不定連總督都保不住；敷衍得法，他不會薦個巡撫來掣你的肘。這一點，菊人，你先得認清楚。』

徐世昌點點頭說：『我知道。東三省總督不是我，就是岑三。』

『對了！岑三的事，我們回頭談，先說吉、黑兩省。』袁世凱略停一下說：『你留一個缺給振貝子好不好？』

這話讓徐世昌不能不考慮了；想了好一會說：『我是在想，東三省初改官制，觀瞻所繫，必得很漂亮的人選，才能一新耳目，造成聲勢。如果振貝子夾袋中的人物，太不夠格……』說到這裡，徐世昌突然頓住，然後做了個不顧一切的表情：『唔，算了！我遵命就是。』

這是把交情賣給袁世凱；意中已知段芝貴已取得袁世凱的支持，所以有此一番做作。見此光景，袁世凱當然要表示領情，『說實話，段香巖頗有非分之想。』他說：『你幫他一個忙，就算幫我的忙。』

『言重，言重！』徐世昌提醒袁世凱說：『幫香巖的忙，得打你這兒開始。』

接著話題轉向岑春煊，以靖匪爲名，將他從兩廣調到雲貴，是極狠的一著棋；歷來掌權的樞臣，擺佈封疆大吏，大致都用此手法。只要挾得動天子，諸侯自無不俯首聽命，敢怒而不敢言，唯獨岑春煊是例外。

當然，他也還不敢公然抗旨，只是託病就醫，逗留在上海，至今兩月有餘，並無赴任的跡象，使得袁世凱越來越不安了。

『岑三絕不肯到任，是很明白的事。』袁世凱說：『他敢於如此，一則自恃簾眷；再則有瞿子玖撐腰，也是很明白的事。如今費猜疑的是，到底不知其意何居？菊人，你想過沒有？』

徐世昌當然想過。夠資格當東三省總督的，除了趙爾巽，就是岑春煊；趙爾巽輿情不洽，難與其選，唯有岑春煊才是勁敵。不過，他冷眼旁觀，認爲岑春煊志在直隸，不得已而求其次才是東三省。如果自己搶先一步，把東三省拿到手，等於絕了岑春煊的退路，袁世凱的處境就更難了。

反過來說，袁世凱若是攻不倒，岑春煊督直不能，就會轉移目標到東三省。照此來看，他跟袁世凱休戚相關，唯有制服了岑春煊，大家才能安心。而制服岑春煊的法子，他一再盤算，始終認爲只有調虎離山，才是上策。

『上頭也知道，岑三不願意到雲貴。如果只催他假滿赴任，除非用嚴旨，這在上頭是不肯的。我在想，能不能另外找一處地方給他？』

袁世凱點點頭，『我也這麼想。』他說：『這件事，一回京就要辦，拖久了於你很不利。』

這是很坦率的說法，一拖拖到東三省改制，岑春煊出任東三省總督的機會，比徐世昌大得多，此即所謂『不利』。不過，事實是無法拖得那麼久的。

『他已經續假兩次，爲時三月了。』徐世昌說：『疆臣請假，從來沒有這麼久的；而況他在上海，酬酢幾無虛日，亦不像就醫養病的樣子，所以，』徐世昌加重了語氣說：『只要我到了地方，不怕他不赴任。』

『我倒想到了一個地方，你回京跟大老去商量，要找機會；最好急如星火，要他趕到任上，那就連請訓都不必了！』

『好！』徐世昌心領神會地，『一定不讓他進京請訓。』

正月初三，諸王貝勒、近支親貴，進宮賀年——正式朝賀以外的家人之禮，向例只有宣宗一支的皇室才得參與；近年來規矩寬了，奕劻父子以及支派更遠的肅王善耆，亦得隨班行禮，躬與慈禧太后所賜的茶果之宴。

『今年跟往年不同了。』在閒敘家常時，奕劻從從容容地說：『仰賴皇太后、皇上的鴻福，大局已定，國家轉弱爲強，指顧間事。奴才在想，皇太后操勞多年，今年萬壽，實在應該好好熱鬧一下。』

此言一出，醇王載灃首先附和：『應該，應該！』

其他的人雖未應聲，卻都望著坐在慈禧太后身邊的皇帝；他略有些侷促地轉臉說道：『慶親王、醇親王所奏甚是。兒子請懿旨，可否頒發上諭，籌備慶典？』

『沒有這個道理吧！』慈禧太后答說：『又不是甚麼整生日，而且時候也還早。』

這表示不反對『熱鬧一下』，只是不宜頒發上諭。奕劻仰體意旨，立即接口：『奴才幾個先去商量籌備，到時候再請旨明發上諭。』

『好，好！』皇帝不能不表現得很熱心的樣子，『你們去籌備，該怎麼辦，隨時請懿旨。』

『實在可以不必。』慈禧太后說：『物力維艱，何必糜費？』

『天子以四海頤養聖母；皇太后以民生在念，力戒糜費，臣下自當謹遵懿旨。』奕劻緊接著說：『普天之下，無不仰賴皇太后的庇佑；大小臣工，都巴不得有報效的機會。請皇太后、皇上拿這件大事交給奴才去辦，奴才總在一不動庫款，二不累地方這兩個宗旨之下，體體面面地給皇太后上壽。』

『能這樣，我又何樂不爲？』慈禧太后笑著回答；卻又轉臉問說：『皇帝看呢？』

習於緘默的皇帝，自我練成一套善於聽話的本事，知道奕劻這番冠冕堂皇的說詞中，頂要緊的一句話是：『大小臣工，巴不得有報效的機會。』庫款不動，地方不累，但責成大小官員報效，即是間接動庫款、累地方；而且報效就得議獎，很可能由此又大開捐納倖進之門。因而很想找句話點醒奕劻，莫藉此因由，聚斂自肥。只是礙著慈禧太后，頗難措辭；就在這沉吟之際，自我剝奪了可以說一句話的機會。

『只要不動庫款，不累地方，皇帝自然也沒有甚麼不願意的。不過，』慈禧太后又宕開一筆，『你們看情形吧！總之，千萬不要勉強。』

從這天起，內廷行走的，特別是內務府的人，有了一個很興奮的話題：談今年慈禧太后的萬壽。普遍的論調是，從甲午慈禧太后六十整壽至今，熬了十三年的工夫，才能有今天這種比較順遂的日子。東三省收回了，各國都和好了，立憲有基礎了，新政在次第舉辦了；都虧得有慈禧太后在操持，才有這一片興旺氣象。崇功報德，爲慈禧太后略略彌補甲午、甲辰這六十、七十兩次整壽未能大舉慶祝所受的委屈，誰曰不宜？

這個論調是奕劻跟內務總管大臣世續商量了以後所散佈的。至於報效，當然亦是奕劻一馬當先，透過榮壽公主，進獻了二十萬兩銀子，還只是備慈禧太后『賞人之用』；意思是慶典所需，還有更多的報效在後。

這當然會使得慈禧太后想到，應該有所獎勵；而現成有個題目在，奕劻這年整七十。他五十歲時，就曾賜壽，如今七十，更當頒此恩典。

賜壽的光寵，不過是個虛面子；寵信不衰，由此得一明證，才是奕劻最看重的事。於是趁謝恩單獨『叫起』的機會，提到岑春煊，他說：『雲貴的缺分是苦一點，岑春煊似乎委屈。不過總督責任甚重，岑春煊託病久不到任，也很不妥。而且，奴才聽說他在上海，常有新黨藉探病爲名，在他身上下工夫；岑春煊蒙皇太后特達之知，奴才可保其絕無異心，但如果言路上有閒話，上個摺子對岑春煊有所指責，那時皇太后就爲難了。所以，要保全他，就得催他快離是非之地。這是奴才的愚見，總要皇太后吩咐了，奴才才好籌劃。』

聽說有新黨與岑春煊接近，慈禧太后大爲不安，不假思索的說：『你說得不錯，要讓他快離是非之地！不過，他不肯到雲貴，可又怎麼辦呢？』

『西南是緊要地方，雲貴總督必得會帶兵的才好。』奕劻沉吟了一下說：『莫如拿錫良調雲貴，讓岑春煊接錫良的手。岑春煊以前在四川，很有威望；舊地重遊，駕輕就熟，於公於私，都有好處。』

『嗯，嗯！』慈禧太后深深點頭，『四川的缺分，可是比雲貴好得多了，岑春煊應該知道朝廷調劑他的苦心。』

『是！』奕劻答說：『皇太后保全岑春煊的苦心，凡臣下稍有良心者，無不感激。想來岑春煊奉到明旨，一定會剋日赴任；西南半壁，有他跟錫良在，不必上煩聖慮了。』

正月十九發佈的上諭，調岑春煊爲四川總督，錫良爲雲貴總督，並特別指示：『毋庸來京請訓』。

奕劻的這一著雖狠，但附加的這一句，形同蛇足，是大大的敗筆。因爲這明明是怕岑春煊進京告御狀，不但色厲內荏的底蘊，暴露無遺，而且也提醒了岑春煊，該如何應付。

發了謝恩的電奏，岑春煊隨即約見一個新交而常有來往的朋友。此人叫汪康年，字穰卿，浙江杭州人，光緒二十年的三甲進士，是翁同龢的門生。時當甲午戰後，變法圖強的論調，高唱入雲，汪康年倒是有心人，並不以講維新爲獵官的捷徑，反而絕意進取，在上海辦了一張旬刊，名爲『時務報』，聘『筆鋒常帶感情』的梁啓超爲主筆，作爲維新派的言論機關。

及至戊戌變法之初，奉旨將時務報改爲官辦，由康有爲督辦，其時汪康年已別創『時務日報』，爲了避免與官報的名稱雷同，改名『中外日報』，記載中外大事，評論時政得失，同時改良印刷。無論表裡，都勝於創始在前的申報與新聞報，而汪康年亦就成了達官顯宦既敬且畏的一位聞人。

汪康年與瞿鴻禨，亦有師生之誼，所以岑春煊跟汪康年亦很接近。這時汪康年又有新猷，要在京城裡辦一張報，即名『京報』。有瞿鴻禨的支持，籌備得很順利，二月裡就要問世，汪康年已定好北上行期。岑春煊正好託他爲『專使』，把自己的想法與作法，祕密地告訴了汪康年，請他當面轉達瞿鴻禨。

暗中雖有佈置，而在表面上，岑春煊聲色不動，打點行裝，準備上任；餞行的宴會，一直排到兩個月以後。而在這兩個月之中，京裡不斷有消息來，說奕劻七十整壽，收禮收了上百萬銀子；光是段芝貴一個人就報效了十萬。接著是三月初八，明發上諭：『為整頓東三省吏治民生，改盛京將軍為東三省總督，兼管三省將軍事務，隨時分駐三省行台。奉天、吉林、黑龍江各設巡撫一員。並以徐世昌為東三省總督，兼管三省將軍事務，授為欽差大臣。以唐紹儀為奉天巡撫，朱家寶為吉林巡撫，段芝貴署黑龍江巡撫。』這朱家寶是雲南人，由江蘇藩司調升，出於端方的推薦；但又有人說：是因為朱家寶的兒子朱綸拜了載振作乾爹的緣故。

第二天三月初九，又有一道上諭，以朱寶奎為郵傳部左侍郎。這在岑春煊亦並不感覺意外；因為他早就聽說，辦鐵路發了財的朱寶奎，輦金入京，走慶王的門路，不日即將大用。如今政以賄成，由段芝貴、朱寶奎兩個人的新命證實了。

而就在這一天接到瞿鴻機的一通輾轉遞交的密電，岑春煊知道部署已經周全，便按照預定的行程，由上海坐太古輪船西行；到了漢口，發一個電報，奏請順道入覲。

這個電報到了軍機處，奕劻心裡不免嘀咕。他在想，目前四川相當平靖，並沒有甚麼土匪鬧事亟待剿撫的情事；拒絕岑春煊入覲的請求，似乎難於措辭，倒是件很傷腦筋的事。

就在這時候，有蘇拉來報，說岑春煊已經到京，在宮門請安了。奕劻大吃一驚：『怎麼會呢？』他說：『尚未奉旨，哪能擅自進京？』

『王爺，如果奉了旨，他就進不了京了！』由瞿鴻機援引，在軍機大臣上『學習行走』的林紹年，冷冷地點了一句。

這原是早就商量好的，岑春煊當發電之時，人已經在京漢鐵路上了；坐的是路局特開的專車，過站不停，疾馳入都；宮門請安，遞上牌子，慈禧太后雖覺意外，卻也高興，立即就在寧壽宮『叫起』了。

等一身行裝、滿臉風塵的岑春煊行了禮，慈禧太后問道：『你怎麼說也不說一聲，就來了呢？』

『臣已有電奏，請順道入覲；不過臣不等電覆，就上了京漢路的火車。因爲，慶親王必不准臣進京，只好權宜行之。請皇太后、皇上降罪！』

慈禧太后不提降罪的話，只說：『慶親王不至於如此吧？』

『如果慶親王不是有意排擠，當初擬旨，就不會加一句「毋庸來京請訓」；臣受恩深重，奉旨以後，心裡在想，巴蜀道遠，此後覲見很難，如果不是趁此時進京，造膝詳陳種種急迫的情形，機會一失，追悔無窮。因此情願獲罪，亦要進京，才不負皇太后、皇上的栽培期望。』

『你來了也好！外面的情形，我跟皇帝也很想知道，想來你一定會說實話。』慈禧太后問道：『你這幾年身子倒還好？』

『臣在兩廣四年，督辦廣西軍務，當時五匪橫行……』

『慢著，』慈禧太后問道：『你說甚麼「鬍匪」，廣西也有紅鬍子嗎？』

『是「五福壽爲先」的五。』岑春煊解釋五匪，『廣西之亂，由於武官侵呑軍餉；兵既無餉，只好通匪行劫。地方官抓到搶犯，士紳又來出面保釋，形同包庇。這樣善惡好歹不分，老百姓亦變成土匪了！所以廣西有官匪、紳匪、兵匪、民匪，連土匪共是五匪。臣在這全匪世界當中，心力交瘁，得了個下血的症候。從去年九月到上海就醫，如今是好得多了；不過，精神已大不如前。四川號稱難治，臣怕照顧不到，有負皇太后、皇上特達之知，死有餘辜。爲此仰懇天恩，准臣開缺養病，等賤體復原，自當再效犬馬之勞。』

『一時也談不到開缺的話。不過，這幾年，我也知道你很辛苦。』慈禧太后緊接著說：『你先在京裡休息些時候再說。今天你初到，想來也辛苦了，明天再遞牌子吧！』

岑春煊跪安退出，借住廣西會館。然後命車拜客，所會的大多是同鄉京官，軍機大臣一個不拜，只寫了封信向瞿鴻禨致意而已。

這一下奕劻大爲緊張。因爲他早就聽說，瞿鴻禨最近常找他的一批能言事的門生聚會；先以爲只是聯絡感情，如今看來，怕是爲了配合岑春煊突出不意的這一舉，有所動作。因此，從寧壽宮到都察院，派出好些人去打聽消息，思量著如何得能先發制人，讓岑春煊有所顧忌。

岑春煊爲人處事，一向毫無顧忌，而況此來是抱著『清君側』的雄心壯志，所以在第二次召見時，便對奕劻展開攻擊了。

話是從時局日非談起來的；岑春煊說：『近年親貴弄權，賄賂公行；中外效尤，紀綱掃地，都由於慶親王貪庸誤國，引用非人。倘或不能力圖刷新，重整紀綱，臣恐人心離散之日，雖想勉強維持，只怕亦難挽回了。』

罵奕劻，在慈禧太后倒不以爲忤；只是『人心離散』這句話，覺得非常刺耳。她以爲改行官制爲立憲的初步，已大大的順應民意，何來『人心離散』之說？因而正色問道：『何至於「人心離散」？你有甚麼證據？詳細回奏！』

『天下人同此心，心同此理。假如這裡有兩座御案，一好一壞，皇后是要好的，還是壞的？』

『那還用說，當然是要好的。』

『這就是人的心理。』岑春煊說：『當今政治改良，固然可以收攬人心，無奈改良是假的。』

這句話又惹慈禧太后生氣了，大聲問道：『改良還有假的，這是怎樣說？』

『皇太后自然是眞心想改良政治，不過以臣觀察，奉行之人，實有欺矇朝廷，不能認眞改良的確據。臣前在岔道行宮時，蒙皇太后垂詢：此仇怎麼才能報？臣回奏：報仇必須人才，培植人才，全在學校。以後蒙特簡張百熙爲管學大臣，足見皇太后是眞心想培植人才。可是回鑾至今，已經七年，學校課本，還沒有審定齊全，其他就更不必問了。』

『這也不過是偶爾的例子而已。』

『臣再舉個例。』岑春煊直挺挺地跪在那裡，頭仰得很高，是犯顏直諫的姿態，『前奉上諭，命各省辦警察，練新軍。詔旨一下，疆臣無不踴躍從事；但辦事先要籌款，今天加稅捐，明天加釐金，搜括不窮，百姓怨聲載道。如果眞的刷新政治，取之於公，用之於公，百姓還可以原諒一二；哪知現在不但不能刷新，反較以前更加腐敗。言之可嘆！』

『這話，』慈禧太后看他神態憨直，反倒和顏悅色地問：『你又有甚麼根據呢？』

『臣無根據，不敢妄奏。從前賣官鬻缺，還是小的；現在內而侍郎，外而督撫，都可拿錢買到。醜聲四播，政以賄成，所以臣說改良是假的。』說到這裡，岑春煊突然問道：『皇太后可知道現在出洋的學生有多少？』

『我聽說到東洋的，已有七八千。』慈禧太后答說：『到西洋的，我不知道數目，想來亦有好幾千。』

『是，以臣所聞，亦是如此。』岑春煊略停一下，一口氣說了下去：『古人以士爲四民之首，因爲士心所向，民心皆從。這些留學生出國已經好幾年，等他們回國一看，政治這樣腐敗，一定會大聲疾呼，主張改革；一唱百和，那就是人心離散之時。到此地步，臣……臣不敢想，不忍說了。』

說到最後，大有哽咽的模樣。慈禧太后聽他說到留學生如此可畏，本已動容，再看到他這近乎聲淚俱下的詞色，不覺悲從中來，抽出白紡綢繡紅花的手絹，不住擤鼻子。但皇帝的表情不同，非但並無哀戚之容，相反地顯得相當興奮；他那灰不灰、黃不黃的臉色，出現了難得一見的紅暈。不過心中因爲久未聽得如此犀利的批評而感到的痛快，所能現於形色的，亦僅此而已。

『我好久沒有聽到你的話了，想不到時政敗壞到這個樣子！』慈禧太后指著皇帝說：『你問皇上，現在召見臣工，不論大小，就是知縣亦常召見；總是勉勵大家，要激發天良，實心任事。萬想不到，竟沒有人會感動！』

『大法才能小廉，慶親王奕劻既貪且庸；身爲元輔，已然如此，如何還能責備他人？』

慈禧太后一楞，感覺中從來沒有人敢這樣攻擊一位親王，所以一時竟無從置答；定定神才想起有一句話該問：『你說慶王貪，有甚麼證據？』

此一問在岑春煊意料之中，隨即答說：『納賄之事，唯恐不密，授受之間，雙方都不肯落下憑證的。不過，臣記得在兩廣總督兼管粵海關任內，查得新簡出使比國大臣周榮曜，本來是粵海關的書辦，侵蝕洋藥項下公款兩百多萬銀子，奏參革職拿辦。那時慶王正管外務部，周犯出使，就是他保的；這不是受了賄，是甚麼？』

這重公案，慈禧太后是記得的，也想起李蓮英爲他辯解的話，隨即說道：『奕劻人太老實，是上人的當。』

『當國之人，何等重要？豈可以上人的當，作爲辯解？』岑春煊直截了當地說：『此人不去，紀綱無從整頓。』

慈禧太后想了一下，姑且問道：『懿親之中，少不更事的居多；有甚麼人能接他手的，你倒不妨保薦。』

這話頗出岑春煊意外，不過他也很機警；從來君臣召對，往往在一兩句話上判榮辱。此是何等大事，萬萬不可孟浪！

想停當了，便即答說：『軍機大臣乃皇太后、皇上特簡之員，臣何敢妄保？這次蒙皇太后、皇上垂詢時政，是以披肝瀝膽，不敢一毫隱瞞。』

『我知道，我知道！』慈禧太后連連點頭，『你的忠心，我是早就知道的。你還有甚麼話，儘管從實回奏。』

見此光景，岑春煊心知時機成熟了，他用低沉的聲音說道：『臣自上海動身時，想到應奏的事極多，而牽涉慶王奕劻，關係重大，不得不進京面陳。如今雖蒙皇太后、皇上詳細詢問，還覺得未盡所懷；如今又要遠赴四川，不知陛見何日。臣實不勝犬馬戀主之情。』

『是啊！我也是這麼想，四川路又遠，來去又不便，怎麼得想個法子，把你調在近處，我們君臣才常有見面的機會。』

聽得這一說，岑春煊連連碰頭，『蒙皇太后、皇上天高地厚之恩，臣粉身碎骨，難以報答。』他略略提高了聲音說：『以臣私心，實在想留在京裡，爲皇太后、皇上做一條看家的惡狗。』

如此自譬，眞是近乎愚忠了！慈禧太后大爲感動，『岑春煊，你的話說得太重了！』她說：『我們母子西巡的時候，如不是有你照料，哪有今天？我常跟皇上說，總別忘了岑春煊！說實話，我久已拿你當親人看待。近幾年你在外面帶兵剿匪，這都是別人辦不了的事，所以我不能把你帶進京來。我這個意思，你應該知道。』

『是！』岑春煊答說：『臣豈不知受恩深重，內外無別？不過譬如種樹，臣在外面，不過修剪枝葉；樹的根本，是在政府。倘或根本上讓人把土挖鬆了，枝葉再好，經不起大風一起，根本推翻，樹都倒了，枝葉再好有何用處？臣想留在京裡，就是想替皇太后、皇上在根本上下點工夫。』

『你說得不錯！』慈禧太后下了決心，『好在四川現在安靜了，我亦希望你在京裡辦事。明天就有旨意，你先下去吧。』

第二天果然有了上諭，以盛京將軍趙爾巽爲四川總督，岑春煊內調爲郵傳部尙書——原任尙書張百熙在三月間出缺；由瞿鴻禨的安排，派林紹年署理，此時讓出來亦是件順理成章的事。奕劻大起戒心，但看岑春煊正紅得發紫，料知反對不掉，反而很熱烈地表示贊成；而且一回到軍機處，立即派人持著他的名片，到兩廣會館去報信道喜。

可是岑春煊卻不領這個情，謝恩的摺子未上，先遞牌子請見慈禧太后。只磕頭，不稱謝，開口說道：『本部侍郎朱寶奎，市井小人，只爲善於鑽營，才能承辦滬寧鐵路，勾結外人，呑沒鉅款，拿昧心錢賄賂軍機處，才能當上郵傳部侍郎。如果該員在部，臣實在羞與爲伍。』

慈禧太后大爲詫異。她當然知道，岑春煊所說的『軍機處』，其實只是指慶王奕劻，因爲朱寶奎出於奕劻的保薦，同時也相信岑春煊所言不虛。朱寶奎能躋身卿貳，她亦聽人說過——造滬寧鐵路借的是英國的款子，先借三百二十五萬鎊，工程未半，經費花得光光，只好續借六十五萬鎊。借款的合約，比哪一條鐵路都來得苛刻。最吃虧的是，借款合約一成立，便需設立總管理處，委員共五名，中、英各二，但總工程師爲當然委員；以二對三，中國變成少數，大權全落英國之手。此事由盛宣懷創議，亦由盛宣懷經手；而從中奔走牽線的就是朱寶奎，岑春煊說他『勾結外人，呑沒鉅款』，事原不假。

『朱寶奎眞有劣蹟，當然應該革職。』慈禧太后問道：『不過，總得有個罪狀，才可以明白降旨！』

『就說是臣面參好了。』

慈禧太后想一想答說：『好吧！就照你的意思。』

有此承諾，岑春煊方始正式謝恩。等他回寓所不久，便有上諭：『據岑春煊面奏：郵傳部左侍郎朱寶奎聲名狼藉，操守平常；朱寶奎，著革職。』

這一下震動了九城，無不詫爲奇事。各部的尙書、侍郎，同稱『堂官』，並非長官與僚屬；而岑春煊以未到任的堂官，竟能劾去已在職的堂官，眞是聞所未聞的新聞。

岑春煊當然是得意極了！而大驚失色的當然是慶王奕劻。尤其使他難堪的是，同時還有一道上諭，派他管理陸軍部，責成他整頓一切；而緊接著有一段話：『現在時事艱難，軍機處綜司庶政，所有各衙門事務，該王大臣皆應留心察核。嗣後內外各衙門務當認眞辦事，倘再因循敷衍，徇私偏執，定予一併嚴懲！』就連奕劻一起罵在裡頭了。

這道上諭是瞿鴻機主稿，輕描淡寫的『一併』二字，等於一個信號，圍剿奕劻的時機已經成熟了。於是，當夜便有人將早就擬好的一個奏摺，重新修改繕正；第二天遞了上去。

此人叫趙啓霖，字芷孫，湖南湘潭人；光緒十八年『劉可殺』一榜的進士，點了庶吉士，改爲御史。由於同鄉的關係，趙啓霖跟瞿鴻機很接近，是在門生之列——從回鑾以後，出『欽命題』以及各種考試，常由瞿鴻機主持，所以稱他『老師』的人很多。

這趙啓霖平時侍坐，常見瞿鴻機一提起奕劻的細大不捐，袁世凱的攬權跋扈，總是痛心疾首的模樣；而提到岑春煊，則讚許他清剛質直，因而默喻於心。從段芝貴獻美得官的新聞一傳，他就決心以白簡搏擊；瞿鴻機勸他稍安毋躁。及至岑春煊進京，看他竟有如此的聲威，方始恍然，原來『老師』早有安排，而此刻是作桴鼓之應的時候了！

御史的奏摺，稱爲『封奏』——其實奏摺無不固封，輾轉遞至內奏事處，用黃匣呈上御前；親自拆閱以後，才發交軍機處按規制處理。只是彈章特稱『封奏』，關防格外嚴密；慈禧太后拿趙啓霖這道奏摺，才看了兩行，不覺精神一振：因爲段芝貴的事，她亦隱約有所聞，老想問一問，卻無人能知其詳；這個奏摺恰好能滿足她的好奇心。

於是，她親手將燈移一移近，從頭看起：

東三省改設督撫，原以根本重地，日就阽危，朝廷銳意整飭，特重封疆之寄，冀拱衛之功。不謂竟有乘機運動，夤緣親貴，如署黑龍江巡撫段芝貴者！

臣聞段芝貴人本猥賤，初在李經方處供使令之役；繼在袁世凱署中聽差；旋入武備學堂，爲時未久，百計夤緣，不數年間由佐雜至道員，其人其才，本不爲袁世凱所重，徒以善於迎合，無微不至，雖袁世凱亦不能不爲所蒙。

上年貝子載振往東三省，道過天津，段芝貴復夤緣充當隨員，所以逢迎載振者，更無微不至，以一萬二千金於天津大觀園戲館，買歌妓楊翠喜，獻之載振，其事爲路人所知。復從天津商會王竹林措十萬金，以為慶親王奕劻壽禮。人言藉藉，道路喧傳；奕劻、載振等因為之蒙蔽朝廷，遂得署理黑龍江巡撫。不思時事艱難，日甚一日！我皇太后、皇上宵旰焦慮，時時冀轉弱為強。天下臣民稍有人心者，孰不仰體深宮憂勤之意？在段芝貴以無功可紀，無才可錄，並未曾引見之道員，專恃夤緣，驟躋巡撫，誠可謂無廉恥。

在奕劻、載振父子，以親貴之位，蒙倚畀之專，唯知廣收賂遺，置時艱於不問，置大計於不顧，尤可謂無心肝。不思東三省為何等重要之地，為何等危迫之時，改設巡撫為何等關繫之事！此而交通賄賂，欺罔朝廷，明目張膽，無復顧忌，眞孔子所謂：『是可忍，孰不可忍矣！』

旬日以來，京師士大夫晤談，未有不首先及段芝貴而交口鄙之者！若任其濫綰疆符，誠恐增大局之阽危，貽外人之訕笑。臣謬居言官職，緘默實有所不安，謹據實糾參，應如何懲處，以肅綱紀之處，伏候聖裁。

原來有這樣的內幕！慈禧太后想起岑春煊前幾天對奕劻的攻擊，毫不遲疑地用硃筆評了兩個字：『徹查』！同時將原摺從『以一萬二千金』起至『以為慶親王奕劻壽禮』這一段文字旁邊，密密加點，表示徹查者何事。

這是頭一天晚上看的奏摺，第二天凌晨由執班軍機章京向內奏事處領去，名為『早事』，向例由領班大臣先看。但瞿鴻禨久在軍機處『當家』，可以不顧此例；看到趙啓霖這個摺子，微微一笑，聲色不動地靜等慶王奕劻到來。

其實慶王奕劻已得信息；是由李蓮英傳來的。慈禧太后這天起身，神色頗為不愉；李蓮英從她口風中得知其事，悄悄告訴了大格格——榮壽公主。她跟李蓮英對慈禧太后的看法，與眾不同，他們從未期望慈禧太后會成爲『女中堯舜』的宋朝宣仁太后，可也不在乎她是不是女皇帝武則天；他們只把她看成當了幾十年的家，至今仍非她才能約束一大家子人的一位老太太，不管別人怎麼說，反正辛苦了一輩子，至今年過七十，猶需事事操心；那還不該讓她過幾年舒服日子？

因此，大格格與李蓮英在宮中上下聯絡，務求安靜，尤其不可惹慈禧太后生氣；如今眼看要起大風波，當然得趕緊想法子平息。因此，大格格同意李蓮英的主意，把這個消息託內務府大臣世續轉告奕劻，讓他自己早自爲計。

奕劻當然震動了！一面託徐世昌與那桐料理其事，一面趕進宮去，在轎子裡心問口、口問心地決定了自己的態度。

因爲如此，到得軍機處，看到了趙啓霖的奏摺，還能夠保持平靜，『子玖！』他說：『既有硃筆「徹查」，我應該迴避；這件事就拜託足下主持了，今天我亦不便再上去；請你在兩宮面前代爲聲明。』

瞿鴻禨沒有想到他竟能這樣子地沉著，神色肅穆地想了一會答說：『王爺的處境，確是很尷尬，有話我可以代奏。』

『我沒有甚麼話，只請皇太后、皇上簡派大員徹查。』

『王爺看派甚麼人好？』

『這，』奕劻搖搖頭說：『我不便表示意見。』

『那麼，』瞿鴻禨又問：『上頭如果問到段芝貴，該怎樣答奏？』

奕劻將原奏又拿起來看了一會，方始答說：『段芝貴是有功之人，出身不高，是另一回事。日俄戰爭那兩年，陪北洋的日本顧問，到火線上去過好幾次；關外的情形很熟，跟日本人也有交情。』

略停一下，奕劻再說：『徐菊人跟我商量，說這次新設督撫，日本跟俄國一定處處跟中國爲難，將來的糾紛必多，交涉也很難辦，總得人地相宜才好。奉天借重唐少川，就是爲此；黑龍江派了段芝貴也是這個意思。如今既然有人參了，我亦不能再說甚麼，請旨辦理就是。』

『是了！請旨辦理。』

『這段芝貴到底是甚麼人？』慈禧太后問。

『據慶親王說，是有功之人。』瞿鴻機將奕劻的話說了一遍，加上自己的意見：『但如進用不以其道，怕從此開了倖進之門，關係不淺。』

『你說進用不以其道，是說段芝貴眞的行了賄？』

『不是！臣絕不敢這麼說。』瞿鴻機答說：『段芝貴沒有補過實缺，亦沒有送引見，就派任巡撫，過去尙無其例。』

『是啊！』慈禧太后說：『道員放缺，都要先引見，如今居然有我跟皇上都沒有見過的巡撫，這不叫人奇怪？既然如此，應該先撤他的藩司。』

『是！』瞿鴻機問道：『硃筆「徹查」，照規矩，至少簡派一位親王，一位大學士；請皇太后、皇上的旨意。』

慈禧太后略略想了一下吩咐：『派醇親王跟孫家鼐好了。』

瞿鴻機承旨退了出來，就在乾清宮西面，專爲軍機休息用的板屋中，擬了兩道上諭，一道是『段芝貴著撤去布政使銜，毋庸署理黑龍江巡撫。』一道是：『御史趙啓霖奏，新設疆臣，夤緣親貴，物議沸騰，據實糾參一摺，據稱段芝貴夤緣迎合，有以歌妓獻於載振，並從天津商會王竹林措十萬金為慶親王壽禮等語，有無其實，均應徹查。著派醇親王載澧、大學士孫家鼐確切查明，務期水落石出，據實覆奏。』

寫完又檢點了一番，正要裝匣遞上時，太監來宣召，指定只要瞿鴻機獨對。原來慈禧太后心細，想起段芝貴既已無庸署理黑龍江巡撫，遺缺便應另覓替人；要問的便是這件事。

瞿鴻機當然也曾想到這一點。本意要問一問徐世昌，另外照規制開列『一正兩陪』的名單，聽候硃筆圈定。如今慈禧太后既已問到，不能無以為答；同時也覺得這正是為自己增添聲威的好機會，所以略想一想，便即答說：『江西藩司程德全，曾任吉林濱江道，資歷相當，人地相宜，可否請旨簡派？』

『程德全？』慈禧太后問道：『是四川人嗎？』

『是，他是四川雲陽人。』

『甚麼出身？』

『記得是廩生出身，他久任外官，很能實心任事。』瞿鴻機緊接著說：『他當濱江道，正是日俄戰爭那兩年；日本追俄國軍隊，打算開炮，程德全怕傷了百姓，拿身子擋住炮口不讓開，日本軍只好依他。』

『這樣說起來，眞是個好官。難得！難得！』慈禧太后讚歎不絕地：『就派他去。』

於是又補了一道以程德全署理黑龍江巡撫的上諭，隨即發了下來。奕劻一看段芝貴的處分，冷笑說道：『還好，不是解任聽勘。』

話一出口，不免失悔；何必有此爲段芝貴不平的語氣？好得瞿鴻禨不在面前，牢騷也大可不必再發；當下起身就走，趕回府找那桐跟徐世昌去商量。

『不會有甚麼風波，王爺請放心！』那桐安慰他說：『孌老中正和平，醇王絕不會有意見，事情不難辦，只是王爺的面子上難看了一點。』

『這時候還管面子不面子！』奕劻問道：『孫孌臣那裡，是不是該招呼一下？』

『是！我跟菊人商量過了，他去最好！』

『對了，菊人辛苦一趟吧。你去比較不落痕跡。拜託！拜託！』

『王爺言重了。』徐世昌說：『原是義不容辭的事。只是如何說法，先得跟王爺請示。』

這有點故意作難的意味，奕劻不免尷尬。照道理說，既然有求於人，便當開誠相待；然而納賄十萬之巨，說來自覺汗顏。因而訥訥然地，把張老臉脹得通紅。

見此光景，那桐替他解圍，『菊人，』他說：『君子可欺其以方。』

這意思是在孫孌臣——文淵閣大學士孫家鼐面前，來個概不承認。不過徐世昌不會那麼傻，表面上點頭同意，心裡已想好了說法，孫家鼐問起案情，只回他一個『不知其事』就是。

『還有件事呢，唉！』奕劻重重地嘆氣：『這個畜生，替我惹多少禍！』

『畜生』當然是罵載振；『還有件事』便是載振納寵那件風流公案。那桐答說：『這更不必王爺費心，把人送走就沒事了。』

『喔，』奕劻問道：『回天津？』

『是！』

『可是……』

『王爺，』那桐知道他的意思，『當然會有妥當的安排，足能遮人耳目。』

『那好！實在費心了。』奕劻不勝傷感地說：『七十之年，遭此奇辱，想想這口氣眞嚥不下。琴軒，你看著好了，京裡只怕從此要多事了！』

『也不盡然！』那桐毫不在乎地說：『騎驢看唱本，走著瞧！』

『大爺，你快回府去吧！老爺子不知道急成甚麼樣兒了。有話不會到天津再說嗎？』

『嗐，翠喜，你不懂！』載振又愁又急，『剛才我是寬你的心，說過幾天到天津來看你。其實哪一天才能到天津吶？你要知道，我們的行動比誰都不自由，不奉旨不能離京；這個時候，你倒替我想想，我拿甚麼理由跟上頭去說，我要到天津？』

載振心亂如麻，除了憂急愁煩以外，甚麼事都不能做；就這時候來了個人，官拜農工商部右參議，姓袁名克定，字雲台，正是袁世凱嫡出的長子。他是載振的部屬，但場面上稱『大人』，私底下叫『大叔』。載振一見是他，愁懷略解，拉著他的手到僻處說話。

『大叔！』袁克定說：『我父親已經知道這回事了，有電報來，請王爺跟大叔別著急。風浪雖大，消得很快，不會有甚麼大不了的！』

『喔，』載振問說：『電報是打給誰的？』

『打給楊杏丞的。他此刻到那中堂那裡去了，一會兒會來，必有妥當的辦法。』

聽得這一說，載振心神略定，愁緒稍減而怒氣反增，憤憤地說道：『人心太險！雲台，咱們就是紅樓夢上的話：一榮皆榮，一枯皆枯。你看見這情形了，只怕對你父親也還有不利的舉動。』

『是！一榮皆榮，一枯皆枯。我父親拿王爺跟大叔的事，當自己的事一樣。好的是要查的人，都在天津，多少是有把握的。』

載振讓他提醒了，頓覺精神一振，『不錯啊！人都在天津，還怕逃得出你父親的掌心。』他說：『咱們等杏丞來了好好商量一下；事情要辦得乾淨俐落。』

正說到這裡，聽差來報：『楊大人到。』接著只見楊士琦步履安閒地踱了進來，見面致禮，換到載振的書房去密談。

『請姨奶奶趕緊預備，回頭就有人來護送她到天津。可不能修飾，最好亂頭粗服；不過，要遮人耳目也難。』楊士琦唸了句唐詩：『「天生麗質難自棄」。』

載振爲之啼笑皆非，『這是甚麼時候，杏丞，』他苦笑著說：『你居然還有開玩笑的心情！』

『要有開玩笑的心情，才能化險爲夷。育公，請你先進去關照姨奶奶，檢點隨身衣服等在那裡，說走就走，片刻不能耽擱。』

『原就預備好了的。』載振突然想起，大聲喊一句：『來人！』

走來的是個俊俏小廝，是載振的貼身跟班小福，進來先向楊士琦與袁克定請了安，才走到主人面前去聽使喚。

『你進去告訴姨奶奶，別戴首飾，尤其是那只戒指最惹眼。你得看著，讓她卸下來。』

『是了！』小福答應著，轉身就走。

『杏丞，我得知道，翠喜到了天津，怎麼安頓她？』

『只有安頓在王益孫那裡。』

『安頓在他那裡？』載振不由得心裡嘀咕，『不能安頓在別處嗎？』

『不能！有移花接木一計在，非王益孫頂個名不可。』

『真的只是頂個名？』

這話讓楊士琦無從回答。『噎，育公！』他不以為然地：『這時候還顧得那許多？』

『大叔，』袁克定率直地說：『禍水去之唯恐不速；何必自尋煩惱。』

『好吧！』載振扭過臉去揮一揮手，就像楊翠喜此時在他眼前似地。

『育公，』楊士琦又說：『醇王跟夔老，當然不能到天津親自去查；已經派定兩個人了，一個是正紅旗滿洲印務參領恩志，一個是內閣侍讀潤昌。恩志不必管。潤昌那裡該打個招呼。能不能賞一張名片，我派人傳育公的話，向他致意？』

『那有甚麼不能？』說著，載振親自找出一張名片出來，遞了給楊士琦。

『還有件事，』楊士琦說：『我是轉達那中堂的意思；這一案即使水落石出，盡皆子虛，可是在育公似乎不能沒有表示！』

『表示？』載振愕然：『表示甚麼？』

『應該有個閉門思過的表示。』

載振想了好一會，爽然若失地說：『是要我辭官？』

『是！差缺都要辭。』

『這！』載振問道：『老爺子怎麼說？』

『王爺的意思，大叔，』袁克定插句嘴：『你該想像得到。』

『有句成語，叫做「上陣還需父子兵」，』楊士琦緊接著說：『育公，試想父子上陣，誰個當先？』

載振恍然大悟！父子同時被劾，如果不能兩全，當然是他退避言路。體會到此，反有如釋重負之感！因爲他很清楚，是自己『罪孽深重』，禍延老父，所以一直不敢回府。如今有此護父之功，稍減不孝之罪，可以少挨多少罵，自然樂從。

『杏丞，這樣辦很好。所難者是這個摺子的措辭，就煩大筆，如何？』

『理當效勞。』楊士琦安慰他說：『育公，一時頓挫，不必介懷；所謂盤根錯節，乃見利器。只要慈眷仍在，必能三兩年內復起。』

『那是以後的話了。』載振泰然地，『反正只要能把這場風波壓下去，無所不可。』

正紅旗滿洲印務參領恩志，與內閣侍讀潤昌坐頭等車到天津時，是由北洋衙門派出一名候補知府在迎接。此人名叫世壽，籍隸鑲紅旗，是潤昌同旗的好友。由於恩志與潤昌，算是奉醇王載灃及大學士孫家鼐所委任，到天津來私下查訪。爲了遮人耳目，不便由首府或首縣公然迎送，因而特地挑中世壽來負招待的總責。

下了火車上馬車，接到英租界一家字號叫利順德的西式旅館，住的是每天大洋十六元的特等套房，有臥室，有客廳，有洗澡房。開出窗去，便是公園；軒敞爽朗，比起舊式客棧來，不知高明多少倍。

但是恩志卻住不慣，『世大哥，』他說：『兩個人佔了六間屋子，未免太糟蹋，再說，這個坐著拉的洋馬桶，我也用不慣；一大早起來，非上茅房蹲在那裡不可。怎麼著，世大哥，換一家吧？』

世壽與潤昌都為之啼笑皆非，但無理由可說，唯有依他；換到日租界旭街樂利館，才算安頓下來。

『世大哥，』恩志又發話了：『我有一張名單在這裡，勞你駕把地址都寫上，再請派個聽差來，明天領著我跟潤二爺一家、一家去查。』

這予世壽與潤昌的詫異，更甚於他不願住利順德。兩人面面相覷，好久說不出話來。

『怎麼著？潤二爺，』恩志問道：『我的話說錯了？』

『哪裡，哪裡！』潤昌急忙分辯：『咱們先吃了飯再說。』

及至下了館子，只見潤昌不斷勸恩志的酒；世壽心裡明白，幫著殷勤相勸，畢竟把他灌醉了。等送回旅館，已經鼾聲大作，打雷都驚不醒他了。

『到我屋裡坐去！』

世壽跟著到潤昌屋子裡，煮茗相對；世壽蹙眉低聲，指指間壁：『怎麼派了這麼一個不懂事的來？』

『有小醇王那樣的主人，就有「那位」那樣的下人。咱們不管他，你說吧，這件公事該怎麼辦？』

『潤二哥，這趟是好差使；不瞞你說，我也大大地沾了你的光。只要這件案子一了，上頭答應派我一個銅元局會辦的差使，所以，潤二哥，你有話儘管說，我一定盡心盡力，替你辦到。』

『你說吧！我又不是不漂亮的人。』

世壽沉吟了一下回答說：『禍是段香巖闖出來的，他願意拿一萬銀子；袁大帥總也要送程儀，聽說是四百兩一份。潤二哥，我沾的光不少了，又是老朋友，我分毫不落，涓滴歸公。』

『那也不必！交情是交情，辦事是辦事，大家按規矩來，少不得有你一個二八扣。不過，買個窯姐兒一萬二千兩，莫非我們兩個連這個數都不值？』

『要加個二千兩，大概……』

『不，不！我是作比方。』

『那麼，潤二爺，你開個價兒！』

『這可難說了！瞧你的面子，來這個吧？』說著，潤昌伸出兩個指頭。

『他的也有了？』世壽一指隔室。

『你不必管他，都歸我說話就是。』

『是！是！』世壽陪笑說道：『潤二哥，我不能駁你老的面子；這樣吧，我把我那個二八扣省出來，明後天你帶一萬六千銀子回京。間壁那位歸你自己安排，我一字不提。』

潤昌盤算了一下，慨然答說：『好吧，世三爺，衝你的面子，就這麼說。你也不必給我一萬六，一萬五就行了！按說，你從京裡來，吃的、用的，該替你多捎一點兒；只爲走得匆忙，來不及預備，那一千銀子就算折乾兒。至於那面你戴不戴帽子，就全在你自己了。』

『不戴帽子，不戴帽子，自己人的事，我還想落後手，那成了甚麼人了？』世壽緊接著說：『公事呢？潤二哥預備怎麼辦？』

『怎麼辦都可以。不過，我得跟你說明白，案子裡有關係的人，過兩天得進一趟京。』

世壽大吃一驚，『怎麼？』他問：『還得過堂？』

『甚麼過堂？醇王和孫中堂跟大家見個面，隨便問幾句話，不必慌張，反正凡事有我。』

『好，好！一切拜託。』世壽想了一會說：『明天上午，我派車來接；請潤二爺一個人來好了。』

到得第二天，恩志宿酲未解，躺在床上起不來，潤昌正好單獨赴約。見面的地方是在一家飯館裡。跑堂的將門簾一掀，只見裡面除了主人還有個陌生人在；經世壽引見，才知道他就是王錫瑛。

玉錫瑛春風滿面，笑起來眼角兩道極深的魚尾紋，正是走桃花運的臉孔。對潤昌當然巴結得無微不至，但言不及義；而世壽亦一直等他託詞告辭以後，才談到正事。

『潤二哥，你點一點！』世壽將一個鼓起來的紅封袋擺在潤昌面前，又加一句：『不必客氣，點一點的好！』

這是筆潤昌從未經手過的大款子，自然要作一番檢點。一共是十五張銀票，每張一千兩，絲毫不錯。

『再有個東西，請潤二哥過目。』

潤昌接來一看，上面寫的是：『卑職等到津後，即訪歌妓楊翠喜一事……』

『原來是替我們代擬的，覆命的公事。』

『對了，若有不妥，咱們再商量。』

於是，潤昌聚精會神地，一面看一面輕聲唸道：『當時天津人皆言楊翠喜爲王益孫買去。當即面詢王益孫，稱名王錫瑛，係兵部候補郎中，於二月初十間，在天津榮街買楊李氏養女名翠喜爲使女，價三千五百元，並立有字證。再三究問，據王錫瑛稱，楊翠喜現在家內服役……』

唸到這裡，潤昌抬眼問道：『楊翠喜眞的在王家？』

『是的，在王家！』世壽答說：『讓王益孫撿了個大便宜。』

『那……』

『潤二哥，』世壽趕緊攔他的話：『王益孫不是不開竅的人；他已經跟我說過了，另外還有一點小意思。潤二哥，看我的面子。』

潤昌不作聲了，接著往下看：『又據楊翠喜稱，先在天仙茶園唱戲，於二月初間，經過付人梁二生身父母說允，將身賣與王益孫名錫瑛充當使女。復據楊翠喜之父母，並過付人梁二等稱：伊養女楊翠喜實在王益孫名錫瑛家內，現充使女等語。』

『嗯，嗯！』潤昌凝神考慮了一會說：『這話，都要他們記清楚，不然，到了京裡會露馬腳。』

『當然，當然！』

『也還得讓我見一見。』

『應該，應該。潤二哥，你再往下看。』

這個稿子分爲兩大段，第一段是爲載振洗刷風流罪過；第二段才是替奕劻澄清受賄十萬金一事。潤昌離京以前，就曾奉到孫家鼐的指示，父子同案，輕重不同；有無納賄情事，應當格外細查。所以他覺得不能只憑世壽送來這麼一個稿子，輕易上覆。

『我並無他意，只是爲了拿事情辦妥當。』潤昌很懇切地解釋：『案內一干人證，要提進京去面詢，這話我已跟老兄說過。楊翠喜跟她的養母，上頭不會多問；問到就說得不大對，也還不要緊。至於慶王的這重公案，情形就不同了，一定會問得很仔細；而且雖是商人，到底也是官兒，說一句是一句，一字不符，出入甚大！所以，我想形式一定還是要做。』

所謂『形式一定要做』，意思是必定將有關人證找來問一問。這不過稍微麻煩些，關係不大；只是有件事，不能不弄清楚。

『潤二爺，你要找人來問，是一個人問，還是兩個人問？』

『一個人問如何？兩個人問又如何？』

『如果只是潤二爺你一個人問，那就沒話可說。倘或是跟恩參領一起問，怕他問到不在路上，彼此合不上攏，豈不糟糕？』

『這沒有甚麼！』潤昌答說：『第一，他問得不在路上，只要答的人心有定見，有把握就回答，沒有把握就推託，說一聲「不知道」，「記不得」，「不清楚」，都無不可！』

世壽把他的話細細想了一遍，完全領會了，點點頭說：『好！我會安排。』

『第二，說到合不上攏，你也可以放心。恩參領哪裡能提筆？將來稟覆，是我主稿；我當然會教它合得上攏。再說，你有現成的稿子在這裡，我只按著你上面所寫的去問；答得不錯，我就用這個稿子抄一抄，往上一送。怎麼會合不上攏？』

『那就是了！』世壽欣然問說：『你看甚麼時候找他們來？』

『明天上午吧！今天我得在恩參領身上下點工夫；能把他說服了，只聽不開口，那是最好。』

回到旅館，只見恩志穿一件小棉襖，裹著被靠在床欄上。頭上紮一塊帕子，太陽穴上貼著兩小方頭痛膏，精神委頓得很。

『好傢伙！』他一見了潤昌的面就說：『那是甚麼酒？這麼厲害！』

『酒並不厲害，是喝得太多了。』潤昌關切地問：『要不要請個大夫來看看？』

『不必。』恩志答說：『一半是悶得慌，不知道你上哪兒去了？公事還沒有動手，我又不能出門，就能出門也不知該幹甚麼？』

聽他說得如此無奈，潤昌不覺失笑，『因此，你就只好躺在床上裝病玩兒了！來，來，起來！』他去掀他的被，『洗洗臉吃飯，還得喝一點兒酒；這個名目叫作「以酒醒酒」。』

說著，潤昌作主替他叫來四個菜一個湯，另外帶一瓶玫瑰露；恩志強打精神，坐下來喝了兩口醋椒魚湯，覺得很受用，胃口慢慢地開了。

『你別客氣，我是吃了飯回來的，陪你坐坐。』潤昌問道：『你這趟來，醇王是怎麼交代你來的？』

這讓恩志很難回答。原來他是醇王府屬下的護衛，當差頗爲謹愼，載灃特意派了他這個差使，說是『調劑、調劑』他。載灃說話，固然辭不達意的時候居多；恩志也太老實了些，連『調劑』二字都不甚明白，只好向同事去請教。

同事告訴他，這是醇王挑給他一個好差使；此去查案，不管是甚麼人來接待，必然會送個紅包。至於紅包的大小，要看他自己的作法。那同事又教他，凡事刁難，讓人家覺得他不好對付，自然就會大大地送個紅包。

然而，恩志卻又不懂如何刁難，只得抱定宗旨，亂找麻煩，這話自不便對潤昌說；但又覺得此人不錯，不忍欺他。想來想去，只好說一句老實話。

『王爺說，這趟派我出來，是「調劑、調劑」我。』

一聽這話，潤昌喜在心頭；表面上仍舊平靜地問：『那麼，你老兄打算要個甚麼數目呢？』

『我不知道。』恩志答說：『千兒八百的，總該有吧！』

潤昌益喜，也益發冷靜；想了好一會說：『咱們打開天窗說亮話，上頭派了我這個差使，也是爲了調劑、調劑我；不過千兒八百可不行！』

『你想要多少呢？』

『我想要他五千銀子，咱們倆對分。』

恩志大爲興奮，卻又遲疑地問道：『行嗎？』

『一定行，也許還能多摟幾文。不過，你一切得聽我的。』

『行！』恩志答應著，大大地喝了口酒。

就這樣，輕易地將恩志擺佈得服服帖帖。第二天上午，兩人由世壽陪著到了商務局，便只由潤昌一個人出面打交道。

對方一共是三個人，穿的都是便衣，問起來卻都有前程。王竹林是三品的候補道。充當商務局總辦，亦算管著直隸的一個衙門，所以潤昌很客氣地請他對坐談話。

『竹翁的台甫是？』

『賢賓。』王竹林答：『聖賢的賢，賓客的賓。』

『竹翁的本業呢？』

『做鹽。』

『長蘆鹽商闊得很……』

『不，不！』王竹林急忙分辯：『現在大不如前了，餬口而已。』

『不必客氣！』潤昌又問：『平時跟段香巖有沒有往來？』

『認識，沒有往來。』

『那麼，怎麼說你替他籌了十萬銀子，送慶王作壽禮。』

『那是那班都老爺，吃飽了飯沒事幹，瞎造謠言。』王竹林答說：『本局每年的入款，不過七千多兩銀子，勉強夠開銷；哪能籌十萬銀子送人。而況，公費支銷，也不是我一個作得了主的。』

『還有誰？』

『本局的商董一共有七個人。』

『都在這裡沒有？』

『商董要開會才來，只有一位兼協理的寧世福在這裡。』

『那就請這位寧協理來談談。』

這寧世福捐的是個候補知府，若論官位，比潤昌還高；不過既然穿了便衣來，便是自居於商人之列。他的態度很謙恭，而且也很會說話；提到那十萬銀子，臉上有極詫異的表情。

『十萬銀子？』他說：『不但未見，連聽都沒有聽說過。』

『也許你不知道。』

『不會的！王總辦遇事都要跟我商量。再說，十萬銀子，既不是我出，也不是王總辦出，那就一定是商家分攤。請潤二爺仔細打聽，不難水落石出。』

『是的，我要仔細打聽。』

『喏！』寧世福指著外面說：『剛才那位姓鄭的，開著一家銀號，專門兌錢；一天進出七八萬，是個大買賣。潤二爺不妨先問問他。』

『好！』潤昌說道：『我先問句話，福翁，你們在局的商董，可能公同具結。』

『當然！』寧世福問：『這個結怎麼寫法？』

『只說並無爲段某某籌措十萬金之事，就可以了。』

『那好！我馬上就辦。』

於是，一面由寧世福去具結，一面由潤昌找了預先安排好的錢商鄭金鼎來問話；答語與王竹林、寧世福所說，大同小異。

『既無其事，可以不可以具結？』潤昌說道：『不是你一個人，天津的大商家公同具個結。』

『這……』鄭金鼎遲疑著，面有難色。

『可以，可以！』王竹林趕緊接上來說：『我是商務局總董，事情又與我直接有關，我來找各大商家具結。』

要具結方便得很；商務局平時常爲各商家有所呈請，或者辦甚麼報銷，刻有一大批圖章，蓋上就是。麻煩的是案內人證，均需進京，聽候面質；其中楊翠喜忽然膽怯，不肯拋頭露面，事情成了僵局。

『不要緊！』世壽向潤昌拍胸擔保：『一定讓兩位交得了差。』

『這不是我們交得了差、交不了差的事；是她自己的禍福所關。』潤昌又說：『照這樣子，我們另有件事放不下心了。』

『請教！』

『楊翠喜這樣子不聽話，到得醇王跟孫中堂問的時候，她如果不按商量好的說法說，那漏子就大了！』

『不會，不會！她不能跟自己過不去。總而言之，兩位的差使，打這兒起就算交了！在天津逛逛，樂個一兩天，舒舒服服回京。』

聽得這麼說，潤昌越發放心。回到客棧，取出三千兩銀票，交到恩志手裡；自己實收一萬二，還贏得了恩志的連聲道謝，自是躊躇滿志，得意極了！

『找點樂子吧？』他向恩志說。

『都說天津的侯家后，賽似京裡的八大胡同。』恩志縮著脖子笑道：『咱們瞧瞧去！』

『那得人帶路……』

『用不著，用不著！』恩志辦事很老實，唯獨花街柳巷，內行得很，『有人帶，就不好玩兒了，自己摸著去才有趣。』

潤昌無可無不可地答應了。走出房門才想起，身上揣著一萬多銀子的銀票去逛窯子，這件事危險得很。萬一讓剪綹的扒了去，說出來都不會有人相信；若要問到：哪裡來的這麼一大筆錢？更是無辭以對。

『你等等！』潤昌回到自己屋子裡，打開箱子，將整把銀票塞在箱底，只帶了百把兩銀子在身上，但自信到侯家后已是闊客了。

安步當車，一路問，一路逛；很容易地找到了侯家后，果然熱鬧非凡；但如說可與八大胡同相提並論，卻又未必。

不過，有一樣花樣是八大胡同所沒有的，有公然聚賭的寶局子。潤昌一聽『沙啷啷』骰子響，手心就癢了。

『等一等！』他拉住恩志，『等我進去看一看！』

『算了，算了！』恩志的興致不在此，不肯進去，『已經發了一筆橫財了，不會有第二筆。走吧！』

『不！』潤昌抬頭一看，對面就是一家妓院，名叫『梨香院』，便即用手一指，『你先去「開盤子」，我一會就來。』

恩志無奈，只好『單嫖』去了。潤昌精神抖擻地，昂然直入；初進大廳，黑壓壓一片人頭，還不了解情形。稍微站一站，就弄清楚了，是一桌寶，兩桌牌九；他毫不考慮地，往牌九桌邊走去。

推莊的是個大胖子，穿一件油光閃亮的緞子夾襖；胸前拴一根有小兒手指這麼粗金錶鍊，面前銀票、銀元一大堆，只是在嚷：『快押、快押；別蘑菇！』

見此光景，潤昌且不出手；看了兩把，覺得下門不壞。此念一動，想到那一萬兩千銀子，頓覺膽粗氣壯，往口袋大把一兜，將銀票都抄在手裡，捏緊了往下門一丟，嘴裡說一聲：『春天不問路！』

這是來了豪客了，大家都抬頭來看；潤昌聲色不動，只望著莊家。

莊家將銀票稍微撥了一下，沒有說話，往桌面上撒骰子，是個九點；拿起頭一把牌，就往外一翻，漆黑一片，立刻引起一片笑聲。『「黑鬼子抗洋槍」！』上門有人說：『有點子有錢。』翻出來是八點，天門兩點，下門看牌的那人，不大爽脆，先翻一張，是張長三；再翻一張，是個長二。這下輪到莊家笑了！

『彆吃彆！』他說：『有這「春天不問路」的一注，配過有餘。』

潤昌臉上訕訕地，好不得勁，唯有轉身就走；想想實在有點不服氣，到得梨香院，卻又折回客棧，開箱子取了一千兩銀票再來賭。

越賭火越大，每到他將近翻本，打算歇手時，必定連輸三注；想走不可，送光爲止。這樣一連回了客棧四次，自己都不大記得輸了多少了。

第五次回客棧，正拿箱子來開，聽得門口有人在說：『我的老爺子，你倒是怎麼回事啊？』回身一看是恩志；他在梨香院等得不耐煩，到寶局子又找不著潤昌，心裡很不放心，才趕了回來，果然把人找到了。

『我以爲出了甚麼事了呢？』恩志看著他的手說：『怎麼著，你還要去賭啊？』

『我再去一趟。』

『你輸了多少了？』

『我輸……』潤昌猛然會意，不能說實話：『沒有輸，沒有輸。就一百兩銀子，玩兒了好半天。』

『沒有輸就算了。辛辛苦苦來一趟，何苦。』

潤昌不便再堅持，狠一狠心，斬斷了想賭的念頭，將銀票仍舊塞回箱子裡。

到得就寢時，關起房門，細細點數；說也正巧，剩下的不多不少，恰恰三千兩正。

『命也！運也！』潤昌反倒睡得著了。

傳詢楊翠喜等人的第二天，醇王與孫家鼐便即會銜覆奏，一切都如在天津的安排。慈禧太后看完摺子，連同載振自請開缺的奏摺，一起發交軍機。

奕劻看完，自感欣慰；心裡在思量，大事化小，小事化無，載振可望保住原職了。哪知瞿鴻禨有不同的意見，認為言官固可聞風言事；但不能摭拾浮言浪語，污衊親貴，此風不可再長！

奕劻當然不便為趙啓霖說話，只好請旨辦理。慈禧太后卻深知其中的妙用，乘機要裁抑奕劻的勢力，便即說道：『趙啓霖除非不處分，要處分就該革職。』

奕劻不作聲，瞿鴻禨答一聲：『是！』

『先擬旨來看。』

於是將原摺及慈禧太后的意思，告訴了『達拉密』；引敘原文，擬成一道上諭：

前據御史趙啓霖奏參新設疆臣夤緣親貴一摺，當經派令醇親王載灃、大學士孫家鼐確查具奏。茲據奏稱，派員前往天津詳細訪查。現據查明楊翠喜實為王益孫即王錫瑛買作使女，現在在家服役。王竹林即王賢賓，充商務局總辦，與段芝貴並無往來，實無措款十萬金之事；調查帳簿，亦無此款，均各取具親供甘結等語。該御史於新貴重臣名節所關，並不詳加查訪；輒以毫無根據之詞率行入奏，任意污衊，實屬咎有應得。趙啓霖，著即行革職，以示懲儆。朝廷賞罰黜陟，一秉大公；現當時事多艱，方冀博採群言，以通壅蔽，凡有言責諸臣，於用人行政之得失，國防民生之利病，皆當剴切直陳，但不得摭拾浮詞，淆亂觀聽，致啓結黨傾陷之漸，嗣後如有挾私參劾肆意誣罔者，一經查出，定予從重懲辦。

旨稿送到奕劻手裡，頗有侷促之感。他這個親王與眾不同，別人是襲祖父的餘蔭，安享尊榮；他是打過滾來的，由疏支的輔國將軍，晉貝子、貝勒，而爬到郡王，再進而親王，甚麼炎涼世態、險巇人情沒有經過？因此，他的長處就在有自知之明；輿論對他們父子的批評，完全明瞭。上諭煌煌，固然可以遮外省的耳目，但輦轂之下，防民之口，有如防川，必有人爲趙啓霖大大地不平；而況有岑春煊在，豈能默爾而息？看來難安於位了。

這樣一想，決定不顧嫌疑，毅然說道：『子玖，措辭太嚴厲一點，我看要改。』

瞿鴻機故意報以苦笑：『我何嘗不想改，趙某是我的門生，豈有不想迴護他之理。無奈面奉懿旨，拿他革職；王爺，』他問：『措辭若非如此嚴厲，這個職怎麼革得下來？』

『其實革職也重了一點，申飭或者至多讓他回原衙門行走，也就是了。』

『嗐！』瞿鴻機大不以爲然地：『王爺怎麼在承旨的時候不說？』

奕劻語塞，只好將旨稿送了上去。不久，第二次叫起，慈禧太后將載振的奏摺發了下來，垂詢處置的意見。

這個奏摺是楊士琦的手筆；瞿鴻機事先已經聽說，立言有法，是個必蒙嘉慰的好奏疏，所以看得很仔細，是一字一句地默唸：

奴才派出天潢，夙叨門廕，誦詩不達，乃專對而使四方；恩寵有加，遂破格而躋九列。方滋履薄臨深之懼，本無資勞才望可言；卒因更事之無多，以致人言之交集。雖水落石出，聖明無不燭之私；而地厚天高，跼蹐有難安之隱。所慮因循戀棧，貽衰親後顧之憂；豈惟庸鈍無能，負兩聖知人之哲。思維再四，輾轉徬徨，不可爲臣，不可爲子。唯有仰懇天恩，准予開去御前大臣、農工商部尙書要缺，以及各項差使。願此後閉門思過，得長享光天化日之優容；倘他時晚蓋前愆，或尙有墜露輕塵之報稱。

果然寫得好！瞿鴻機暗暗讚許，但卻不便表示意見，只說：『親貴大臣的進退出處，向來非臣下所敢妄議；請皇太后、皇上裁奪。』

『這個摺子寫得很懇切。』慈禧太后問道：『奕劻，你的意思怎麼樣？』

奕劻唯有免冠碰頭，用惶恐的聲音答說：『奴才的兒子不肖，辜負皇太后、皇上的栽培，其罪該死。這個摺子，亦是出於悔罪的愚誠，請皇太后、皇上俯准所請，奴才亦同感成全的恩德。』

『既然這麼說，我可不能不准奏了。』慈禧太后又說：『載振人很聰明，好好兒多唸兩年書，將來不怕沒有重用的時候，寫旨來看吧！』

於是，軍機用『朕欽奉慈禧端佑康頤昭豫莊誠壽恭欽獻崇熙皇太后懿旨』的格式，寫下一道上諭：

『載振奏瀝陳下悃懇請開去各項差缺一摺，載振自在內廷當差以來，素稱謹愼。朝廷以其才識穩練，特簡商部尙書，並補授御前大臣；茲據奏陳請開去差缺，情詞懇摯，出於至誠。並據慶親王奕劻面奏，再三籲懇，具見謙恭抑畏之忱，不得不勉如所請。載振著准其開去御前大臣、領侍衛內大臣、農工商部尙書等缺，及一切差使，以示曲體。現在時事多艱，載振年力富強，正當力圖報效；仍應隨時留心政治，以資驅策，有厚望焉！』

這兩道上諭，連同載振的原奏，經由宮門抄與新聞紙傳佈京內京外，頓時成爲茶坊酒肆，無人不談的話題，談奕劻父子，談楊翠喜，談段芝貴，也談趙啓霖。

但在朝貴的書房中，所談的卻是岑春煊與瞿鴻機；而瞿鴻機又比岑春煊更有可談。大家所不解的是，奕劻本無意報復，而瞿鴻機又力足以救門生，何以竟忍心讓門生落得這麼一個結果？且不說師弟之情，不同泛泛；只就厲害來說，瞿鴻機走的是李鴻藻、翁同龢的路子，以收物望爲固位的基礎；倘或能照應門弟子而吝予一援手，試問還有甚麼人願意捧這位老師？

唯一的解釋是：一條苦肉計。非此不足以逼迫載振去位。拿一個監察御史交換一個尙書，在瞿鴻機是很合算的買賣。而況趙啓霖之復起，並不是很難的事；倘或瞿鴻機能逐去奕劻，獨掌軍機大權，起復一名五、六品的官兒，根本就不在話下。

了解到這一層，奕劻有如芒刺在背；但其他旗下大員，則視岑春煊如蛇蠍，尤其是內務府，從堂官到司員，無不戰戰兢兢，生怕一不小心，落個把柄在他手裡，那就糟不可言了。

爲此，楊士琦爲奕劻劃策，內而求援李蓮英，外而策動袁世凱，齊心合力，扳倒瞿、岑。奕劻當然接納，而且就委託楊士琦到天津跟袁世凱去面談。

頭一天去，第二天就回京了。楊士琦在天津勾留的時間雖短，成就卻不小，『王爺，』他說：『袁宮保的意思，攻瞿必先去岑；岑如不去，盛杏蓀的勢力捲土重來，那就要成大患了！』

『盛杏蓀？』奕劻有些困惑，『莫非岑三跟他有勾結？岑三自命清廉，盛杏蓀又是甚麼好東西，怎麼會跟他談得來？』

『盛杏蓀不是好東西，岑三又是甚麼好東西？仕途上原是以勢相結，不問本心。袁宮保有確實消息，盛、岑在上海走得極近。朱某之被劾，就是盛杏蓀的報復，而岑三甘爲所用。即此一端，可想而知！』

『這話有根據嗎？』

『怎麼沒有根據！』

楊士琦將從袁世凱那裡聽來的故事，轉告奕劻；據說朱寶奎不獨由於盛宣懷的提攜，辦鐵路發了大財，並且在盛門執贄稱弟子，應該在『死黨』之列。誰知朱寶奎進京，在謁見醇王載灃時，問起盛宣懷的爲人；朱寶奎下了七個字的評語：『外君子而內小人。』盛宣懷耳目眾多，得知此事，將朱寶奎恨之入骨，所以在上海面託岑春煊，務必爲他報復；而岑春煊不負所託，居然在到京幾天之內便爲盛宣懷辦成這件快心之事。由此去看，岑、盛的交情，豈得謂之不深。

『原來有這麼一回事！我倒不知道。』奕劻接下來問：『去岑是如何個去法？慰庭跟你談了沒有？』

『談了！不但談了，且有成議了；不但有成議，且已付諸實行了。這幾天請王爺格外留心兩廣來的電奏。』

『你是說周玉山的電奏？』

周玉山就是袁世凱的兒女親家，兩廣總督周馥。袁世凱也是定下一條苦肉計，犧牲親家以攻岑；設計甚巧，奕劻聽楊士琦說完，大爲讚賞。

『妙極，妙極！』他說：『你跟慰庭去個電報，不妨從速；宮裡，我都說好了。』

『是跟皮硝李接的頭?』楊士琦問:『他怎麼說?』
『這件事,蓮英說不上話,由他去託大格格。不過,這份禮,』奕劻有痛心的表情:『可是不輕!』
『重到甚麼程度?』
『不談了,反正我不說,你總也會知道。我只託你務必把彼此休戚相關的意思跟慰庭說到。』
於是,楊士琦又去了一趟天津,依舊是倍宿即返;這趟帶來一筆鉅款,有六十萬兩銀子之多。不過,交到奕劻手中時,卻附著幾句話。
『慰庭讓我轉稟王爺,北洋已盡全力報效,就爲的休戚相關;慰庭又說,如今已不是求福,是求免禍。』
奕劻且不接銀票,神色沉重地想了好一會說:『我也知道,這六十萬兩銀子是北洋的公款;倘或慰庭不保其位,查這筆帳就能出大禍。他說不是求福,是求免禍;我說:非福即禍,非禍即福,禍福在此一舉了。』
第二天,奕劻便準備了一個紅封套,黎明帶入宮中,派蘇拉去輾轉傳達,請李蓮英中午務必出來見一面,他在王公朝房等候。
過了十二點鐘,李蓮英未來,來了個世續。進門行了禮,疾趨至奕劻面前低聲說道:『王爺請借一步說話。』
『喔!』奕劻站起身來,走到遠處坐下;他的貼身跟班,理會得是有不足爲外人道的話要談,便在門口一站,替他遮擋閒人。

『蓮英有差使不能來，讓我來見王爺。』世續緊接著說：『王爺有話儘管跟我說，如果一定得找蓮英，他晚上到府裡來侍候。』

奕劻很機警，覺得這件事不但不必瞞世續，而且正要讓他知道，當即答道：『跟他說，跟你說！本來我就要託你辦的。這裡有筆款子，讓他跟大格格分著花。』

世續將紅封套接了過來，一看便說道：『沒有封口。』

『對了！』

『封了口的，我原樣轉交；沒有封口，我可得問個數，免得經手不清。』

『是這個！』奕劻伸了一隻手指。

『十萬？』

『不！你看了就知道了！』

抽出來一看，是兩張銀票，一張六十萬兩，一張四十萬兩。世續嚇一大跳；兩眼眨巴了半天問說：『王爺一定還有話讓我帶過去吧？』

奕劻想了一下說：『一時也說不盡，反正「上天奏好事，下界保平安」。有甚麼動靜，蓮英自然知道。』

『是了！東西跟話，一定原封不動轉到。我想，蓮英晚上大概會去見王爺。』

果然李蓮英這天特地到慶王府去見奕劻；不斷地請安道謝以外，很謹愼地探問，有何可以效勞之處？同時又說，榮壽公主受此重饋，亦深爲不安，必得給奕劻盡點甚麼力，心裡才能好過些。

榮壽公主居然主動作此表示，在奕劻還是第一次經驗，心中大感安慰；當時便與李蓮英促膝深談，約莫有一個更次，方始結束。

兩廣總督周馥來了一個電報，說是『亂黨』鬧事，愈形猖獗；目前除了盡力防範以外，還得加意安撫會黨，以免相互勾結，蔓延而成不可收拾之禍。詞氣之間，亦微露精力衰邁，力不從心之意。

慈禧太后一看這個奏摺，不免又上了心事。榮壽公主察言觀色，知道奕劻與袁世凱的密謀已經發動了；便關切地旁敲側擊，很快地讓慈禧太后吐露了煩惱。

『還不是鬧「亂黨」！爲甚麼「亂黨」總是出在廣東呢？』

『「亂黨」哪裡都有，只看地方官行不行？』榮壽公主說：『山東緊挨著直隸，當年拳匪就不敢進德州一步。』

『那是袁世凱。』

『周馥不是袁世凱的親家嗎？』

『是啊！可是，袁世凱是袁世凱，周馥是周馥！』

榮壽公主不作聲了。慈禧太后亦沒有往下再談，靜等軍機處議奏。誰知就在這時候，廣東又來了個急電，說欽州土豪劉思裕聚眾劫掠，有攻打城池之意；來勢洶洶，請速派大軍，兼程入粵剿匪。

這個電報到京，是扣準了時候的。送到軍機處，恰在上午十點多鐘。軍機章京譯好送呈軍機大臣，瞿鴻機略略看過，隨即吩咐用黃匣子送至內奏事處，轉遞至御前，正是慈禧太后傳膳之時。

一看這個電報，席前方丈無下箸處了——慈禧太后一下子失去了食慾，搖搖頭將筷子放了下來。見此光景，李蓮英向榮壽公主使個眼色，然後另外抬上一張食桌，榮壽公主一面伸手去揭大碗上的銀蓋子，一面說道：『今年的鰣魚進得早。可不知道新鮮不新鮮？』

『不用了！』慈禧太后搖搖手，起身就走。

榮壽公主急忙上前攙扶；到得膳後喝茶休息的偏殿，關切地問道：『老佛爺怎麼了？今兒吃得不香。』

『唉！』慈禧太后嘆口氣：『煩死了！』

榮壽公主把握機會，不徐不疾地說道：『我看老佛爺是累了！岑春煊所奏的，不錯，都是爲了國富民強。話很不錯，可是這不是一朝一夕就能辦到的，光說也沒有用。現在每次召見岑春煊，都要費到一兩個鐘頭，奴才眞是著急；老佛爺太累了，大不相宜。』

『岑春煊的性子太急。』

『性子急沒有用！要看事情，該急的急，該緩的緩。而且事情要靠大家辦，不該光逼上頭。』

就這時候，李蓮英來請示；原先奕劻已遞了牌子，爲今年萬壽的慶典，請求『叫起』，慈禧太后已吩咐在膳後召見。此時是否『撤起』，來取進止。

慈禧太后方在沉吟，榮壽公主就慫恿了，『還是叫起吧！』她說：『跟慶王聊聊，也散散心。』

『好吧，叫！』

於是，就在樂壽堂西的三友軒，召見慶王奕劻。他先奏陳了萬壽慶典應該預備的事項，提到廣東應該進貢的燄火等物，說是潮州、欽州一帶，匪氛甚熾，貢品恐不能如數進獻，需另籌補充。

這讓慈禧太后想到了剛才收到的電報，隨即喚人將原電取了來，交奕劻閱看，垂詢如何處置。

『這情形很不好。「三點會」剛在潮州鬧事，還殺了地方官，如今欽州又鬧土匪，倘或不辦，跟革命「亂黨」勾結在一起，可是件不得了的事。』奕劻緊接著說：『周馥勤愼有餘，到底精力衰邁，膽小怕事，恐怕應付不下來。上次袁世凱進京，也跟奴才談起，說他親家的才力有限，年紀也大了，不宜在兩廣，奴才眞怕他不幸而言中。』

『原來袁世凱也這麼說？』

『是！』

『那麼，你看調誰去好呢？』

『這個……』奕劻沉吟了一下，面容肅穆地說：『奴才不敢以私害公。岑春煊跟奴才不和，奴才可不能埋沒他的長處；論到帶兵剿匪，眼前只有他跟袁世凱兩個。可是論到威望，袁世凱又輸他一著了！』

『嗯，嗯！』慈禧太后深深點頭，『帶兵就要靠威望！岑春煊是好的；而況兩廣他最熟悉，眞正人地相宜。可有一層，剛剛內調，怕他嫌辛苦，不肯再去。』

『這話，奴才可不敢苟同了。君命如天命，愛去不去，哪裡可以隨臣下自己高興？何況岑春煊受恩最深，更不應該怕吃辛苦！』

慈禧太后沉吟了好一會說：『就是這樣吧！他很忠心的，諒來不會推辭。』

『是！』奕劻答應著，又談了些他項事故，跪安退出。

出宮便回府，對於召對所作的決定，即便是對親信，亦隻字不露。第二天領班進見，首先便提周馥那個電報；只說廣東的情勢凶險，周馥請求派兵，應准所奏，交北洋從速辦理。

『兵是要派的，不過有兵也得有人會帶。』慈禧太后說：『周馥不是帶兵的人，而況年紀也大了。

我想還是叫岑春煊到廣東去吧！』

『是！』

就這樣三言兩語，便定了局。在瞿鴻禨眞有迅雷不及掩耳之感；岑春煊本人更是既驚且怒，錯愕莫名，毫不考慮地上摺告病，自請歸田。

這不用說，當然溫旨慰留；上諭中說：『岑春煊奏，懇請收回成命，另簡賢員一摺，岑春煊病尚未痊，朝廷亦甚廑念。唯廣東地方緊要，現在廉欽等處均有土匪滋事，潮州府屬之饒平縣境，竟有聚眾戕官重案，周馥恐難勝任，非得威望素著，情勢熟悉之人，不足以資鎭懾。該督向來辦事認眞，不辭勞怨，前在該省籌防一切，深合機宜，是以特加簡畀；務當迅速赴任，通籌佈置；安良除暴，消患未萌。該督世受國恩，當此時事艱難，自應力圖報稱，勉副朝廷惓懷南服，綏靖巖疆之意，毋得再行固辭。』

此外又賞了十天假，在岑春煊來說，面子十足，不便再鬧意氣，否則就會自討沒趣。不過他當然亦不甘於就此離京；一天一個摺子，痛陳時政，字裡行間，夾槍帶棒地將他看不順眼的人，冷嘲熱諷，方帶著北洋新軍將領田中玉由天津乘海輪南下，先到上海，再轉廣州。

當岑春煊離京時，趙啓霖亦方在摒擋行裝，預備回湖南先住一陣再說。凡是言官因彈劾權貴而落職回鄉，是件最出風頭的事；朝士識與不識，大都會設宴餞行，甚至饋贈路費。離筵往往設在松筠庵——楊繼盛的祠堂，是御史經常聚會之處。

這一次公餞趙啓霖，卻不在松筠庵，而在陶然亭附近的龍樹寺。此寺以一株極古的龍爪槐得名，張之洞當翰林時，最喜歡在這裡作文酒之會。有一年與潘祖蔭聯名作東，大會名士；作詩作到下午四點鐘，還不見開席，餓火中燒的客人，忍不住索食。兩位主人，面面相覷，不知從何說起？原來潘祖蔭以為張之洞預備了，張之洞則以為潘祖蔭必已預備了，結果誰也沒有備飯。荒陂冷寺，由於這個轟傳九城的笑話才大大地出名，常有騷人墨客的足跡。

這天的主人是民政部參議汪榮寶。當客人到達時，壁間已黏了一張詩箋，題目叫作〈贈別〉，下面署名『袞甫』，正是汪榮寶的別號。

這自然是贈別趙啓霖的詩；共是兩首七律：

城闕陰陰白日傾，滄波渺渺客心驚。濁醪一石難成醉，雄劍中宵尚有聲！虎豹自依天咫尺，蕙蘭寧怯歲崢嶸？長吟逕度桑乾去，萬樹鳴蜩送汝行。

緪瑟高堂曲未同，明燈離席思難窮。豈期並世聞鳴鳳，長遣行人惜逝驄；左掖花枝迷夜月，洞庭木葉起秋風。天書早晚思遺直，何處山幽問桂叢。

客人看了，少不得有所評論；也有人覺得是個大好題目，很可以步韻寄意。其中有個侍講學士叫惲毓鼎，正在漫步構思時，忽然有個人在他耳邊叫一聲：『老爺！』

惲毓鼎心無旁騖，不免吃驚；定睛看時，是他的貼身跟班高升。便即問說：『甚麼事？』

『太太打發人來說，有位極要緊的客人來拜，請老爺趕緊回去。』

『是甚麼要緊客人？』

『沒有說。』高升踏前一步，低聲說道：『只知那位客人送了很重的一份禮。』

『喔！』惲毓鼎考慮了一下，決定先行告辭；向主人撒了個謊，說家裡來了常州的鄉親，必得趕回去見面，隨即就坐車走了。

趕回家一看，不由得詫異；客人原是常有往來的世交，此人名叫朱綸，是現任江蘇藩司朱家寶的長子。朱家寶字經田，雲南寧縣人，跟惲毓鼎、趙啓霖都是光緒十八年壬辰科『劉可殺』那一榜的同年；朱綸是捐班的同知出身，工於應酬，夤緣得充考察政治大臣的隨員，敘勞績保獎了一個知府銜；更由載澤的關係認識了載振，刻意奉承，極得寵信，因而一個萬難補缺的知府，得以調到民政部去當員外郎。

朱家父子都很懂得鶩聲氣；偶爾也燒燒冷灶，惲毓鼎既是同年，又是御史，當然是逢年過節，送紅包的名單上必有之人。此外，也常有土儀饋贈，每次都是朱綸親自登門致意，『老伯、老伯』地叫得非常親熱；所以惲毓鼎對他亦頗有好感。

等朱綸剛請過安，惲毓鼎便向聽差發脾氣：『明明是朱大少爺，怎麼說是不熟識的生客？眞正混帳！』

『老伯，老伯！』朱綸急忙解釋：『是小姪的不是，特意叫貴介不要說破，因爲……』他陪笑說道：『小姪有下情稟告。能不能容小姪書房侍候？』

『喔，喔！』惲毓鼎有點明白了，『當然，當然。請！』

進書房要經過後軒；只見桌子上堆滿了禮物，有雲南宣威腿、吉林人參等等，地上還堆著五十斤罈的花雕四罈；不言可知是朱綸送來的。

『這是朱大少爺送的嗎？』惲毓鼎特意問一聲。

『不中吃！』朱綸搶著回答：『請老伯不要見笑。』

『太破費了！太破費了！』惲毓鼎一疊連聲地說。心裡有點嘀咕，知道朱綸有所求而來；而又絕不是請『大筆一揮』，作篇壽序甚麼的，否則不必摒人密談。

果然！到了書房裡，關上房門，朱綸開門見山地說：『小姪是啣了振貝子之命，特意來求老伯主持公道的。』

『喔！這……』惲毓鼎吸著氣說：『爲王公親貴主持公道，這，我還欠幾年道行。』

『老伯太客氣了！老伯一枝筆，橫掃千軍，誰不佩服？』朱綸放低了聲音說：『有個稿子，請老伯過目。』

惲毓鼎接到手裡，入目便覺心驚；只見案由是：『奏參樞臣，懷私挾詐，請予罷斥』。有『樞臣』的字樣，而又是載振所託，當然是指瞿鴻禨。惲毓鼎心想，這一棒子過去，倘或打對方不倒，反彈過來，自己一定頭破血流。

這樣想著，便先不看下文，抬頭問道：『樞臣指誰？』

『老伯看下去就知道了。』

『不看我也知道。不過，世兄，』惲毓鼎微笑問道：『我很奇怪，何以不找別人，要找到我。』

『這有個緣故。壬辰各位老年伯，都覺得只有老伯最看顧同年；眾望所歸，請老伯出面。』

『這話，世兄，眞是俗語所說：「丈二金剛，摸不著頭」了！』

『我略微說一說，老伯就明白了。壬辰一榜，如今得意的，都跟慶邸、北洋處得極好；換句話說，慶邸跟北洋一倒，壬辰一榜，只怕都要大受打擊。』

『啊！』惲毓鼎一下子被提醒了，『這話，不假！』

他略略算一算，眼前朱綸的父親朱家寶，就是走的慶王的門路；現任農工商部侍郎的唐文治，是慶王府的西席；學部侍郎寶熙亦跟慶王很接近。而凡跟慶王接近的，亦都與北洋有淵源。如果慶、袁一榜，同年中受影響，確是大有人在。

可是，趙啓霖亦是壬辰科。提到這一點，朱綸認爲瞿、趙以同鄉而認爲師生，鄉誼重於同門之誼，正該群起而攻。

『同門豈可相攻？』惲毓鼎有不以爲然的神色。

朱綸善於察言辨色，聽出語氣中並不是不可攻瞿鴻禨，便又說道：『還有件事稟告老伯，善化如久此執政，遲早會危及聖躬！』

一聽這話，惲毓鼎的雙眼睜得好大，『這是怎麼說？』他咄咄逼人地問。

『善化幾次造膝密陳，戊戌政變一案中獲罪的人，應該起用，皇太后總是裝聾作啞；這很給他面子了，哪知善化言之不已，只怕皇太后會疑心是皇上的指使；那一來母子之間，不又生了很深的意見了嗎？』

『你這話，』惲毓鼎近乎呵斥地：『是聽誰說的？』

『慶邸、澤公，還有肅王都說過。』朱綸從惲毓鼎的臉色中看出，這個說法很有用，所以又加上一句：『唐年伯也知道的。』

他口中的『唐年伯』，便是唐文治。此人雖在慶王門下，但人品學問，均有可取，是同年公認的君子。朱綸引他爲證，話就有力量了。

惲毓鼎眨著眼想了好一會，點點頭自語似地說：『是不可不去！不然就是皇上的一大隱患。』

原來惲毓鼎倒也是愛君的人，不過他跟戊戌前後的新黨不同，不以爲愛君就必須反對慈禧太后；而以調和兩宮，嚮往著母慈子孝的境界，自然以『保護聖躬』爲重。這個想法跟張之洞頗爲接近，不同的是，惲毓鼎的態度比較激烈。如今爲朱綸所說動，生怕瞿鴻禨的作法，陷皇帝的處境於不利，所以決定去此隱患。

這樣一種了解，正是朱綸所期待的；忖度情況，已是水到渠成，不必再多說甚麼。果然，惲毓鼎開始看那個稿子了。

奏稿的案由之下，寫的是：『據稱協辦大學士外務部尚書、軍機大臣瞿鴻禨暗通報館，授意言官，陰結外援，分佈黨羽。』看到這裡，他有疑問了。

『何謂「暗通報館」？』

『辦「京報」的汪康年，不是恃善化爲奧援嗎？』

『這不能說是「暗通」。』

『別自有故。』朱綸緊接著說：『宮裡傳出來的消息，有一次太后跟善化發了幾句牢騷，言下至不滿於慶邸父子。善化經由瞿汪兩家內眷往來，把消息透露給汪康年；汪又悄悄告訴了英國泰晤士報的記者，發了一條新聞，說中國的政局有大變動，執政快要換人了。上頭知道這件事，大爲生氣，說是不知甚麼人造謠。一查才知眞相，認爲善化是陰險小人，慈眷大衰。』

『原來有此一說。那麼，「授意言官」，自是指趙而言？』

『是！』朱綸答說：『聽說另外還有人。』

『「陰結外援」呢？』

『不就是岑制軍嗎？』

『這一款倒是情眞事確！』惲毓鼎點點頭又問：『你倒說，「分佈黨羽」是怎麼回事？』

『老伯看下去就知道了。』

下面是抨擊瞿鴻禨的姻親余肇康，於『刑律素未嫻習，因案降調未久』，由於與瞿鴻禨是兒女親家，因而得任法部左參議。此外還有許多『竊權結黨，保守祿位』的『劣跡』。洋洋灑灑，寫了上千言之多。

看完，惲毓鼎沉吟著說：『話好像說得過分了一點！』

『老伯，不是這麼說，怎麼攻得下來。爲了保護皇上，其勢非如此不可！』

惲毓鼎心想，這話不錯！爲自己設想，不攻則已，一攻非將瞿鴻禨攻倒了，才能安心，否則別人不倒，自身要倒。

『好吧！』惲毓鼎說：『擺在我這裡，容我考慮。』

『是！』朱綸恭恭敬敬地告辭。

到夜來，惲毓鼎繞室彷徨；有七分上摺之意，卻還有三分忌憚。正在爲難之際，丫頭來請，道是太太說的：『時候不早，請老爺好回上房休息了。』

到得上房，惲太太問道：『倒是甚麼大不了得的事，弄得廢寢忘食？』

『你們女人家不懂！』

『是啊，女人家不懂國家大事，只懂家務。我也不知道你這個窮翰林當到哪年，才當出頭。』

這時，平常受慣了的譏嘲，他一向採取犯而不較的態度；此刻卻有股鬱勃不平之氣，拍一拍桌子，倏地站了起來，大聲說道：『拿筆墨來！』

惲太太與丫頭相顧會心，侍候紙筆茶水，剔亮了燈，讓惲毓鼎舒舒服服地坐下來，先改朱綸的來稿，在辭藻上好好修飾了一番；緊接著又拿白摺子來謄清。

一鼓作氣將奏摺弄完，天都快亮了；抬頭一看，惲太太還坐在旁邊相陪。便訝然問道：『你怎麼還不睡？』

『你辛苦了一夜，』惲太太盈盈含笑地：『還不該陪陪你嗎？』

惲毓鼎久未見妻子如此溫顏相向，頗有受寵若驚之感，拱拱手說：『承情之至，你一定睏了，快睡去吧！我讓老媽子弄點東西吃了，也趕緊要睡了。』

『我不睏，煮了一鍋鴨粥在那裡，我叫人端來你吃。』

於是喊醒丫頭，預備早餐；鴨粥之外，還有四個碟子，一盤燙麵餃。惲毓鼎奇怪，何以這天有這樣豐盛的早餐；更奇怪這些東西是甚麼時候預備下的？

『燙麵餃是昨天晚上包好的，拿濕手巾蓋著，一蒸就是。』惲太太又解釋他的第一個疑問：『你也苦了好幾年了，應該過幾天舒服的日子。』

『想過舒服日子還早，』惲毓鼎嘆口氣說：『唉！還是從前好！子午卯酉的年份，總還有放主考的希望；像今年丁未，本該是會試的年份，弄個房考，有個十來個門生，也還有幾百銀子的贄敬好收。從科舉一停，翰林眞沒有甚麼當頭了。』

惲太太笑笑不響；等惲毓鼎吃完粥洗了臉，快上床時，她才問說：『朱家大少爺昨天臨走的時候說，他今天中午還要來看你。回頭他來了，要不要叫醒你？』

『不必！你只告訴他，他託我辦的事，我照他的意思辦好了，今天不上衙門，明天遞。』

惲太太知道，所謂『遞』就是遞摺子；當即說道：『交朱大少爺去遞，不省事嗎？』

惲毓鼎想了一下說：『不好！不妥！』

『那麼，自己派人去遞。你交給我，也了掉你一件事，可以放心睡覺。』

惲毓鼎如言照辦，然後上床睡覺；睡到午後起身，第一件事，便是問摺子遞了沒有？摺子是交給朱綸了；惲太太卻不肯說實話，『派人送到衙門裡去了。』她從梳妝台抽屜裡取出來一個紅封袋說：『朱大少爺順便把節敬送來了。』

『節敬？』惲毓鼎詫異，『不是送過了嗎？』

『這不同。上次是他老太爺的，這次是慶王的。』

『慶王的？』

惲毓鼎急急接過紅封套來，上面甚麼字都沒有；裡面是一張滿紙洋文的票據，幸好，惲毓鼎還認識『洋碼』，五字後面拖三個圈圈，料想是外國銀行五千兩銀子的支票。

『這……』他又驚又喜又不安，『這好像……』

『你不要說了！』惲太太搶著說：『慶王一天收的門包都不止五千兩，你用他幾個怕甚麼？』

『是怕人說閒話。』

『誰？誰敢說閒話？』惲太太說：『若是有人說閒話，倒更應該收了。不然，羊肉不曾吃，落得一身騷，那才眞犯不著呢！』

惲毓鼎覺得太太說的是歪理，可是眞還駁不倒她，只好不提。不過，想一想，還是有件事不安。

『今天五月初三；摺子一上去，節前就有下文，何苦連個節都不讓人家好好過？這，一定會有人罵我刻薄！』

惲太太不作聲；而惲毓鼎卻越想越覺得不妥，決定親自上衙門，把要遞的摺子截住，過了節再說。

見此光景，惲太太只好開口了：『跟你實說了吧！摺子是朱大少爺拿去了。』她說，『朱大少爺的意思跟你一樣，過了節再遞。』

『喔！你早該跟我說實話。』惲毓鼎突然神色嚴重地問：『這個封袋是你交了摺子以後，他才交給你的？』

『哪裡，昨天就交給我了。他叫我先不要告訴你，怕你心裡覺得是受了人家的好處，才動這個摺子的。』

『那還罷了！』惲毓鼎神色緩和了：『不然，一手交錢，一手交貨，把我看成甚麼人了？』

端午一早，命婦進宮賀節；王公貝勒的福晉、格格到了許多。其中自然以醇王福晉的風頭最健；恰好又逢她次子溥傑滿月，所以爲慈禧太后賀節以外，還有一片爲醇王福晉賀喜之聲。

午間賜宴已畢，慈禧太后需要休息；年紀大了喜歡熱鬧，雖靠在軟榻上打盹，卻仍舊吩咐：『你們別管我，管自己玩兒。可就是別走遠了。』

於是醇王福晉、榮壽公主、奕劻的居孀之女四格格、皇后的胞妹、鎮國公載澤的夫人，聚在寢宮後面的屋子裡閒談。在榮壽公主導引之下，話題很自然地轉到慈禧太后萬壽上面，『今兒五月初五，日子過了一半了。』醇王福晉問道：『大姐，我們該怎麼辦哪？』

『十月初十，五月初五，可不是過了一半了嗎？』四格格失驚似地：『日子好快，一晃兒就到了。』

『大姐！』醇王福晉重申前問：『咱們是該怎麼孝敬哪？』

『那還不是憑各人的孝心。』榮壽公主回答說。

『話不錯！可是總得看看老佛爺的意思。順者為孝，愛熱鬧是熱鬧的辦法，愛清靜是清靜的辦法。』醇王福晉又問：『大姐，你聽老佛爺提過沒有？』

『提倒提過。』榮壽公主沒有再說下去。

『怎麼啦？怎麼說來的？』

『老佛爺自然體諒大家，說是不必鋪張……』

『不！』澤公夫人搶著說：『老佛爺歸老佛爺說，咱們還得好好兒盡孝心。』

『對了！就是這話。』醇王福晉問道：『七嫂，你聽七哥是怎麼說的，部裡能撥多少款子？』

『七哥』是指載澤。從載振開缺以後，度支部尚書溥頲調農工商部，遺缺便補了載澤。所謂『部裡能撥多少款子？』不言可喻，是問度支部為萬壽慶典能撥款幾何？

『這倒不知道。』澤公夫人說：『他還能少撥嗎？』

『撥得可並不多。』四格格插進來說：『不過不能怪七哥。』

『怪誰呢？』澤公夫人聲音中非常惶恐，『七爺可是絕不敢少撥的！』

『怪誰啊？自然是怪軍機。』

『怪軍機？』醇王福晉問：『莫非怪慶叔？』

『我家老爺子也作不了主。』四格格答說：『如今是瞿大軍機掌權；他說不行，就是不行！』聲音很大，有些負氣似地，只是在閉目養神的慈禧太后聽得清清楚楚，不由得就想到瞿鴻機平時的奏諫：取之於民，用之於民，錢要多花在地方上。宮中的用度，應該盡量撙節。內務府冗員太多，亟宜大加裁減。如今才知道，他還剋扣著萬壽的用費。

『這位瞿大軍機再幹下去，咱們旗人的臉皮，都讓他撕完了！』四格格恨恨地說：『當然一半也怪自己不爭氣。』

『怎麼呢？』澤公夫人問。

『嗐！七嫂，』醇王福晉心直口快地說：『四姐自然是指振大爺的事。京報可是挖苦得過分了一點兒。』

『也不止這一件事。反正冷嘲熱諷，盡罵咱們旗人不對！也不知他安的甚麼心？』

『四姐，』醇王福晉緊接著四格格的話問：『聽說辦京報的汪康年，是瞿大軍機的得意門生，兩家內眷走得很近。可有這話？』

『怎麼沒有？』四格格冷笑道：『也不知洩漏了多少機密大事？說句實話，咱們知道的事，還沒有外國人多！』

『外國人？』

『甚麼英國、日本派在這裡的訪員，不是外國人嗎？』

『這些人！』醇王福晉失驚地：『那不要登報嗎？』

『當然。』

『老佛爺知道不知道？』

『不知道！誰敢在老佛爺面前多嘴？』

『這不成了私通外國了嗎？』

『也可以這麼說吧！』

『那可是你說的那句話了，』醇王福晉說：『這位瞿大軍機到底是安著甚麼心呢？』

『誰知道？』四格格用一種祈求的聲音說：『老天保佑，可千萬別又連累了皇上！』

『怎麼呢？』醇王福晉與澤公夫人同聲相問。

『你們想……』

『四妹，』是榮壽公主用威嚴的聲音打斷：『你別說個沒有完了。凡事有老佛爺作主，要你著甚麼急。』

榮壽公主在『載』字輩中，極具權威；這樣疾言厲色的告誡，四格格自然不敢再說甚麼了。在此沉默之際，前面卻有了聲音。『大格格！』是慈禧太后在喊。

『在這兒哪！』榮壽公主輕聲說道：『前面去吧！醒了。』

到得軟榻前面，只見慈禧太后雙眼怔怔地望著空中，不知在想甚麼心事？他人悚息以待，唯有醇王福晉恃寵撒嬌似地說：『老佛爺倒是在想甚麼呀？』

慈禧太后沒有答她的話，只說：『大格格，你叫人把那個甚麼京報，找幾份來我瞧。』

『是！』榮壽公主向四格格微微瞪了一眼，彷彿在責備她闖了禍似地。

五月初六，惲毓鼎的摺子遞了上去，慈禧太后沒有發下來。初七一早，傳諭獨召慶王奕劻。

『你看看這個摺子！』

奕劻極快地將惲毓鼎的奏摺看完，傴僂著身子將原件呈上御案，退到一旁。

『皇帝，你看怎麼辦？』

『請皇太后作主。』

『我自然有主意。我只問問你的意思。』慈禧太后的聲音極冷：『如果你要保全他，我可以改主意。』

皇帝大爲惶恐，也相當困惑；不知道瞿鴻禨的事，怎麼又扯到了自己身上？但慈禧太后的意思是很明顯的，已決定罷黜瞿鴻禨。既然如此，何敢保全？

不但不能保全，還得罵瞿鴻禨幾句；因而移過原摺來，一面看，一面說：『照他的劣跡「暗通報館，授意言官，陰結外援，分佈黨羽，」就該革職查辦。』

『查是要查的！』慈禧太后的語氣緩和了：『革職，太不給他面子了。開缺吧！』

『是！』奕劻問道：『請旨，派甚麼人徹查？』

『少不得有孫家鼐。』慈禧太后說：『另外一個，你們看，派誰好？』

再派一個人自然要選滿員。查案的人至少應與被查的人資格相侔；若以瞿鴻禨協辦大學士、軍機大臣的官階來說，不妨在滿缺的大學士、協辦大學士世續、那桐、榮慶中挑一個。但奕劻建議的，卻是陸軍部尙書鐵良，因爲第一，藉此貶低瞿鴻機的身分；第二，鐵良一向對漢人有存見，如果孫家鼐有衛護瞿鴻機之意，加上一個鐵良便可制衡了。

『其實，也用不著查！』慈禧太后又說：『反正不能再用了；你倒擬旨來看。』

一聽這話，奕劻大喜過望；但立即便生警惕，這是極緊要的一刻，千萬要沉著，所以定定神想了一下才回答：『回皇太后的話，類似情形，軍機不便擬旨；歷來都用硃諭，以示進退大臣的權柄，操之於上。』

『我原是說硃諭的稿子。』慈禧太后將惲毓鼎的原奏發了下來。

『是！奴才即刻去辦。』

一退了下來，奕劻一面派護衛飛召楊士琦，一面遣親信跟李蓮英去說，請他代奏，回頭『遞牌子』時，請慈禧太后單獨召見，不必與皇帝相偕。

不一會楊士琦應邀而至，先在王公朝房等候；奕劻得到通知，屈尊就教，摒人密語：『這一狀告准了。勞你大筆擬一道硃諭。』

楊士琦笑了：『我猜到王爺找我，必是爲這件事。』他從懷裡掏出一張紙來：『已經預備了。』

奕劻接過稿子，匆匆看了一遍；點點頭說：『很好！我馬上就遞上去。大概今天就可以見分曉了。』

『是！』

『你再替我擬個稿子，請開一切差缺。等硃諭一下來，緊接著就遞。』

『這，』楊士琦問道：『必得這麼做嗎？』

『這麼做比較妥當。』奕劻答說：『瞿子玖最近還請太后，讓我退出軍機，我不能不有表示。』

楊士琦想了一下說：『也可以。』

於是，奕劻立即又遞牌子；果然只是慈禧太后一個人召見。看了硃諭的稿子，認爲可行，便即喊道：『拿匣子來！』

侍候在殿外的李蓮英，隨即捧了個黃匣子，呈上御案。

慈禧太后親手將那個稿子放入匣內，再上了小鎖，吩咐送給皇帝。

小鎖的鑰匙，皇帝那裡也存著一把；開匣看到稿子，自能意會，是用硃筆照抄一遍。所以李蓮英不必多問，捧著匣子就走。

『我眞沒有想到，瞿鴻機會這樣子忘恩負義！』慈禧太后頗爲憤慨：『我待他很不薄，他竟容不得我！這年頭兒，眞是人心大變了！』

『幸虧發覺得早，還不成氣候。』奕劻說道：『皇太后當機立斷，弭大患於無形，奴才實在佩服。不過，軍機上只剩下奴才跟林紹年兩個人，實在忙不過來。』

意思是要添人，慈禧太后便問：『你看誰合適啊？』

『奴才不敢妄保。只覺得總以老成謹愼爲宜！』

『老成』自然忠於太后；『謹愼』是絕不會搞甚麼『歸政』的花樣。

慈禧太后想了好一會，才慢慢地說：『我自有道理！你先下去聽信兒。』

一回到軍機處，只見林紹年頗有侷促不安的模樣；瞿鴻機倒還沉靜，不過臉色凝重，想來他內心亦必不安——每天循例宣召軍機，何以至今尙無動靜；只見奕劻一個人進進出出，不知出了甚麼變故？

好不容易來宣召了；內奏事處派來的蘇拉，平時總是大聲說一句：『王爺、各位大人，上頭叫起！』這天卻改了說法：『王爺、林大人的起！』

一聽這話，林紹年臉色大變，瞿鴻禨默不作聲；奕劻看了他一眼，轉身就走。

進殿行了禮，皇帝開口說道：『瞿鴻禨不能再在軍機了。你們看這道硃諭！』

『是！』奕劻將硃諭接了過來；雙手捧著，看了一遍，回身遞給林紹年。

林紹年亦復雙手高捧著看；一面看，一面手就有些發抖了。

林紹年的心思極亂。因爲瞿鴻禨是他的『舉主』；而且就在不久以前，奕劻面奏以林紹年爲度支部右侍郎，依新官制明定，除內務部以外，其餘各部大臣，『均不得兼充繁重差缺』；林紹年以候補侍郎補了實缺，便不得不奏請開去軍機大臣上行走的要差。這是奕劻乘機排擠的手法，亦虧得瞿鴻禨力爭，才有『林紹年著毋庸到任；所請開去要差，著毋庸議』的上諭。如今瞿鴻禨落得這個下場，自然應該爲他乞恩保全。

可是他也知道，瞿鴻禨犯的是密謀歸政的嫌疑，中了慈禧太后的大忌；自己人微言輕，雖爭無用，說不定還會碰個大釘子，因而躊躇未發。

但此時此地，不容他細作考慮；慈禧太后已經在喊了：『林紹年！』

『臣在。』

『你說給瞿鴻禨，我已經格外保全他了！只要他以後安分守己，過兩年也許還會用他。』

『是！』

『你可以先回軍機，把硃諭拿給瞿鴻機看。』

『是！』林紹年因爲捧硃諭在手，無需跪安。站起身來，退後數步，轉身出殿，抹一抹額上的汗，急步回軍機處去宣諭。

於是奕劻又成獨對了。『外務部尙書，是個要缺，不便虛懸。』他說：『請皇太后、皇上簡派。』

『你看呢，可有甚麼合適的人？』慈禧太后問道：『呂海寰怎麼樣？』

呂海寰是舉人出身，當過駐德公使；回國後當過工部尙書、陸軍部尙書。在老一輩的洋務人才，相繼凋零；後一輩的資歷尙未能任卿貳，青黃不接的此際，呂海寰的資格算是夠了。而且近年來的外交，以聯德爲主；呂海寰的經歷，更爲相當，所以奕劻不能不表示贊成。

『我想，外務部也不能全交給呂海寰。』慈禧太后又說：『你的精力怕也照顧不到；那桐又署著民政部，這該怎樣辦呢？』

外務部的編制，與他部不同；奕劻是『外務部總理大臣』；瞿鴻機是『外務部會辦大臣兼尙書』；再有一個『會辦大臣』，就是那桐。如果奕劻照顧，那桐又在民政部，則外務部的大權，便歸呂海寰獨攬。在滿漢猜忌日深之時，慈禧太后實在不能放心。

奕劻認爲這很好辦，『請旨讓那桐不必兼署民政部尙書，專門會辦外務部好了。』

『好！』慈禧點點頭又問：『那麼民政部呢？』

『奴才保薦肅親王善耆。』

這也是很允當的人選；慈禧太后毫不考慮地認可了。於是當天便下了三道上諭，一道是呂海寰與善耆的新命；一道是惲毓鼎奏參瞿鴻機暗通報館，授意言官各節，著交孫家鼐、鐵良秉公查明，據實具奏。

再有一道便是硃諭，撮敘惲毓鼎的原奏以後，便是楊士琦的手筆：『瞿鴻機久任樞垣，應如何竭忠報稱？頻年屢被參劾，朝廷曲予優容，猶復不知戒愼。所稱竊權結黨，保守祿位各節，姑免深究。余肇康前在江西按察使任內，因案獲咎，爲時未久，雖經法部保授丞參，該大臣身任樞臣並未據實奏陳，顯係有心迴護，實屬徇私溺職。法部左參議余肇康，著即行革職；瞿鴻機著開缺回籍，以示薄懲。』

等這道硃論發抄，震動朝班，但亦沒有人敢多作議論，或者爲瞿鴻機稍抱不平；因爲『姑免深究』這四字之中，包含著太多的文章。至於余肇康一案，無非欲加之罪而已。

奕劻自然躊躇滿志。美中不足的是，假惺惺奏請開去軍機大臣要差，雖蒙慰留，卻另有硃諭，派醇親王載灃在軍機大臣上學習行走；同時，鹿傳霖復起，補授軍機大臣。這很顯然的，加派載灃是分奕劻的勢；而鹿傳霖回軍機，則不獨表示后黨又復得勢，而且也因爲鹿傳霖在軍機上，每每異調獨彈；成事雖不足，要掣奕劻的肘，卻是優爲之的。

五月初八，上海、天津的新聞紙，都以特大號的標題報道：『瞿鴻機罷相』。

岑春煊正在上海，一看這條消息，知道事不可爲了；當機立斷，將田中玉遣回北洋。而在北洋，袁世凱聲色不動，只道：『可惜！可惜！』將張一麐找了來，要他寫封信慰問瞿鴻機。

『如何措辭？』張一麐知道袁、瞿不睦，所以這樣動問。

『要懇切。』袁世凱說：『滿人排漢，實實可怕；不妨帶些兔死狐悲的意味在內。』

張一麐是書生，哪知瞿鴻機之去，是袁世凱早就預知的；信以爲眞地照府主的意思，寫了一封極漂亮的四六，說是：『宦海波深，石尤風起，以傅巖之霖雨，爲秦岱之閒雲。在朝廷援責備賢者之條，放歸田里；在執事本富貴浮雲之素，養望江湖。有溫公獨樂之園，不驚寵辱；但謝傅東山之墅，奚慰生靈？雖鵬路以暫行，終鶴書之再召。』將瞿鴻機比作司馬光與謝安，不但在身分上恭維得恰到好處，而且司馬光再度入朝，謝安東山復起，扣足了『終鶴書之再召』這句話，運典貼切，善慰善禱，是張一麐自覺得意之作。

下面再有一段話，爲袁世凱自道：『弟投身政界，蒿目時艱，讀蘭焚蕙嘆之篇，欷歔不絕；感覆雨翻雲之局，攻錯誰資？』瞿鴻機看到這裡，也連聲說道：『可惜，可惜！』是可惜糟蹋前面的一段好文章。

那天正是岑春煊假滿之日，『力疾赴任』的電奏到軍機處，奕劻拿它壓了下來，卻以兩江總督端方寫給軍機處的一封密函遞了上去。這封信用『王爺鈞鑒，敬稟者』開頭，接敘上海道蔡乃煌的原稟，說岑春煊如何訕謗朝廷如何與康梁接交；梁啓超如何組織政黨，密謀『保皇』；如何悄然抵滬，與岑春煊多次會晤。

會晤還有證據，是岑春煊與梁啓超在一家報館門口合攝的照片。看到這張照片，慈禧太后臉色大變；奕劻從未見她如此沮喪過。

『唉！』好久，她嘆口氣：『想不到岑春煊也是這樣的人！』

奕劻默然，作出替慈禧太后傷心難過的神色；於是載灃開口了。

『岑春煊跟梁啓超，是兩廣的大同鄉。』

這又何待他說？慈禧太后不理他的廢話，只對奕劻說：『想不到岑春煊亦會對不起我。天下之事眞是難說了！算了！他對不起我，我還是饒了他。讓他開缺吧！』

聽得這話，奕劻意猶未足；本意會撤職查辦，還可以讓蔡乃煌收拾他一頓；不想慈禧太后是如此寬宏大量！

當然，除了袁世凱以外，還有好些人或者致函慰問，或者設宴餞行，有的贈詩傷別。其事突兀，可與當年翁同龢罷相並論。但瞿鴻禨的處境卻比翁同龢好得多，孫家鼐、鐵良『秉公查明』一案，以『查無實據』奏覆，硃批一個『知道了』，便算結了案；臨行之時，路局特掛專車，送行的場面，極其熱鬧，比翁同龢被逐回鄉時，朝貴絕跡，淒涼上道，是不可同日而語了。

奕劻與袁世凱卻覺得仍還有隱憂；因爲岑春煊雖已遣散幕僚，彷彿不再打算履任，但只請假一月，底缺未開，隨時有『變活』的可能。尤其是軍機處，載灃少不更事，鹿傳霖衰邁頑固，林紹年憂讒畏譏；而奕劻本人就算精力能夠支持，才具也難以獨挑大樑。這樣一副治國的『班底』，是自有軍機處以來，最不像樣子的。倘或慈禧太后心血來潮，內調岑春煊進軍機；那一來不但反贏爲輸，而且會大輸特輸！

一想到此，袁世凱寢食難安。於是楊士琦復又來往於京津道上。幾度密商，決定一方面斬草除根，要絕掉岑春煊的慈眷；一方面移花接木，以袁世凱代林紹年，以張之洞代鹿傳霖，重新開一番局面。

岑春煊翻然變計了！決定假滿接任。這自是自恃慈眷，而兩廣又是頗可有作爲之地，何忍輕棄？但亦由於同鄉梁啓超的活動，在此期間專程由東京到上海，跟岑春煊有過祕密的會晤。

誰知這些形跡，都已落入上海道蔡乃煌耳目中。此人籍隸廣東番禺，出身與才具，跟張蔭桓相仿；但品格比張蔭桓卑下得多。他之能謀得這個肥缺，走的是『慶記公司』的門路；而固位之道，則是全力偵察革命黨的行動，並爲北洋的鷹犬；所以岑春煊的行動，亦在他窺伺範圍之內。

當蔡乃煌密告梁啓超正在組織『政聞社』，並正拉攏岑春煊的電報到京時，恰好兩廣總督衙門進貢慈禧太后的壽禮，亦已由專差護運抵京。壽禮很別致，是八扇琉璃屏，用廣東稱爲『酸枝』的紫檀雕琢，另飾綵畫，工細絕倫，這不足爲奇；奇的是這八扇琉璃屏，厚有一尺，中空貯水，可蓄金魚。見到的人，莫不嘖嘖稱奇。暗中評議，今年萬壽的貢物，只怕要以岑春煊這別出心裁的一份考第一了。

這是岑春煊未萌退志的明證；而且也是慈眷行將更隆的信號。於是奕劻、袁世凱經由端方的協力，開始對岑春煊動手了。

『是！』奕劻答應著，又問：『兩廣總督請旨簡派。』

慈禧太后大受刺激，無心問政，略想一想說：『我一時也想不起人。調了一個又得調第二個，得好好安排；你們去商量好了，開個單子來看。』

這在奕劻，恰中下懷；回到軍機處一個人默默運思，開了一張單子，然後又遞牌子，請求『獨對』。

『如今巡撫之中，以河南巡撫張人駿資格最深；而且他原做過廣東巡撫，升任兩廣總督，駕輕就熟，人地相宜。』

『可以！』慈禧太后問道：『那麼誰補河南巡撫呢？』

『奴才想保薦林紹年。』奕劻說道：『林紹年原很不錯，應該是個可以得力的人。不過，他總覺得他進軍機是出於瞿鴻禨的保薦。這個疙瘩在心裡消不掉，辦事就不能得心應手。倘蒙恩典外放，他也是感激的。』

『嗯，嗯！』慈禧太后想了一下說：『不過，軍機大臣外放巡撫，似乎沒有這個規矩。』

當年『南北之爭』，李鴻藻與榮祿合謀，想排擠沈桂芬出軍機；正好貴州巡撫出缺，榮祿密奏慈禧太后，以沈桂芬接充。懿旨一下，群相驚詫；寶鋆據理力爭，說『巡撫二品，沈桂芬現任兵部尚書，軍機大臣，而且宣力有年，宜不左遷。』

寶鋆接下去又說：『此旨一出，中外震駭，朝廷體制，四方觀聽，均有關係；臣等不敢承旨。』慈禧太后迫不得已，只好收回成命。

這件事在慈禧太后，印象特深。所以聽說以林紹年調補河南巡撫，不由得想起二十八年前的往事，頗有顧慮。

不過，奕劻只是想排擠林紹年出軍機，並非有所報復，事前亦是經過仔細考慮的，當下從容答奏：『河南巡撫一缺，向來與其他巡撫不同；再者林紹年現任度支部侍郎，對品互調，並不違體制。』

河南巡撫與眾不同，慈禧太后是知道的——巡撫都有總督在管；即令不是明白規定隸屬關係，而習例上亦必受某一總督節制，如山東巡撫之於直隸總督，就是一個例子。唯獨河南巡撫，自田文鏡時開始，便專屬於朝廷，沒有一個總督可以干預。而且，林紹年的情形，與沈桂芬大不相同，所以慈禧太后聽得這番解釋，亦就同意了。

『林紹年的筆下是好的。』慈禧太后茫然地問：『他一走，誰動筆啊？』

這一問，恰好引出奕劻想說的話。他事先便已得有信息，慈禧太后頗爲眷念張之洞，將他召入軍機，必能邀准；而亦唯有張之洞內召，才能夾帶袁世凱入樞。一番說詞是早就想好了的，只待慈禧太后自己開端，便可從容陳奏。

『軍機原要添人，不過在軍機上行走，關係重大。奴才在想，這個人必得第一，靠得住；第二，大事經得多；第三，筆下來得；第四，資格夠了。看來看去，只有張之洞夠格。』

『好啊！』慈禧太后欣然同意：『調張之洞進京好了！』

『是！』奕劻緊接著說：『不過張之洞有樣毛病；李鴻章從前說他書生之見，這話不算冤枉他。張之洞有時候好高騖遠，不大切實際。而且，他比奴才大一歲，精神到底也差了。』

『軍機上最多的時候，有六個人，如今只有四個，再添一個年輕力壯的也可以。』

『要添就添袁世凱。』奕劻脫口便答，聽起來是勢所必然，令人不暇多想。只聽他再說用袁世凱的理由：『袁世凱務實際，正好補張之洞的不足。而且各省總共要練三十六鎮的兵，這件大事，只有袁世凱能辦。再者，他在北洋太久，弄成尾大不掉的局面，也不大好！』

最後這句話才眞的打動了慈禧太后的心，但並未立即准許，只說：『先讓他進京來再說。』

袁世凱打點進京以前，第一件大事是催辦貢獻慈禧太后的壽禮。這份禮早在兩個月前就已著手預備，以服御爲主，兩襲大毛袍褂，玄狐、白狐各一；一枝旗妝大梁頭的玉簪，兩枝伽楠香木鑲寶石的珠鳳，再有一枝六尺的珊瑚樹，配上紅木座子，就比人還高了。

這份壽禮，是與岑春煊的八扇琉璃屏媲美，但後來居上的卻是盛宣懷的一份。由於慈禧太后每天跟宮中『女清客』繆素筠寫字作畫，興趣正濃，所以盛宣懷投其所好，覓了以錢舜舉爲首的宋、元、明三朝九名家的手卷，配上成親王永瑆所寫的扇面冊葉九本，既珍貴，又雅致。但看上去輕飄飄地，似乎分量不夠；因而以足赤純金一千兩，打造了九柄如意，用獨塊紅木作架，外面加玻璃罩。這九柄如意有個名堂，叫作『天保九如』。

同時，盛宣懷又送了一份重禮，託掌印鑰的內務府大臣世續格外照應。世續仔細檢點以後，關照專差，另外再備一個玻璃罩。

果然，抬進寧壽宮時，玻璃罩打碎了一面。幸而世續有先見之明，等安置停當，換上個新罩就是，否則只好不加罩子，那就遜色得太多了。

慈禧太后見過無數奇珍異寶，但這樣金光燦爛的九柄如意，卻還是平生初睹；覺得它俗得有趣，信口問了句：『是眞金？』

『足赤純金。』李蓮英答說：『底下有打造舖子的字號。』

『倒難爲了他！』慈禧太后說：『差官也該犒賞。』

解送貢品的差官，每處賜宴一桌，犒賞二百兩。另外對三大臣另有賞賜，袁世凱是雙桃紅碧璽金帶頭，岑春煊是翡翠佩件，盛宣懷是打簧金錶，都是文宗生前御用之物。

在袁世凱未進京以前，奕劻便已爲他作了周密的部署，直接間接地在慈禧太后面前鼓吹一種見解：袁世凱在北洋辦洋務，並不遜於李鴻章。只看日俄戰爭時，他能籠絡日本而又不遭俄國的怨恨，足見手段。又說當今辦洋務的長才，如唐紹儀、梁士詒等等，都佩服袁世凱，如果由他來當外務部尚書，一定可以得心應手。

這些話說得多了，自然能夠轉移慈禧太后的想法。本來她就覺得呂海寰的資格淺了些，而外務部居各部之首，應該由重臣充任尚書，才能表示尊重各國，力求修睦的本意。因此，袁世凱在七月廿二進京，召見了兩次以後，慈禧太后便作了決定，調袁世凱爲外務部尚書；原任尚書呂海寰調爲會辦稅務大臣。同一天另有一道上諭：『著張之洞、袁世凱在軍機大臣上行走。』

兩總督同時內召，連帶疆臣亦有一番大調動。直隸總督由山東巡撫楊士驤署任；湖廣總督則調趙爾巽接充——他早在三月間便授爲四川總督，一直不肯到任；川督由他的胞弟，四川藩司趙爾豐署理。如今改調湖廣，遺缺由江蘇巡撫陳夔龍升任；這一來，趙爾豐亦無需迴避，是個很妥帖的安排。

八月裡，張之洞交卸了鄂督，到京接任。宮門請安，立刻便由慈禧太后傳諭：第二天一早召見。

『張之洞是同治二年的探花。』慈禧太后對李蓮英說：『他是我手裡取中的！』

這句話中所包含的，感慨少得意多；李蓮英便擺出笑容說道：『這麼說，張中堂簡直就是老佛爺的門生！』

『也可以這麼說！』慈禧太后的回憶，一下子跳到四十多年前：『那一榜的狀元是翁同龢的姪子，叫翁曾源，有羊角風，一發起來，人事不知，怕人得很，居然會中了狀元，也是怪事。』

『那是老佛爺的庇護，不然，有羊角風的人，一到了保和殿，看那勢派，豈有個不嚇得發病的道理？』

『是啊！不過，他也就是狀元，不能做官。他那一榜，數學問好，還是張之洞。』慈禧太后眨著眼笑道：『我記得召見三鼎甲的那天，張之洞進殿差點摔一跤。他人長得瘦小，不講究邊幅，走路一跳一蹦的，有人說他是猴相，一點不錯。』

就爲了這份念舊之情，所以在召見張之洞時，慈禧太后特有一份親切喜悅的感覺。但一見張之洞頭白如銀，回想他當年的『猴相』，不由得深致感慨：『你可眞是老了！』

『慈聖在上操勞國事，臣何敢言老？』張之洞答說。

『你今年多大？』

『臣道光十七年出生，今年七十有一。』

『那還比我小兩歲。』慈禧太后問道：『眼睛、耳朵都還好吧？』

『視力稍差，耳聰如昔。』

『你這比王文韶、鹿傳霖強得多了。』慈禧太后說：『王文韶當差很謹愼，我本來也不願意讓他退出軍機，只爲他的耳朵實在聾得厲害，沒法子，只好准他告老。你跟他常有來往吧？』

『王文韶家住杭州，歲時令節，常有書信往來的。』

『衣服新的好，人是舊的好。這趟調你進京，可不是讓你養老！好在你的精神還很好，你要替國家盡力。』

『是！只要有益於國，臣不敢以衰邁而有所諉避。』

『如今外患總算平了下來，可是，內憂還在。革命黨到處鬧事，你看該怎麼辦？』

『茲事體大，不是片刻之間，可以回奏得清楚的。』張之洞緊接著說：『不過，有一句話，臣如骨鯁在喉，不吐不快。』

『你說！』

『滿漢畛域，務當化除。臣記得與前督臣劉坤一會奏，整頓國事辦法十二條，其中「籌八旗生計」一節，意在消融滿漢隔閡。』張之洞略停一下，高聲唸他奏摺中的警句：『「中國涵濡聖化二百餘年，九州四海，同爲食毛踐土之人。滿、蒙、漢民，久已互通婚嫁，情同一家，況今中外大道，乃天子守在四裔之時，無論旗漢，皆有同患難，共安樂之誼。」如此休戚相關，禍福與共，何可自分畛域？』

『朝廷並沒有成見。』慈禧太后從容說道：『我記得你四年前進京召見的時候，也說過這話。所以，以後定新官制，不分滿缺、漢缺。再如陸軍官制，都統、參領亦不是專由旗人來當；像新軍將領段祺瑞、王士珍他們，都加了都統的銜。這不是朝廷不存成見的證據？』

慈禧太后振振有詞，倒不是有意辯駁，而張之洞卻爲她堵得氣結！他心裡在說：朝廷是這樣子化除滿漢畛域，實際上是進一步地排漢。以前六部分滿缺、漢缺時，猶是對等的局面；如今則滿多漢少，而猶說不存『成見』，這話也太令人不能心服了！

慈禧太后見他只是喘息，並無別話，當他累了，便又體恤地說：『你下去休息吧！以後天天見面，有甚麼話，慢慢再說。』

張之洞尚欲有言，慈禧太后已吩咐太監，上前扶掖，只好跪安退出。軍機處已派了二班的『達拉密』易貞，在宮門迎接，請到軍機處接事。

『不！』張之洞說：『我得先到內閣到任。』

易貞不想第一次見面就碰了個釘子，但亦只有陪笑，再次請示：『那麼，請中堂的示下，是不是明天接手？』

『再看吧！』

這就更讓易貞詫異了！入軍機是多少人朝思暮想，夢寐以求的事，而張之洞彷彿視之爲『嚼之無味，棄之可惜』的雞肋，其故安在？倒必得打聽一番。

軍機章京與內廷奏事太監，常有交往，所以易貞很快地打聽到了，原來奏對時與慈禧太后爲了滿漢之見，言語似乎不甚投機，因而有此意興闌珊的模樣。

易貞是河南商城人，與袁世凱同鄉，以此淵源，頗見親密。回到軍機處，悄悄相告其事。袁世凱亦很詫異，覺得張之洞的脾氣發得沒有道理。

『他是甚麼意思呢？莫非對兩王不滿？』他問。

『只怕不是不滿，是略有輕視之意。』

『這可不好！』袁世凱低聲說道：『你不必再提這件事了，傳到兩王耳朵裡，徒生意見。你明白我的意思不？』

『是，明白！』

『張中堂還是住白米斜街？』

『是的。』

『回頭我去拜他。』袁世凱喚著易貞的別號說：『丞午，請你關照同人；等張中堂接事以後，不要提滿班朋友如何不中用的話。』

『其實，』易貞笑道：『就不說，張中堂也知道。』

『那是另一回事。你只聽我的話就是！』

白米斜街在地安門外，什剎海南。張之洞不知何所本，稱之爲『石牐海』；但連他家的聽差，都一仍舊名，將『什』字唸成『結』。

轎子到門，張家的聽差出來擋駕，說他家主人到會賢堂去了。會賢堂是張之洞的廚子所開的一家飯莊子，就在什剎海以北。京裡提得起名字的大小館子，都有一兩樣拿手菜；會賢堂得地利之便，以鄰近荷塘中所產的河鮮供客，名爲『冰碗』，所以夏天的買賣極好。到秋風一起，自然門前冷落。而今年不同。

原來自親貴用事，官制大改，多少年來循資漸進的成規，已在無形中失墜。爲求倖進躐等，苞苴奔競之風大熾。會賢堂既是張府庖人掌櫃，張之洞的文酒之會自然假座於此；然則仰望『南皮相國』的顏色，想藉機接近，或者打聽官場的行情，會賢堂就是一道方便之門了。

袁世凱心想，既然來了，不肯稍稍迂道一顧近在咫尺的會賢堂去一會張之洞，足見來意不誠，比不來更失禮，因而繞到北岸。只見會賢堂前，車馬紛紛，其門如市。不過等袁世凱的大轎一到，圍在一起閒談聚賭的轎班車伕，自然都斂跡了。

傳報入內，張之洞少不得離座相迎。略事寒暄，主人引見了一批他從武昌帶來的幕僚，袁世凱認識的只有一個號稱『龍陽才子』的易順鼎。

其時，張之洞已經飯罷，聚客茗飲，亦將散場；只爲袁世凱專誠來訪，不得不強睜倦眼，陪著說話。見此光景，袁世凱覺得有些話不便出口，更無法深談，只說：『慶王特爲致意，請中堂務必明天就接事。有好些緊要條陳，可否要取決於中堂。』

其實奕劻並未託他轉話，也沒有甚麼非張之洞不能定奪的條陳在軍機處，他此來只是勸張之洞別鬧脾氣，所以用這樣的說法敦促。

張之洞亦是愛受恭維的人，聽袁世凱這樣一說，就有閒氣，亦可消釋，拱拱手說：『是了！明天我到內閣接了任，隨即入樞。』

『恭候大駕！』袁世凱站起身來又問：『有沒有甚麼可以爲中堂效勞之處？』

『言重，言重！』張之洞說：『來日方長，仰仗之處正多，眼前還不必麻煩老兄。』

張之洞入樞的第三天，接到兩江總督端方的一通密電，說是署理江蘇巡撫陳啓泰『嗜好甚深，不堪封疆重任』，力保湖北藩司李岷琛繼任蘇撫；並建議以湖北臬司梁鼎芬，調補藩司。

『午橋的主張，我無意見，請列公合議！』張之洞將端方的電報，請同僚傳觀。

這天奕劻沒有到班，傳觀由載澧開始。他跟鹿傳霖都沒有話，傳到袁世凱手裡，一看便知此事的來龍去脈了。

原來江蘇巡撫陳夔龍調任川督，朝命本以浙江巡撫張曾敭調任江蘇。而張曾敭由於處理『鑒湖女俠』秋瑾一案，處置過於嚴峻，江浙兩省的士紳，大爲不滿，所以對他的新命，紛紛表示反對。江蘇士紳甚至公然表示拒絕他到任。

其時陳夔龍已經奉准給假三月，回籍省墓；更有件大事是要趕在十月初十慈禧太后萬壽以前到京。如今張曾敭不能到任，他便不能交卸，豈不誤了行程？因而電請以江蘇藩司陳啓泰署理巡撫，以便剋期交代，進京祝嘏。

這是必定會邀准的事，也是陳夔龍分內可以作主的事。江蘇向來有兩藩司，江寧藩司隸屬總督；江蘇藩司則歸巡撫管轄，而端方卻認爲陳夔龍作此決定，應該先要徵得他的同意。居然不經知照，逕自出奏，深爲不悅。但以無從與陳夔龍作梗，便遷怒到陳啓泰頭上了。

這些情形，袁世凱已有所聞，如今看到端方的電報，立刻便知道他的用意。只是要跟陳啓泰爲難，而非薦賢。李岷琛是張之洞的舊部，梁鼎芬更是武昌抱冰堂上的紅人，如此迎合，自然會得張之洞的支持，借李以逐陳。

袁世凱一向輕視他這個拜把弟兄，心裡在想：端老四這下又失策了！只爲報沒來由的睚眦之怨，平白地長他人的志氣——江蘇巡撫落在張之洞舊部手裡，足以增他的聲勢，相對地便是滅了自己的威風。如何見不及此？

於是，袁世凱笑笑說道：『伯平是不是抽大煙，還在疑似之間。至於少東的痼疾甚深，是我在天津親眼得見的，莫非午橋竟不知道？』

這一說，張之洞無法再爲李岷琛撐腰，只問：『慰庭，那麼你看，怎麼覆他？』

『朝廷已有電旨，准伯平署理蘇撫，不能隨便收回成命。至於蘇撫究竟應該派誰，不妨等筱石到京以後，當面問一問他，究竟伯平的精神如何？能不能勝任？再請旨辦理。』

『好！就這樣辦。』

陳夔龍到京不久，陳啓泰便實授了江蘇巡撫。因爲此人的精力，並不如端方所說，而操守能力，又足勝封疆之任，沒有理由不讓他眞除。

陳啓泰是翰林出身，當過多年御史，以他的清廉耿直，當然看不慣端方與蔡乃煌的所作所爲。端方是總督，陳啓泰無奈其何；上海道蔡乃煌，在管轄之下，就不肯輕饒了。到任甄別部屬，將蔡乃煌加了極壞的考語。

這一來，張之洞就不客氣了，作主將蔡乃煌調爲郵傳部左參議，但他的遺缺，卻未派人。因爲這是個特簡的道缺，袁世凱以『先得探探上頭的意思』爲名，把開單請簡這道手續，暫且壓了下來。

緊接著，端方有電報到京，指派上海道蔡乃煌解送貢品進京。就這樣，越過了陳啓泰這一關，蔡乃煌得以到京活動。

交卸了差使，第一個要見的是奕劻。他坦率地要求回任，理由是，他一離開上海，無法控制局面，新聞紙上可能就會出現『謠言』，說岑春煊與康梁合影的照片，出於他的僞造。那一來風波大起，會成不了之局。

一聽這話，奕劻不免著慌，『等我想法子，等我想法子！』他說：『你最好先去看看袁宮保。』

袁世凱他當然要去看的，不過說法不同了。以僞造照片的那重公案將被揭發作威脅，是欺侮奕劻不明白報界的情形；他本人不說，報界何由得知其事？何況岑春煊由這幀照片上斷送了功名，根本就只有極少數人知道。其事極祕，不虞外洩。奕劻不明其中事理，而在袁世凱面前，卻是瞞不住的。

不過，能聳動袁世凱聽聞的，亦仍舊只有岑春煊。蔡乃煌說他自開缺以後，在上海恢復了當年爲貴公子的故態，每天晚上在『長三堂子』擺酒，而且經常豪賭，一擲萬金，出手豪闊，因而結交了很多富商巨賈、貴介公子。

『西林表面上醇酒婦人，其實借以自晦。別的倒都不在乎他，唯一可慮的是跟盛杏蓀走得很近。』

袁世凱早就有此憂慮，表面上卻不動聲色，『西林未到任就能爲杏蓀修怨，總算是夠交情的。』他說：『杏蓀總要有所報答囉！』

『就沒有這層關係，他們亦一定會走在一起。西林的威望，杏蓀的財力，合則兩利；現在有條路子快要走成功了。』

『喔，』袁世凱問：『是怎麼一條路？』

『正西。』

『正西？』袁世凱細想了一下才明白。八卦中正西爲兌卦，兌爲『澤』也，『原來是澤公！』

『是！這條路要走通了，陳玉蒼怕難保其位。』

陳玉蒼是指接岑春煊的郵傳部尚書陳璧。袁世凱知道，盛宣懷心目中豔羨兩個缺，一個直隸總督，一個郵傳部尚書，以度支部尚書載澤最近頗爲慈禧太后所籠絡這一點來說，盛宣懷督直，未必能夠如願，當郵傳部尚書，所望並不算奢。

『至於西林，有杏蓀替他在京活動；皇太后年紀大了，又格外念舊，復起亦非無望。』蔡乃煌看袁世凱沉吟不語，知道他被說動了，因而自陳：『宮保，如果能讓我回任，我一定看得住西林，還要找機會給他難堪！』

『喔，』袁世凱很感興趣地，『你預備怎麼樣跟他開玩笑？』

『像他這樣三世受恩深重的大員，既然因病開缺，就得回籍養痾。在十里夷場的是非之地，花天酒地，不說招惹是非，即於觀瞻，亦復不雅。我就拿這個題目，找機會剝剝他的面皮。』

袁世凱微笑不語，然後突然問道：『你見過南皮沒有？』

『還沒有。』

『去見了他再說！』袁世凱說：『你只要把南皮敷衍好了，事情就可望挽回了。』

『是！』蔡乃煌深深受教，告辭而去。

未謁南皮，先晤龍陽——龍陽才子易順鼎跟蔡乃煌曾共過患難。

原來蔡乃煌本名金湘，以秀才作刀筆，爲當時的番禺縣令王存善，抓到他爭妓一案，行文學老師，革掉他的秀才。這一來再犯法到堂，對縣官就不能長揖稱『老公祖』，而需跪著叫『大老爺』。『大老爺』一生氣，亦可以打他的屁股。有此危險，蔡金湘不敢再逗留在廣州，遠走京師。

到了京裡的蔡金湘，搖身一變成爲蔡乃煌，字伯浩，是國子監的監生，國子監確有這樣一個監生，是蔡金湘的胞姪。冒牌的蔡乃煌，循例可應北闈鄉試。他的筆下很來得，中了一名舉人；但不敢再回廣州，捐了一個縣令，分發台灣，其時正在甲午。

及至黃海熸師，戰敗割台，台灣巡撫唐景崧被舉爲大總統，密電京師，請餉百萬，以便募兵抗日。朝廷准奏，戶部籌款，撥了六十萬到台灣藩庫。其時局勢混亂異常，以縣令爲藩司幕友的蔡乃煌，混水摸魚，不知使了個甚麼手法，截留了二十幾萬，飽入私囊，內渡入川，捐了個道員，隨波浮沉，居然走通了奕劻的路子，放了上海道。

當他在台灣藩幕時，易順鼎也在台灣當道員，酒陣文場，惺惺相惜，交情不淺。蔡乃煌如今要打通張之洞的路子，現成有個易順鼎可通款曲。好在他們這幾年蹤跡雖疏，音問不絕，所以一見了面，仍舊跟熟朋友一樣，不必多敘寒溫，便談入正題。

『曾文正的小女婿從前當上海道，花了九萬銀子，所以文芸閣說他「扶搖直上」，似恭維而實挖苦。』易順鼎笑道：『你花了多少？』

『不必提起。反正本錢還沒有撈回來。』

『所以你其心不甘？』

『實甫，易地而處，莫非你就能無動於衷？』蔡乃煌放低了聲音說：『你我交非泛泛，我跟你說實話，慶邸、項城都很同情我，就怕南皮作梗。這一關若能打通，實甫，我替你刻《四魂集》。』

易順鼎詩才如海，平生作詩無數，自己最得意的是在台灣那兩年的詩，一共編爲四集，題名：《魂北》、《魂東》、《魂南》；餘生可戀，忌諱魂西，改用《魂歸》，合稱爲《四魂集》，早已刻印問世。蔡乃煌只是不便公然表示，打算送他多少銀子，因而用此說法。

易順鼎正在鬧窮，自然樂於成人之美，想了一下說：『包在我身上！你在寓聽我的信好了！』

『實甫！』蔡乃煌問說：『你錦囊中有何妙計，說得如此有把握？』

『天機不可洩漏。』易順鼎答說：『不過，到時候找不到你，那可是你自失良機，怨不得我。』

蔡乃煌不知他葫蘆裡賣的甚麼藥，唯有聽命而行，每天守在西河沿的客棧，摒絕應酬，一意待命。這樣到了第四天的正午，易順鼎派聽差送來一封信，上面只有五個字：『飛駕會賢堂。』

蔡乃煌不敢怠慢，匆匆趕去，易順鼎在門口守候，拉著他到一邊說道：『今天南皮又要「敲鐘」了！機會甚巧，慶邸、項城都在座。回頭把你的看家本事拿出來，十四個字中取富貴！』

所謂『敲鐘』是作詩鐘，張之洞最好此道；幕中易順鼎、樊增祥都是好手，蔡乃煌亦頗不弱。聽得易順鼎的話，恍然大悟，一聯見賞，回任可期，所以說『十四個字中取富貴』。

機會倒眞是好機會，不過，『宰相禮絕百僚，我這樣作了闖席的不速之客，』蔡乃煌躊躇著問：『似乎於禮不合。』

『不，不！我已經爲你先容了，並不冒昧。何況，慶王跟項城，你是再熟不過的熟人。』

一想到奕劻與袁世凱，蔡乃煌自覺關係密切，小小失禮，亦無大礙，膽氣便壯了，但仍需先問一聲：『到底是哪些人？』

『你一進去就知道了！』

『南皮我可是初見，』蔡乃煌特又叮囑：『實甫，你可要處處照應著我。』

『何勞多囑，請吧！』

到得廳上一看，一共三桌，正中一桌以慶王奕劻居首，左右是東閣大學士那桐與袁世凱，張之洞坐了主位。東面一桌五個人，首座是左都御史陸寶忠，另外是四個侍郎：楊士琦、郭曾炘、唐景崇、嚴修。看到唐景崇，蔡乃煌微感忸怩；因爲唐景崇正是被人譏爲『槐柯夢短殊多事』的唐景崧的胞弟；蔡乃煌在台灣的那段往事，他自然知道。

幸好，易順鼎是安排他在西面那一桌。未曾入座，先謁貴人，易順鼎領著他到第一桌，蔡乃煌先向奕劻請安，口中喊一聲：『王爺！』

『喔，你也來了，好，好！』奕劻隨即指著他向主人說：『香濤，這就是蔡伯浩！』於是蔡乃煌轉過身來，向斜睨著他的張之洞請個安，謙恭地說：『心儀中堂三十年，今天才得識荊，眞是快慰平生。』

『請少禮！』張之洞說道：『我亦久仰了。聽說你刻過一部《絜園詩鐘》，可否能見賜一部？』

『中堂言重！』蔡乃煌答說：『回頭就送到府中，只怕不足當法眼。』

『不必客氣，請坐吧！待會我要好好請教。』張之洞又向易順鼎說：『實甫，今天是王爺邀一社，以美玉爲彩，你一向捷才，以多取勝，今天可不許你多作。』

『中堂總是跟我爲難。』易順鼎笑道：『我只作四聯。』

『哪裡，哪裡！每人一聯。』

張之洞指著西面說：『請歸座吧！』

於是蔡乃煌向那桐、袁世凱行了禮，又到東面一桌周旋數語，方始歸座。同桌有個他畏憚的勁敵，是光緒八年，寶廷當福建主考取中的解元鄭孝胥，詩壇中的巨擘，而且詩鐘向以福建稱雄，鄭孝胥更是其中的頂兒尖兒。今天想要一鳴驚人，只怕有些難了。

鄭孝胥正在談詩鐘，等蔡乃煌入座，向同席諸人略事寒暄之後，他接著中斷的話頭說道：『有一年在福州，輪著我主課，拈得「女花」的二唱；這兩個字太寬了，因而有人提議，限集唐詩。元、眼、花的三聯，眞是歎爲觀止了！狀元的一聯是：「青女素娥俱耐冷，名花傾國兩相歡！」』

『好！』大家齊聲讚許。

不想這一下驚動了第一桌，張之洞轉眼問道：『必是蘇堪又有佳作？』

『蘇堪在談詩鐘。』易順鼎搶著答說：『女花二唱限集唐詩。』

『喔，倒要聽聽。』

這一來便是滿座傾聽了。鄭孝胥複述了『狀元』之作，接下來說：『評爲第二的一聯是：「商女不知亡國恨，落花猶似墜樓人！」』

『不好！』張之洞大搖其頭，『出語不祥，看來此人福澤有限。』

『我亦云然。不如元作氣象高華，很有身分。』奕劻問道：『還有一聯呢？』

『還有一聯倒眞是才人吐屬。』鄭孝胥高聲吟道：『「神女生涯原是夢，落花時節又逢君！」』

『你道他才人吐屬，我說是詩妓口吻。這一聯好在渾成，不過終遜元作。』張之洞忽然問道：『聽說伯潛打鐘，每社必到，可有這話？』

『大致如是！』

『可有格外精警之作？』

『太多了！』鄭孝胥想了一下說：『乞迷三唱，他作了兩聯，其一：「殘酒乞鄰聊一醉，亂山迷路欲何歸？」；其二：「垂暮迷方終不逕；忍飢乞食定誰門！」』

不待吟罷，張之洞已惻然動容：『莫非伯潛境況如此艱窘？』他看著鄭孝胥問。

『不至如此！只是閒廢二十餘年，感慨甚深而已！』鄭孝胥復又吟道：『「十年竿木逢場戲，一夢槐安作宦歸！」』

『這也是伯潛的句子？』

『是的。木安四唱。』

『寄託遙深，好！』張之洞左右顧視著說：『琴軒、慰庭沒有趕上，王爺是目睹我們當年狂態的！』

奕劻連連點頭，向袁世凱說道：『三十年前，「翰林四諫」的風頭還得了！庚辰年的「午門案」，就是香濤跟伯潛的傑作，片言可以迴天，眞正好文章。恭忠親王親口跟我說過：像張香濤、陳伯潛的奏議，才叫奏議。那批窮瘋了的都老爺，滿紙浮言，造謠生事，眞該愧死！』

袁世凱知道他借題發揮，笑笑不答；卻轉臉向張之洞說道：『伯潛閣學，閒廢可惜。朝廷求賢甚亟，似乎可以徵召。』

『我寫信問過他，歸臥之意甚堅，再看吧！』

這是張之洞的違心之論。陳伯潛——翰林四諫之一的陳寶琛，自從光緒十年以內閣學士『會辦南洋軍務』，與兩江總督曾國荃儼然並駕。曾幾何時，得罪而去。此外張佩綸馬江喪師，一蹶不振；寶廷佯狂自劾，潦倒以終，清流一時俱盡。唯有張之洞青雲直上，身名俱泰，得力在善窺慈禧太后之意。她對陳寶琛是不會有好印象的，豈肯冒昧論薦？

不過翰林四諫的私交，不爲外人所知。所以除了閩籍的郭曾炘、鄭孝胥疑心他言不由衷以外，其他的人都當他說的是眞話。袁世凱亦就不曾再提陳寶琛。

不過，話題卻還是集中在翰林四諫的逸聞韻事上。一直談到席終，撤去席面，煮茗焚香，要開始『敲鐘』了。

會賢堂的跑堂侍候過幾次，已很熟練了，除了多備紙筆以外，另外端來一個高脚銅盤，上面有個小小的瓷花瓶，插香一枝，離頂端寸許，用絲線繫一枚銅錢。此是仿擊缽催詩的遺意，一命了題，立即燃香，燒到繫錢之處，線斷錢落，鏗然作響，恰如鐘聲，所以名爲詩鐘。

『請王爺命題吧！』易順鼎將一盒象牙詩韻牌捧到奕劻面前。

他隨手抽開一屜，拈一塊韻牌來看，『蛟！』他說：『一平一仄好了！』拉開『去』聲那一屜，又拈一塊看著說：『斷！』

『王爺這兩個字拈得很好。』張之洞說：『蛟斷二字很響，今天必有好句。』

『香濤，你看用幾唱？』奕劻肚子裡也有點墨水，徵詢地說：『七言詩第五字謂之詩眼。不過既是一平一仄，用在可平可仄的第五字，似乎可惜了，不如用四唱。你意下如何？』

『王爺是大宗師，命題自有權衡，說四唱就是四唱。』

奕劻點點頭，略略提高了聲音說：『蛟斷四唱，每位限作兩聯。我有小小彩物，聊佐清興！』說著，向貼身跟班招一招手，隨即捧來一個錦盒，揭開盒子，放在銅盤前面。大家都走近來看，見是一枚通體碧綠的翡翠錢，上鐫『多文爲富』四字。玲瓏雅致，是極好的一樣珍玩，都有愛不忍釋之意。

『臨淵羨魚，不如退而結網！』張之洞揮著手說：『快請構思去吧！』

說完，他吹旺了吸水煙用的紙煤，親手去燃著了香。火大香燥，一下子便燒了一截，交卷之限就更迫促了。

就這時候，只聽得有人朗然高吟：『「斬虎除蛟三害去，房謀杜斷兩心同。」』發聲之時，便驚四座；循聲去看，是蔡乃煌抑揚頓挫地在唸，唸到『同』字，易順鼎將筆一擲，袖手說道：『我要擱筆了！』

『果然好！』張之洞毫不掩飾他受了恭維的愉悅之情。

當然，奕劻與袁世凱亦都面有得色——上聯用的是周處的故事，一虎一蛟，不言可知指的是瞿鴻禨與岑春煊；下聯無疑地，以唐初賢相，開貞觀之治的房玄齡、杜如晦擬袁世凱、張之洞；杜如晦居太宗十八學士之首，擬張之洞的身分，更覺貼切。

至於逐瞿罷岑，都知是奕劻兩番獨對的結果；然則斬虎除蛟的周處，當然是指他。奕劻回想這兩件快心之事，不自覺地浮現了笑容。

慈禧全傳【精裝典藏版】

慈禧前傳

清咸豐十一年，文宗在熱河駕崩，長子載淳繼位為同治皇帝。因皇帝年幼，文宗遺命由八位顧命大臣輔佐幼主，而這位幼主的母親就是中國近代史上最具影響力的——慈禧太后！早在初入宮做貴人、後被封為懿貴妃時，她就野心勃勃，時時想效法武則天，如今被奉為『聖母皇太后』的她，當然不會讓大權旁落大臣的手中……

玉座珠簾【上、下】

同治登基後，表面上大清朝似乎國運昌隆，事實上對外割地賠款，對內則爭鬥不斷。憂心忡忡的慈禧除了日理萬機，還得控制想奪回實權的皇帝。天命難測，一心要伸展鴻圖大志的皇帝竟得天花猝死，皇后也跟著香消玉殞，原因不明。宮闈內幕永遠成為秘密，恐怕只有坐在珠簾後的慈禧了然於胸……

清宮外史【上、下】

繼俄國擾境之後，法國也屢屢進逼越南，中法糾紛四起。慈禧面對法國的挑釁，一心主戰，然而軍機要臣恭王卻主張以和為重，兩人從此有了嫌隙。於是慈禧另指派醇王參政，最後更進一步罷黜了恭王。慈安暴崩，恭王被黜，慈禧從此再無忌憚，她要趁皇帝親政前，好好掌握這分大權……

慈禧全傳【精裝典藏版】

母子君臣

光緒十三年，十七歲的光緒皇帝終於親政。雖然他力圖振作朝綱，但是慈禧實際上仍大權在握，皇帝有名無實，母子之間漸生齟齬。光緒大婚後，美貌機敏的珍嬪備受寵愛，卻因此遭忌。慈禧聽信太監李蓮英的讒言，以為珍嬪從中遊說皇上爭權，勃然大怒！在這暗潮洶湧的宮廷內，一場『母子』之間的風暴儼然將至……

胭脂井【上、下】

光緒二十四年，皇帝決議變法維新，一時之間新政展佈，新黨氣勢愈盛。但慈禧怎能容忍自己大權旁落，因此假袁世凱之手先發制人，使得康有為出逃、譚嗣同等人被殺，新政一敗塗地，慈禧重新奪回大權！面對洋人處處進逼，皇帝蠢蠢欲動，慈禧聽信載漪、徐桐建言，縱容義和團進京，卻闖下幾近滅國的大禍！……

瀛臺落日【上、下】

八國聯軍落幕、兩宮回鑾後一年，軍機大臣之首榮祿因病辭世，善用權術的袁世凱順利接掌軍機處，而袁世凱也因此穩操大權。光緒三十年，日俄在中國東北開戰。此時慈禧已年逾七旬，卻仍心繫政權，眼見東北戰事吃緊，且袁世凱聲勢日益壯大，慈禧轉而動念支持立憲，企圖穩定內政，並一舉消除袁氏擁兵自重的危機……

國家圖書館出版品預行編目資料

瀛台落日（上）（平裝新版） / 高陽 著. -- 三版.
-- 臺北市：皇冠, 2013. 06 面；公分. --
（皇冠叢書；第4321種）（高陽慈禧全傳作品集；9）

ISBN 978-957-33-2999-2(平裝)

857.7 102010085

皇冠叢書第4321種
高陽慈禧全傳作品集 9
瀛台落日（上）（平裝新版）

作　　者—高陽
發 行 人—平雲
出版發行—皇冠文化有限公司
台北市敦化北路120巷50號
電話◎02-27168888
郵撥帳號◎15261516號
皇冠出版社(香港)有限公司
香港上環文咸東街50號寶恒商業中心
23樓2301-3室
電話◎2529-1778 傳真◎2527-0904
責任主編—盧春旭
責任編輯—徐凡
美術設計—王瓊瑤
著作完成日期—1977年9月
三版一刷日期—2013年6月

法律顧問—王惠光律師

讀者服務傳真專線◎02-27150507
電腦編號◎434109
ISBN◎978-957-33-2999-2
Printed in Taiwan
本書定價◎新台幣300元/港幣100元

慈禧全傳

讀者回函卡

高陽是當代的歷史小說大師，讀者遍及全球華人世界，有人說『有井水處有金庸，有村鎮處有高陽』，足見高陽在華人社會的受歡迎程度。《慈禧全傳》是他的代表作，此次重新推出『精裝典藏版』，希望能讓更多讀者深入體會歷史的精彩豐美和大師的經典文采。

謝謝您購買本書，請您詳細填寫資料及意見並寄回皇冠（台灣讀者免貼郵票），讓我們能出版更完美的經典作品，提供大家品味收藏。

1. 請針對下列各項目為本書打分數

	5	4	3	2	1
A. 內容題材	□	□	□	□	□
B. 封面設計	□	□	□	□	□
C. 字體大小	□	□	□	□	□
D. 編排設計	□	□	□	□	□
E. 印刷裝訂	□	□	□	□	□

2. 您購買本書的動機？
   □封面吸引 □書名吸引 □內容題材 □作者知名度
   □廣告促銷 □其他
3. 您從哪裡得知本書的消息？
   □書店 □報紙廣告 □皇冠雜誌廣告 □書評或書介
   □親友介紹 □ 其他
4. 您最喜歡看哪一種類型的小說？
   □愛情 □武俠 □歷史 □恐怖驚悚 □偵探 □奇幻
5. 您希望哪些作家的作品重新推出精裝典藏版本？ ____________

讀者資料

姓名： 生日：____年____月____日

性別：□男 □女

職業：□學生 □軍公教 □工 □商 □服務業
□家管 □自由業 □其他____________

通訊地址：□□□____________________

____

聯絡電話：(公)__________分機________(宅)____________

e-mail：____________________

◎請沿虛線剪開、對摺、裝訂後寄出。

您對本書的其他意見：

◎請沿虛線剪開、對摺、裝訂後寄出。

北區郵政管理局登
記證北台字1648號
免 貼 郵 票

〔限國內讀者使用〕

105

台北市敦化北路120巷50號

皇冠文化出版有限公司 收